# 一品仵作

拾

MY FIRST CLASS
CORONER

鳳今

# 目錄

# 第一章

# 聖谷迷陣

四月時節，漫山花黃，車馬儀仗行進在崎嶇的山道上，漫漫黃塵裡，隱約見道旁立著塊山碑，青苔滿身，字影斑駁——武牢。

武牢山地處慶州、中州、延州三州交界地帶，乃鄂族禁山，因山陰地帶有道峽谷，終年山霧繚繞，縱是絕世高人踏入其中也難以脫困，故名武牢。

那道峽谷名曰十里聖谷，正是天選大陣的入口。

本該去往中州的殿試生隊伍忽然改道，來了武牢山。

一位殷姓長老說，神官夜觀天象，近日翼星不利，主見瘟惶，凡事牽纏，相剋憂煎，為大凶之相，疑殿試生中有剋國運之星，而祿存之宿在北，乃上天指引眾生入神脈山北麓大陣。故而神殿降詔，四州殿試生十二人即刻入天選大陣，誅除災厄，擇選賢能。

這番說詞自不能信，可信的原因應是時局所迫，不得不提前天選，畢竟南圖使節團和巫瑾已失蹤月餘。

神甲軍在大安縣已化散前往中州，這番變故使得暮青身邊僅存護從百人，而按規矩，能隨她入陣的只有九人，此戰會萬分險惡。

這天，日暮時分，隊伍抵達了山陰半腰，只見山下霧吞險峰，氣象如雲。殷長老命儀仗止步，命暮青、藤澤和司徒峰點選護從，即刻入陣。

士族門第之中，凡有望入陣的子弟無不提早數年就開始招納高手，藤澤和司徒峰的護衛隊早就安排好了，暮青在途中得知此事後，就將點選護衛之事交給了月殺，她只點了巫瑾。

巫瑾的傷已養得差不多了，他堅持入陣，暮青考慮到陣中也許有蠱毒之險，便同意了。

巫瑾扮的是長隨，當月殺率侍衛們來到暮青身後時，他顯得甚是刺眼。

司徒峰噗嗤噗嗤地笑問：「木縣祭要帶家僕入陣？」

暮青道：「先生並非家僕，望公子莫要以貌取人。」

「先生？」司徒峰打量了巫瑾一眼，見他雖相貌平平，但目中有清輝，風姿具傲骨，的確不像僕人。

除了武林高人，望族也會招攬謀士，尤其是精於行兵布陣的高人。但文武全才者少，故而如非破陣奇人，一般不會點選謀士入陣，畢竟入陣名額只有九個，保命要緊。

司徒峰不由犯了疑，木兆吉要帶文人入陣，此人必定精於破陣，如此高人，怎麼會甘願輔佐他？

這時，藤澤道：「原來是先生，失禮了。司徒兄性情直率，並無惡意，望先生莫怪。」

高人大多脾性古怪，興許是木兆吉哪裡對了他的脾性。

巫瑾未與人客套，只是一笑，淡而疏離。

藤澤見了，越發篤定猜測不虛。

山腰上靜了下來，殷長老說道：「時辰到，上路吧！」

霧靄蕩於山間，老者拾路而去，腳下似實似虛，如黃泉路上的引路人般。藤澤當先下了山道，司徒峰隨行，暮青和巫瑾在後，兩人對景子春未留下隻言片語的交代，就這麼下山去了。

峽谷谷口佇立著兩尊石像，眾人抵達時天色已黑，只見月懸東南，朦朧霧色裡，兩尊石像形如巨石，山鳥咕叫，霧沉谷口，陰氣森森如鬼門關開。

殷長老道：「此處便是聖谷的谷口，亦是陣口，行出十里便可入陣。莫要耽擱，爾等入谷吧。」

暮青問：「不是說四州殿試生十二人皆改道武牢山嗎？怎麼只有我們？」

殷長老道：「四州距武牢山遠近有別，或許有人已到，有人未到，這可不好說。」

天選是最先出陣者為勝，先到者占先機，這不公平，但神官大選本就沒有公平可言，故而暮青釋疑後便拱手道謝，率人入了谷。

谷中霧大，沒走幾步，谷口內外便如隔雲海。暮青回頭望去，見殷長老的身影在霧色裡猙獰扭曲，不似人樣。再看谷中，黑崖崔嵬，勢如削鐵，月懸霧上，人在霧中，如行走在雲蓋倒扣的牢籠之中，叫人心頭升起不祥之感。

聖谷綿延十里，十里之內尚無殺機，各家護衛擺開梭陣，將主子護入陣中，藉著月色小心探行。

沒走多久，藤澤便對最後頭的暮青道：「木兄，雖說你我各為其主，但不到最後關頭，你我是友非敵，不妨聯手，齊力破陣，如何？」

司徒峰心知藤澤醉翁之意不在酒，因為此刻唯有木兆吉的陣心之中有兩人——他和那謀士。

看來，那謀士果真是破陣高人。

暮青問：「如要結盟，我助你破陣，你有什麼能助我的？」

司徒峰道：「我們人多，破陣時出的力自然多，這難道不夠？」

暮青道：「我為智囊，力自然要你們出，若我既要出破陣之策，又要出破陣之力，那結盟何用？」

藤澤問：「不知木兄需要什麼？」

「我要知道有關天選大陣的事，包括神官私下告知你的。」暮青直言。

司徒峰大驚，神官屬意藤澤，必定將陣中之事告知他了，但此事連司徒家都不敢問，生怕被藤家疑上，木兆吉竟敢打聽此事。

這時，卻聽藤澤笑道：「人人對此事避如蛇蠍，唯獨木兄敢問，好膽量！」說罷，他朝暮青招了招手。「木兄不妨上前來，你我邊走邊談，叫司徒兄殿後。」

司徒峰的臉頓時就跟谷中的景致似的——不知是何顏色。

他不敢忤逆藤澤，只好招呼人往後頭去了。

暮青帶人上前，隔著侍衛邊走邊和藤澤話陣事。

藤澤道：「神官大人的確將經驗傾囊相授，但這對破陣助益不大。傳聞天選大陣乃祖神下界之路，百步一陣，變幻莫測。創陣之後，有些高人留下守陣，代代相傳，成了如今的守陣人。這些人身懷絕世武藝，深諳陣法精髓，其中有不少陣痴。上回大選是二十年前，二十年間，那些陣痴不可能不動大陣，故而神官大人當年的經驗未必有用。」

這話有幾分可信，神官大選自古有之，只要有人出陣，陣局就會流傳出去，歷經千百年，何陣無解？除非陣局常變。

藤澤又道：「我聽說陣中除了守陣人，尚有些武林人士。天選大陣殺名在外，有些武林人士常來闖陣，這些人或是武痴，或是陣痴，或為名利，或為突破武學境界，還有一些是被仇家追殺而躲入陣中的。入陣後，有人死於陣中，有人困於陣中，也有不願走的。約莫兩百年前，大陣西南出現了一座惡人鎮，鎮中人多是窮凶極惡之徒。」

這倒是出乎暮青的意料。「那我就不解了，這麼多高人都破不了陣局，為何每到神官大選，總有人能從中走出去？」

藤澤笑道：「先出陣者為勝，而非先破陣者為勝啊，木兄。我等又非武痴，入陣本就不為破陣，久居陣中的高人無不深諳陣局，其中必有能人，我們何需自己蹚殺陣？」

「你是說，去惡人鎮尋訪高人帶我們出陣？」暮青這才明白了藤澤的意圖。

藤澤道：「沒錯，但要抵達鎮子，途中仍有殺陣要破，還望能與木兄聯手。待抵達惡人鎮後，咱們再各憑本事吧。」

暮青心中冷笑，好一個各憑本事，惡人鎮中高手如雲，誰是破陣高人，誰又願出手相助，這恐怕才是神官告知藤澤的祕事。

暮青沒再問下去，藤澤之言雖然可信，卻一直在防著她。他讓她近前說話，說好聽點兒是方便趕路，可她居中行路，前有藤澤，後有司徒峰，何嘗不是被人包夾著？

暮青和藤澤很有默契地結束了談話，谷中一時間靜得只能聽見腳步聲。

十里路本無多遠，但谷中大霧，眾人備加小心，故而腳程不快，約莫半個時辰後，只見地勢漸闊，獨石矮叢、零星樹木依稀可見，又走了約莫半個時辰，才見前方老樹叢生，出現了一片林子。

藤澤道：「出了此林，再過一條狹道，便可出谷了。」

藤澤的護衛首領是個落腮鬍武者，他率隊伍長矛般插進了林子，林中樹木高直，舉目望去，如萬劍葬於大地，霧色交輝，如人間虛境。

藤澤道：「林中有片湖泊，形如鉤月，見湖繞行，往湖心所向之處去，即可出林。」

但林子頗大，霧色障目，眾人尋了一陣子並未見到湖泊，只見大霧吞月，似雲蓋倒扣，樹木參天，如天牢地籠。

武者問：「少主可知湖泊在何方向？」

藤澤道：「神官大人並未提及，聽他的語氣，尋湖未費多大周折。」

武者聞言拔出匕首挑下塊樹皮，說道：「那再走走看吧！」

於是，眾人繼續尋路，可沒走多久，武者便嘶了聲，停了下來。

「少主，我們在原地打轉！」武者讓開，只見樹上赫然少了塊樹皮。

藤澤面色凝重地道：「上去看看！」

武者縱身上樹，片刻後鷂躍而下，稟道：「霧太大，在上頭僅能瞧見樹冠，不見湖在何方。」

藤澤聞言看向巫瑾，巫瑾卻一言不發，倒是暮青看起了樹上的刀痕。

只見刀痕下方長著塊老疤，形如梭子，生著青苔。

「這樹有節瘤。」暮青說道，未待眾人尋思其意，她便往前去了。藤澤和司徒峰尾隨在後，見暮青敲了敲前頭的樹幹，說道：「這裡也有。」

說罷，她繼續向前，察看了一圈，發現方圓五十步內，有十幾棵老瘤樹。

司徒峰不耐地問：「樹上有瘤說明什麼？」

暮青問那武者：「你方才為何不在樹上劃一刀，而要挑下塊樹皮？」

武者道：「林中大霧，又是夜裡，劃一刀哪有挑塊樹皮顯眼？」

「這就是了。」暮青對藤澤道：「樹皮被剝後，有機物輸送阻斷，聚集在被剝的樹皮上，就會形成節瘤，這些樹都是從前被剝過皮的。」

暮青用詞生僻，藤澤愣了半晌才道：「木兄之意是……從前也有人被困在林中？」

「沒錯。」

「可神官大人並未在此遇上迷陣。」

「你也說大陣常有改動，神官沒遇到迷陣，不代表沒人遇到過，這些節瘤已經形成很長時間了。」

司徒峰道：「我看是木縣祭被嚇破了膽才疑神疑鬼的，此地可是聖谷，咱們還未入陣。」

暮青冷笑一聲，那可未必！此時回想殷長老的話，她才發現了矛盾之處。當時，殷長老說：「此處是聖谷的谷口，亦是陣口，行出十里便可入陣。」既然要行出十里才可入陣，谷口又何來陣口之說？

他們很有可能被擺了一道——並不是過了十里聖谷才可入陣，而是在踏入谷口的那一刻就已在陣中了。

暮青道：「我們身在何地不是重點，重點是我們此刻被困在陣中，破陣才是當務之急。」

「木兄所言極是。」藤澤看向巫瑾，意味再明顯不過。

巫瑾知道藤澤把他當作了破陣高人，他並不在乎旁人如何看他，只對暮青道：「莫急，剛被困住，不妨走走看，興許會有所獲呢？」

暮青穩了穩心神，點頭道：「好，再走走看。」

藤澤使了個眼色，武者挑下塊樹皮來，而後才帶隊探陣。

此陣並無殺機，似乎只是迷陣，叫眾人徘徊其中，明知天選大陣就在前頭，卻不得其門而入。

片刻後，眾人果然又繞了回來。

藤澤朝巫瑾施了一禮，問：「不知先生可有所獲？還望不吝賜教。」

巫瑾卻又看向了暮青。

「你確定我們在繞圈子？」暮青端詳著樹身，轉頭問那首領，說出的話叫人脊背發涼：「這不是你做的那個記號。」

「什麼？」

「這非常像你做的記號，但兵刃不同。你使的是匕首，匕首是雙刃，故而下刀之處，樹皮兩端都有刀割的痕跡，而此記號只有下方有刀痕，上方是順著樹皮的生長紋理被揭下來的，也就是說，兵器是一把刀。」暮青在樹皮的斷處摸了摸，又蹲下在地上那塊被挑下來的樹皮上摸了一把，搓了搓指腹。「斷面溼潤，樹皮上也無灰塵，說明這記號是剛做的——林子裡有個人，一直在跟著我們！」

比起暮青敏銳的眼力，此話更叫人頭皮發麻！

藤澤睃著林中問：「那人為何要跟著我們？」

「不知道。」暮青道。僅憑一塊樹皮，對方的目的不好下定論。

藤澤看向樹上的記號，那被剝了皮的樹森白光潔，如他寒徹的目光。「比起那人的目的，我更想知道，這記號既然不是我們留的，那我們是依舊在原地打轉呢？還是已經走出來了？」

司徒峰撫掌道：「對啊！興許咱們已經出陣了呢？那人模仿我們的記號，就是為了讓我們誤以為還在陣中。」

「不好說。」暮青說罷就往前去了。「走走看不就知道了？」

藤澤和司徒峰忙率護衛跟上，因知有人尾隨，護衛們無不屏息凝神，耳聽六路，眼觀八方。走出約莫百步，落腮鬍武者又挑下塊樹皮來，沒人希望再見到這記號，然而百步後，他們還是見到了它。

與先前一樣，記號並非他們所留。

暮青摸了摸樹皮的斷處，說道：「是剛剛留下的。」

司徒峰聞言一腳踹在樹上，怒道：「為何沒人聽見聲響！」

護衛們皆不吭聲，只是面色凝重。

暮青道：「我要是你，就不會問這種蠢問題。我更想知道，記號既然不是我們留的，那麼……我們留的記號去哪兒了？」

「嘶！」司徒峰本被前半句話惹惱了，卻又因後半句話生了希冀。「我們興許更接近那湖了，那人只是想讓我們自亂陣腳，走！再探！」

說罷，司徒峰帶人頭前探路，可事情並未如他所願，很快的，他們就陷入了詭異的境地。

百步之後，他們又回到了方才的樹下，這說明他們仍在原地打轉。可他們另擇新樹標記，百步後，就會來到那人新標記的樹下，而他們此前留的記號全都不知所蹤。他們彷彿是一群在陣中亂竄的鼠輩，被人牽著尾巴，怎麼逃都是在打轉兒。

沒人知道繞了一個時辰還是兩個時辰，抑或更久，當再次回到原地時，司徒峰顯出了頹態。

巫瑾仍一副雲淡風輕之態，彷彿只是在林中踏春，毫無身陷困陣的焦態，也無破陣之意，倒是暮青在空地上盤膝坐了下來。

「不走了。」暮青仰頭看了看月色。「天亮再走。」

司徒峰道：「木縣祭不會以為天亮後霧氣便會散吧？十里聖谷終年大霧，勸你還是死心吧。」

「你不死心，可以繼續繞圈子，反正我等天亮，天亮之後，自見分曉。」暮青說罷就吩咐自家侍衛：「大家圍著我坐成一圈，背向我，面朝外。」

巫瑾露出好奇之色，卻不問緣由，與暮青背靠著背坐下了。

藤澤道：「也好，入陣之後尚有苦戰，不妨休整一夜，待天明再闖陣。」說罷，他也尋了塊空地坐下了，護衛們圍著主子坐下時不自覺地遵照了暮青的吩咐，背對主子，面朝外。

司徒峰雖有微詞，卻不敢獨自闖陣，只好從眾行事。

月沉西天，林子裡蟲鳴陣陣，暮青閉著眼，卻沒真睡著。

那人在戲耍他們。

連神甲侍衛們都發現不了他的蹤跡，足可見其武藝之高，他若大開殺戒，誰也奈何不了他，可此陣並無殺招，只將他們困在了其中。從記號一事來看，那人被發現後變本加厲，彷彿是在告訴他們，他能掌控他們踏出的每一步，所以她方才之言其實是說給那人聽的。

那人視他們為陣中困獸，以此為樂，她敢保證她說天亮之後自見分曉，那人必定好奇，所以即使今夜他們就地休整，也不必擔心那人會因等得無聊而下殺手。

今夜是安全的，但以防萬一，她還是命侍衛們圍坐，面朝八方，提防有襲。

這一夜難熬得很。

圖鄂四月已非寒時，山中霧重，溼氣叫人不好消受，暮青閉目養神，氣度叫人為之側目。

藤澤望來，目光在霧色裡意味不明。

暮青未作理會，只管坐等天明。

月沉於西邊地平線時，林子裡黑如潭淵，蟲聲竊竊，低風拂草，萬物蠢蠢欲動。黎明前夕最黑暗的一刻，林間的空地上，暮青盤膝坐著，只顯出一個清瘦的輪廓來。

司徒峰坐臥不安，壓低嗓子喚道：「哎！」

「噓！」暮青睜開眼，望向上空。「聽！」

護衛們紛紛仰頭，見林子上空混沌一片，似乎從暮青發話時起，萬籟俱寂，連蟲鳴聲都止了。

一線曙色東來之時，霧色薄了幾分，一隻鳥展翅騰起，咕聲西去。

司徒峰耐性耗盡，起身道：「我說你——」

「閉嘴！」暮青冷斥一聲。

這時，月殺忽然望向林子西邊。

藤澤也起身西望，只聽西林空中有拍翅聲傳來，少頃，鳥群低空飛來，翅風颳開大霧，死氣沉沉的林中忽然灌入了生風。

「往西！速去！」暮青喊道。

話音落下，月殺帶著她凌空掠出，一名侍衛帶著巫瑾緊隨兩人，其餘侍衛寒鴉般向西疾奔。

藤澤和司徒峰的護衛紛紛效仿，幾息之後，鳥群迎面飛來，眾人低頭避之，待長風削過，把頭一抬，忽聞林中又生奮翅之聲。

西林中不知藏了多少鳥雀，藤澤躲避時不忘盯牢暮青，這才驚覺她被侍衛帶著掠行，竟像是不懂武藝！

這時，鳥雀齊鳴之聲宛若響哨，刺得人耳鼓生疼。眾人仰頭望去，只見鳥群黑水般湧出西林，那景象在白霧籠罩的林子裡如雪中潑墨一般，墨盡山歸寂，唯餘霧茫茫。

此乃迷陣，鳥雀飛盡，生機已散，西邊是否仍是生門？

見前方的霧氣濃如山嶂，藤澤喊：「林霧忽大，飄忽障目，恐有殺機，不可再進！」

暮青喝道：「就是那兒！衝進去！」

兩名侍衛聞令化作黑影，率先衝進了大霧之中。

只見霧漫空林，鏡湖生煙，湖心生著幾叢茂草浮萍，前方便是山林盡處，赫然可見一道峽口。

撲通！

藤澤和司徒峰從後頭出來，有人沒料到濃霧之中會是此景，不慎一頭扎進了湖裡。

峽口霧淡，兩座險峰靠生在一起，遮雲蔽日。峽道不長，碎石為路，蜿蜒逼仄，僅容一人通過。

晨風捎著血腥氣從那邊灌來，暮青立在峽口皺緊了眉頭。

兩名神甲侍衛一前一後走入峽口，一人提防空中，一人提防腳下，如此探行，竟無驚無險地出了峽道。

而後，眾人依序走入峽道，百步之後，迷霧盡散，眼前豁然開朗。

## 第二章

# 千機殺陣

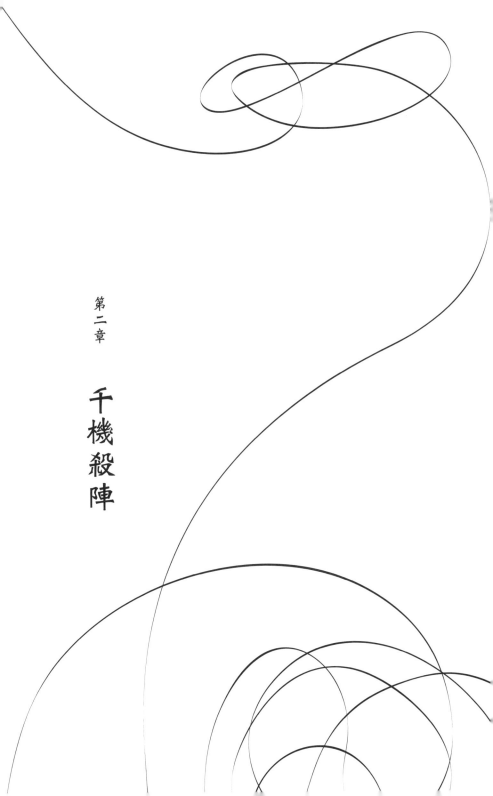

廣袤的草地上矗立著巍峨的石牆，牆高三丈，外生青藤，內列環陣，晨暉之下如見遺跡。

血腥氣從陣中傳來，藤澤道：「這便是天選大陣的外陣，千機陣。此陣牆內有牆，列有九環，形如迷宮。木兄瞧見那些獸雕了吧？」

獸雕有九座，首座就立在大陣外牆的石柱上，頭生龍角，身似豺狼，口銜寶劍，怒目含威，似是睚眥。

「神獸所在之處便是陣門，神獸按八卦陣位分守八陣，加上陣心，共有九獸。正所謂龍生九子各有不同，千機陣之九陣也各不相同，稍有行差踏錯，便會將此身祭陣，可謂凶險萬分。」

「有何殺機？」暮青問。

「刀槍箭弩、水火毒蟲，應有盡有，無人能破。」

「歷代神官還不是闖過去了？」

「木兄也說是闖，而非破。」藤澤苦笑著瞥了眼峽道方向。「那人沒追來，莫非是守陣人？」

暮青沒接話，只是望著千機陣，不知所想。

藤澤這才問：「木兄怎知那湖在西，又怎知霧中無殺機？」

陣中有血腥氣，顯然已有人入陣，藤澤倒有心閒談。暮青心知此人想估算清楚她的實力，於是道：「昨夜入谷後，我們一路上都未見到水源，只知林中有片湖泊，所以那湖必是鳥獸的水源地。鳥類要麼是清晨向水而飛，要麼是黃昏向水而飛，故而清晨時分，飛鳥進出之地必定有水。而眼下早晚天涼，水面生霧，霧氣自然比林中大些，就這麼簡單。」

就這麼簡單？

這需得瞭解山中氣候、鳥獸習性，木兆吉是貴族子弟，這些事師從何人？昨夜身困陣中，眾人琢磨的都是八門陣位、死生機括，誰會從鳥獸習性上破陣？木兆吉遇事不驚，察事敏銳，斷事果決，行事自有章法，木老家主是心盲還是眼瞎，竟將這樣的子弟發配到邊縣，又讓不曉武藝的他來闖天選大陣？

藤澤心中疑竇重重，也有些失望。木兆吉破陣並不是因為精通陣法，他不曉武藝，入陣之後只怕很難再有大助，而那謀士……

藤澤瞥了巫瑾一眼，已不能確定此人是否是破陣高人了。

這時，暮青走近陣門，從陣外望了進去。只見陣道呈環形，石牆間寬約三丈，地上夯泥為路，路上不見屍體，只有血跡和密密麻麻的箭孔。有個箭孔挨著陣門，暮青蹲下來察看了一番，而後仰頭望著大陣上空若有所思。

藤澤道：「看來陣中已被打掃過了。」

「嗯，入陣吧。」暮青起身一讓，一副納涼之態。

藤澤愣了，司徒峰問：「木縣祭何意？」

暮青道：「司徒公子健忘？說好了我出破陣之策，你們出力，谷中迷陣是我破的，千機陣該不會想讓我打頭陣吧？」

司徒峰聽見笑話一般。「木縣祭若通曉奇門之術，破谷中迷陣還需靠鳥雀？入了千機陣看的是真本事，你一不通曉奇門之術，二不通曉武藝，謀士更像個廢物般毫無建言！而今叫我等打頭陣，莫非把我們當傻子？」

暮青聞言面若寒霜，說道：「好！那就不結盟了，進了此陣，各走一邊，死生由己，陣中如若撞見，皆可見死不救！」

說罷，她便要踏入陣中。

「且慢！」藤澤賠禮道：「若無木兄，我等只怕還被困在迷陣中，就依木兄，我等在前蹚陣，望木兄守望相助。」

暮青道：「那我與藤縣祭走一邊，司徒公子走另一邊。」

司徒峰險些吐血，藤澤道：「出言不遜，還不賠禮？」

暮青道：「出言不遜倒是非罪，侮辱於人實該掌嘴！」

藤澤一愣，這才明白木兆吉惱的是司徒峰辱了他門下的謀士。

巫瑾一笑，目光似高山雪融，和煦暖人。「淺薄之言難成刀，縣祭大人又何必惱它？在下以為，掌嘴就不必了，還是叫司徒公子蹚陣要緊。」

「你！」司徒峰臉色鐵青，心中大罵這兩人一個賽一個心黑。司徒家入陣本就是為保藤澤的，結不結盟，他都要蹚陣，於是只能逞口舌之快：「但願木縣祭在後頭無風無雨，一路走好！」

說罷，他便率人踏入了陣中。

護衛們皆是死士，五人在前，司徒峰在中，四人在後，藤澤的隊伍居中，暮青居後。眾人踩著前人的腳印前行，每一步都彷彿踏在刀尖上，沒走幾丈，額上就見了汗。

大陣上空鳥雀無蹤，青藤遍生的石牆上有圖騰若隱若現，人彷彿踏入了遠古遺跡一般，晨風過陣，後背森涼。

「停！」這時，暮青忽然喊道。

司徒峰的護衛首領驚得毛髮直豎，顫著腿肚子把腳收了回來，回頭見暮青蹲了下來。

藤澤探著頭問：「木兄在看什麼？」

「箭孔。」暮青腳下遍是箭孔，她從靴中取了把短刀，掘開幾個箭孔周圍的土層，觀察了一番箭道後說道：「箭不是從一個方向射來的，箭矢粗細不一，箭道的斜度也不盡相同，細箭斜度小，粗箭斜度大，說明發射機關有近有遠。從箭道的斜度看來，發射機關可能在高處。」

暮青仰頭望去，比石牆高的只有陣柱和獸雕。「獸雕上可有機關箭？」

藤澤道：「是，但神獸各守其陣，我等在睚眥陣中，理應只有此陣的機關箭對我們有威脅才是。」

暮青道：「可箭孔並不是這樣告訴我們的。」

藤澤沉默了，他見識過木兆吉的察事之能，倘若真如他所言，他們面對的考驗將會更加嚴峻。

「多謝木兄告知，大家多加提防。」藤澤吩咐。

「繼續探陣吧。」暮青起身道。

這話與閻王令無異，但司徒峰與護衛們別無選擇。

暮青也知如此行事未免冷酷，但人命雖無貴賤之分，卻有親疏之別。神甲侍衛們是阿歡的心血，兄長又不懂武藝，少蹚一回陣，便能多一分生機。她只能祈禱探陣之人運氣好些，晚些觸發機關，她便能多推斷出一些資訊。

司徒峰的人馬運氣不錯，又挪了百步，仍然未觸動機關。

暮青再次喊停時已來到了一攤血跡前，血泊周圍滿是螞蟻，有蒼蠅在疑似碎肉的血塊上飛著，她使刀尖將肉塊挑起來看了看，說道：「半塊兒腰子。」

護衛們齊刷刷地看向刀尖，暮青解下水囊，將泥血沖洗了幾下，說道：「切口呈直線，創緣平順，創底平整，說明人是被腰斬的，刀斧是平著砍入的。這很值得探究，若人是被腰斬的，血會潑出去，可這攤血跡並無噴濺之態。」

暮青又將刀扎入土裡掘了幾下。「血滲得很深，可見人死後，屍體便陳於此處了。但人被腰斬後往往不會立即死亡，半截身子仍可爬行，可地上並無拖拽痕跡，說明人被腰斬時就死了。」

說罷，她似乎想到了什麼，起身掃視著陣道，忽然把目光定在了對面的石牆上。

「牆上有藤斷了！」暮青說罷，猛地回身看向背後，背後的牆上也有青藤斷了，斷處沿著石牆呈兩道弧線，在她頭上三尺和腳踝的位置。「陣中有刀車，沿著石牆兩面夾擊，人被斬成數段，當場死亡，屍體被夾在刀車中，故而無血潑出。刀陣退去後，屍塊散落，有人打掃戰場時遺落了半塊腰子。」

暮青推測著，侍衛們睃著石牆和獸雕，若下有刀陣夾擊，上有飛箭封空，那可真是棘手得很。

司徒峰哼道：「僅憑幾個箭孔、半塊腰子和幾根斷藤，木縣祭就敢斷言陣中機關？」

「我倒是希望猜得不對，不然就棘手了。」暮青說罷，對那首領道：「繼續探路吧，小心些，我們正在刀陣中，而你入陣後已走出三十丈了。」

那人會意，入陣三十丈都未踏中機關，好運氣不可能持續到出陣。入陣後，他走的不是直線，是直行幾步，再偏行幾步，純靠撞運氣。被叫停前，他已偏行了十步，接下來是直走，還是偏行？

他拿不定主意，焦躁之下把眼一閉，往前一邁，聽天由命。

腳下靜悄悄的，他提著心等了片刻，緩緩地吐出一口長氣，準備把另一隻腳也挪上來。然而，就在身子前傾的一瞬，忽聽喀嚓一聲，陣道上冷不防地刺出把刀，血淋淋地從靴面上冒了出來！

這護衛首領吃痛之下將腳一拔，刀退地陷，牆上的青藤嘩啦啦一響！

地震石吼，兩輛刀車從前後緩緩推出，刀刃成排，寒光晃得人眼都睜不開，只聞牆內傳出鐵索攪動聲，陣柱上異響連連，獸雕上的石鱗應聲而展，鱗下的箭孔黑如蟻蟲，那叫一個密密麻麻。

而就在睚眥的獸鱗展開後，機關牽動的巨響聲從陣柱內傳出，其餘八根陣柱和獸雕上的機關依序打開，刀車開始逼近時，箭矢雨點般地攢射而下！

箭矢如蝗，遮天蔽目，護衛們抽刀挑箭，列陣護主，心中無不震驚！

陣中的殺招竟全被言中了！

萬箭封空，任護衛們武藝高強，也不敢騰挪點掠。可若不翻過刀車，就算不被亂箭射死，也會被刀車斬斷。

「少主，速定出陣之策！」落腮鬍首領劈開流箭，箭身斷作兩截，掃開一片亂箭。

「莫慌！刀車尚在十丈開外，不妨原地死守，待刀車來了，再擇死士掩護我等出陣！」藤澤的袖下探出一條黑鞭，使力一撥，箭射不入，風穿不進。他瞥了眼隊伍後方，機關已被牽動，就不指望木兆吉有計可施了，畢竟他無縛雞之力，自保尚且難求，何談破陣？

不料這一瞥，藤澤竟吃了一驚！

只見木兆吉和那謀士袖手而立，亂箭攢射，勁大如石，侍衛們出招斷箭竟如吹毛斷髮！他們有人使劍，有人使刀，兵刃看起來甚是尋常……

藤澤不敢分神太久，只能揣著疑竇奮力撥箭。

「主子，要不要將刀車劈開？」這時，月殺退到暮青身旁，語氣彷彿是在問要不要劈了後院裡的柴禾。

暮青道：「不到萬不得已，莫要鋒芒盡露。」

侍衛們有神兵在手，削刀車應不在話下，但陣中人多眼雜，不到萬不得已，不可張狂破陣。

巫瑾打趣道：「這還不算顯露鋒芒？只怕藤澤已疑到不能再疑了。」

暮青道：「這又非我一人之過，若兄長這一路上不是一副踏青的樣子，此刻又能適時地表現出一些慌張的神態來，至少藤縣祭不會覺得你我都很可疑。」

巫瑾失笑，暮青聳了聳肩，刀林箭雨之中，兩人鬥著嘴，彷彿眼前之險不值一提。

遠處，司徒峰撥著箭，恰巧將兩人的閒談之態瞥進眼中，心裡頓時燒起把火來。木兆吉只是推測出了殺招，也能算出破陣之策？憑著幾分小聰明，就想坐享其成！

這等關頭，司徒峰深知求人不如求己，於是飛快地掃視起了陣道，只見地上遍是殘箭，亂箭多射在陣道那邊和對面的牆根兒下，而這邊……

司徒峰愣了愣，隨即露出狂喜之色！

「有死角！」他大喊一聲，便往牆上靠去。「牆下無箭！」

「不可魯莽！」有人喊了一聲，奈何已晚。

司徒峰觸及牆面，袖甲扯動了青藤，藤後的圖騰縫隙突然陷入半寸！

嗖！

司徒峰覺知殺機，欲避已遲，血花濺開，長刀落地，只見三根白花花的手指骨碌碌地滾了出去。

司徒峰慘叫時被一道掌風掃退，亂箭如雨，一個護衛扶住司徒峰，肩膀卻被流箭扎透，血染甲冑。而這時，護衛首領拄著長刀立在牆前，七把刀扎在身上，其中一把插在喉口。他瞥了眼司徒峰，似乎有話想說，喉嚨卻冒著血，嘴張了幾下，眼中便失了神采。

與此同時，藤澤的一個護衛踉蹌著退了兩步，他本在前方掠陣，因司徒峰觸動機關，飛刀射向藤澤，藤澤揚鞭一打，一把飛刀釘入陣道，一把被箭彈開，埋入護衛的後心。

遠空中一支長弩呼嘯而來，破腹而入，將這侍衛釘在了陣道上，他張著雙臂，彷彿一個扎在田間地頭的草人，迎接著萬箭穿身。

一個活生生的人身上能扎多少支箭，沒人去數，只記得護衛倒下時已屍身不全，前後刀車隆隆行來，長風馳撞，景象駭人。

藤澤看向司徒峰，目光猶如剮骨之刀。

司徒峰臉色蒼白，手冒著血，他把千機陣看得太簡單，陣中高人代代守陣，豈能不知箭矢的射程有死角？上有萬箭封空，中有刀車殺陣，死角亦埋有殺招，這才名副其實。天選大陣歷經千百年，凡闖陣之人使過的招法，守陣人皆已料到，他們封死了破陣的門路，要出陣唯有硬闖。

但暮青不想硬闖，她鐵沉著臉看著陣中的景象，目光一轉，落在了刀車上。

刀車此刻離她僅餘五丈。

這時，眾人已被刀車逼得擠到一起，快要揮不開刀了。

落腮鬍首領對一個護衛道：「兄弟，你掩護少主！」

掩護之意，護衛自然懂，說不懼是假的，但既來闖陣，就早有赴死的準備，於是他在漫天箭雨中衝眾人抱了抱拳，就算作別。

此時，忽聽暮青道：「用箭卡入索軌！刀陣先被觸發，而後箭陣才啟動，應是刀車引動了睚眥箭陣。此乃連環殺陣，需得先破刀陣，箭陣才會停止，唯一的法子就是將刀車卡住！」

暮青早不說此計是因為那時刀車尚遠，在亂箭中馳掠必有傷亡，而今時機已到，前後刀車已逼近三丈之內！

護衛們一聽，沒有遲疑的時間，甚至未等藤澤發令，便自發地分作四撥撲向刀車，架勢跟找死差不多，帶著賭徒般的瘋狂。

這一刻，亂箭懸於晴空，刀車止於三丈，諸般動靜皆無，唯有那些奮力撲向刀車的身影留在眼中，如一道道潑出的墨色，飛身掃箭，力奔牆下，竭盡內力，鷹擊索道。

成捆的箭矢被內力推入索軌，又被行進中的刀車壓斷，石牆內的鐵索發出一道沉重的摩擦聲，大陣的骨骼彷彿被扯了起來，發出一陣震地嘶吼。

刀車緩緩停下，亂箭漸漸稀疏，出陣就在這一刻！

眾人縱身而起，像自峭壁縫隙裡飛出生天的鳥雀，掠過刀車，點著石牆，乘風鶻躍，向著內陣掠去——大陣癱瘓的寶貴時機千載難逢，誰循規蹈矩，逐一闖陣，誰就是傻子！

向前！

向前！

奮力向前！

究竟橫穿了幾陣，沒人去數，只聽見箭矢被軋斷的聲響逐漸遠去，聽見體內的血液在沸騰咆哮。

一聲轟響，刀車軋斷箭矢撞在一起時，眾人剛剛掠過不知第幾道石牆，當再次聽見大陣沉悶的嘶吼時，眾人從牆頭躍下，落在了陣道上。

風聲寂寂，陣道像一條荒蕪了經年的古道，鳥雀無蹤。眾人屏息著，直到大陣恢復安靜，腳下也無甚異動，才看向了暮青。

千機陣自創陣至今，從未有人使它癱瘓過，這哪裡是破陣？簡直是大考作弊！

藤澤目光灼灼，人生中第一次脫序的體驗讓他的血液都在沸騰，他壓抑著大笑的衝動，對暮青道：「木兄，你真乃福星也！」

巫瑾垂眸一笑，似嘲非嘲，若藤澤知道這福星是他最大的敵人，不知會是何等心境。

暮青掃了一眼陣道，面無表情地道：「福星告訴你，我們有大麻煩了。」

話音剛落，只聽陣道兩旁的藤蔓後傳來窸窸窣窣的聲響，隱約可見圖騰縫隙裡湧出汩汩黑水，淌下牆面，朝著人群爬來。

那東西似蟲非蟲，似蟲非蟲，扭動時發著喀喀喀喀的聲響，像極了牽線木偶的骨節聲。

眾人紛紛後退，退著退著，忽聽喀嚓一聲，腳下忽然地動山搖，陣道塌出個巨洞，眾人腳下踏空，斷線風箏般地墜入了洞內！

月殺抓住暮青，落地時伴著哐噹巨響，兩人腳下一滑之際，一個侍衛帶著巫瑾落下，一沾地，兩人也打了個滑。

上頭大風呼嘯，墜下來的人眼看要砸中巫瑾，月殺和侍衛運力阻擋，暮青揪住巫瑾就地一滾！

洞底似是銅鐵所製，有些溫熱，巫瑾也說不清這溫熱感是來自於洞底還是懷中之人，只覺得洞頂天光如柱，這在洞底翻滾的一刻好似一生裡作的一場夢，五采爭勝，流漫陸離。

恍惚間，又回到那忍辱的歲月，此刻面前晃過的臉孔也像極了那些骯髒之人。有那麼一瞬，他險些將她推離，可懷中柔軟的肌骨卻逼他留有一分理智，為防洞底暗藏殺機，他被她帶著翻滾時緊緊地護著她的要害，直到他感覺自己撞上了坡道。

坡道陡得很，巫瑾用手撐住，掌下卻油膩膩的。他失手一滑，竟和暮青又順著坡滑了回去，與其餘人撞作了一團。

「嘶！沒長眼啊？」司徒峰的手尚未包紮，疼得齜牙咧嘴。

巫瑾慌忙放開暮青，他低著頭，面色看似如常，面具下卻已汗溼。

此時，上方傳來骨節聲，眾人仰頭一看，見數不清的爬蟲圍住了洞口，從四面八方一湧而下！

護衛們將主子圍住，拔劍抽刀，劈砍蟲群。可洞底太滑，人一使力就倒，禦敵極難。一旦倒下，蟲群便蜂擁而上，護衛們的腿眨眼間便臃腫得跟蟲巢似的，任刀劍如何刮挑，蟲腿上的倒鉤都死死地將人纏住不放。片刻工夫，就有三、四個護衛被蟲群纏住，其中有一名神甲侍衛。因見蟲群只是纏著人，似乎無大害，他便按捺住動用神兵的衝動，且觀事態。

司徒峰發瘋似地問：「什麼鬼東西？什麼鬼地方？什麼鬼味兒！」

「火油味兒。」藤澤道。

「烤肉味兒。」暮青道。

藤澤看向暮青，目光灼灼。「木兄，我們在第七陣！」

換言之，在大陣癱瘓的時機裡，他們越過了五陣。

暮青道：「看來藤縣祭知道此陣的情形。」

「這些東西非蟲非蟲，是木製的機關蟲，久泡於火油中，一個火星就能點著，我們的確有麻煩了。」藤澤望著洞口道：「守陣人中有一脈能造鳥獸，外形唯妙唯肖，內裡機關暗藏。此為火陣，陣道上有只機關蜈蚣守陣，火石為甲，刀刃為足，兼有尾鐮，甚是棘手。」

「機關獸？」暮青望向洞口，聽見陣道遠處傳來異響，那聲音似抽刀，又似磨刀，聽得人毛骨悚然。

司徒峰罵：「殺人還管挖坑，那王八羔子這麼厚道，老子非得好好謝謝他不可！」

「這不是坑，是鍋。此坑四壁鑄鐵，底部有坡，是一口精心鍛造的鐵鍋，而我們是鍋中之肉，蟲群是烹肉之柴，至於烹肉之油，我想鍋底原本無油，烹的肉多了也就有了油。」暮青看向司徒峰，一本正經地問：「難道司徒公子沒感覺到溫熱嗎？這鐵窟中有股燒烤味，想來此前有人剛被烹過，現在輪到我們了，肉已下鍋，柴也添好，火正在途中。」

聽聞此話，無人不驚，司徒峰舌頭都打了結。「怎麼？那些守陣人還、還吃人不成？」

「那倒不會，機關蟲泡的是火油而非菜油，人不吃火油烹的肉，不過……狗就不一定了。」暮青正經八百地分析。

「木兄……」這生死攸關的一刻，藤澤竟然想笑。他敢保證，木兆吉絕對是故意的，他是為了報方才那一言之仇吧？

「木兄，我們得想辦法上去。」藤澤提醒暮青。

「怎麼上去？」暮青盤膝坐著，一副納涼之態。

此洞四壁是油，想踏壁而出是天方夜譚。此刻，下有機關蟲群糾纏，上有機關蜈蚣逼近，除了搭人梯出去不可能再有他法。暮青不信藤澤想不到，可他不說，卻來問她，這就耐人尋味了。

搭人梯簡單，難的是誰在下面。就洞高而言，少說要六、七人成梯，不說上去後有沒有時間倒掛回來救搭梯之人，即便有，在搭梯時，蟲群必定蜂擁而上，護衛們無法反抗，一旦人梯倒下，出去的人將很難將他們救上來。

按同盟協定，搭梯之力要由藤澤和司徒峰出，一旦人救不上去，損失對藤澤而言將是難以承受的，所以他才問策。他問的不是出去之策，而是在探問她的心跡。

暮青心知肚明，故而裝傻充愣。

藤澤嘆道：「木兄，殺機迫在眉睫，容不得打機鋒了，在下就明言吧！要出去只能搭人梯，你我終究各為其主，若皆由我的人搭梯，出此火陣，怕要損失過半，恕在下難以承受。木兄想必知道拖延的後果，故而在下厚顏提議，我們各自點選兩名護衛搭梯，誰上誰下，划拳來定，如何？」

巫瑾看向暮青，讓她抛下侍衛只怕很難，但藤澤放心與她結盟是因為他人多勢眾，若藤澤勢力大損，這盟可就結不下去了，眼下她恐怕要適當讓步。

聽著陣道上的聲響越發近了，月殺給兩名侍衛使了個眼色，兩人點了點頭，打算若暮青不肯決斷，就將她強行帶離。

這時，暮青問：「上去後，洞口可會關上？」

「不會。」

「何時會關？」

「不太清楚，當年，神官大人一行與機關蜈蚣鏖戰數百回合，殺出一條血路才得以出陣。」

這話隱晦，實際上就是神官抛下洞中的護衛離開了。

想來這洞是留給機關蜈蚣的，蜈蚣不入洞就不會關上。

「好！」暮青點了頭。

藤澤鬆了口氣，他的護衛首領和司徒峰早就選定了搭梯之人，就等暮青的護衛了。

說要划拳定次序，可根本沒那時間，一名神甲侍衛盤膝坐下，喊：「划個屁！主子要緊，速速上來！」

話音未落，另一名侍衛已飛身而上，坐在了他的肩頭。蟲群瘋了似地爬去，幾息間便將兩人吞噬，倒鉤刺進皮膚，兩人的手背和臉上頓時鮮血直流！

暮青兩眼發紅，月殺將她按住，藤澤和司徒峰的護衛們飛身而上，人梯一搭好，藤澤便道：「走！」

眾人飛身而起，踏著人梯向洞口掠去！

暮青喊：「暫且忍耐！等我救你們出去！」

侍衛們咧嘴一笑，目送著暮青擁抱長空，而後故作無力地晃了晃，緩緩地倒了下去。

人梯轟然倒塌，藤澤在洞口一驚！

司徒峰罵：「他們是故意的！」

兩名神甲侍衛的確是故意的，人梯上頭的都是藤澤和司徒峰的人，這些人是主子的絆腳石，與其讓他們被救上去，不如留下一起做烤肉。

藤澤看向暮青，卻見暮青並未理會洞內，她的目光正盯著前方。

前方，一隻巨大的紅頭蜈蚣已過了彎道，火石為甲，刀刃為足，乍一看，似怪石嶙峋的山丘成了精，正在荒蕪的古道上巡視著領地。它的身子幾乎塞滿了陣道，足刀在陣道上扎進拔出，尾部的黑鐮敲打著背上聳起的火石，火花若天地中絢爛的煙火。

機關獸，這僅存於想像中的古代機械造物，如此壯美，卻沒有激起暮青的一絲敬意，她的眼底只有寒意。

當初，暹蘭大帝陵寢內的機關是為了擇選大智大勇之人，而千機陣中的機關為的卻是殺人取樂，此等惡陣，不鬧何為？

「你們三個聽我吩咐，剩下的原地保護先生。」暮青身後僅剩六名侍衛，她點了月殺和兩名身形精瘦的侍衛。

巫瑾一驚。「妳這是要……」

藤澤問：「木兄不打算走？」

「要走你走！」暮青把三人招來身邊。「我不通曉機關術，但你們也無需被那蜈蚣給唬住。機關獸的本質就是能夠運動的機械獸，而機械運動的本質是物體位置的移動，那就逃不過空間、結構和力學。你們相信我，待會兒按我吩咐行事！」

侍衛們聽得雲裡霧裡的，卻沒人不信。

「妳想讓那蜈蚣停住？」巫瑾問。

「我想宰了它！」暮青給了巫瑾一個安心的眼神，而後便率侍衛朝機關蜈蚣走去，日頭在那病懨懨的背影上蒙上一層輝光，叫人看得發怔。

洞窟前靜了下來，巫瑾忘了勸阻，藤澤也失了決斷。
司徒峰冷哼：「不懂武藝之輩，不自量力！」
藤澤驚醒過來，急忙喝止：「木兄！不可——」
魯莽尚未出口，就見暮青拔腿奔去，蜈蚣高似山丘，僅足刀就有一人多高，人在足刀面前形同面對鍘刀，數百把鍘刀堪稱刀林，暮青在鍘刀三尺前一個急仰便滑入了刀林之中。
巫瑾的心揪了起來，窮其目力也難看清蜈蚣腹下的情形。
這蜈蚣行路如移山，數百足刀在陣道上扎入拔出，腹下飛石揚塵，沙暴一般，只能看見刀影。
月殺三人緊緊地將暮青護住，生怕她有個閃失。
暮青道：「不必緊張，體型是它的弱點，體型越大，承重越要緊，擊毀承重點，我們就能廢了它！」
月殺掃了眼四周。「在何處？」
暮青也在掃視四周，飛出洞窟時她曾俯瞰過這條蜈蚣，它身長數丈，動若靈蛇，身上一定有條脊骨。因其背上遍是巨大的火石，故而除了脊骨，應該還靠足刀承重，當它扭動時，脊骨轉點下的足刀承重最大。
當它扭動時……

暮青的目光在蜈蚣的腹下睃著，眼前刀影重重，飛沙莽莽，侍衛們防備著擦身而過的刀足和沙石，月殺揚劍掃開一顆斗大的石子，飛石將塵幕砸出個洞來，洞的那一邊，蜈蚣的刀足清晰可見。

暮青大聲道：「擊石！越遠越好！」

侍衛們從命行事，一時間，破風聲從蜈蚣腹下頻頻傳出，數聲後，暮青喝道：「那兒！」

喊話時，暮青奔出，只見幾把足刀插在陣道上，其中一把刀在將拔未拔的一瞬稍稍傾斜，地面的黃土裂了道縫兒。

暮青真切地感受到了身手敏捷的妙處，身邊暗風四伏，她卻能感覺到風的來去之處，聽見石子射來的微響，看見足刀從她面前擦過的軌跡……當她在那把足刀前停下時，仰頭望去，見足刀邁起時，與蜈蚣下腹的接縫顯了出來。

就是這兒！

暮青目光一定，將解剖刀朝接縫擲去，只聽喀的一聲，足刀被卡在陣道中，被蜈蚣沉重的身子拖出，將地面斬出一道深溝。

這時，月殺趕到，抬腳一踹，霸道的內力藉著機關的拖行之力，足刀轟然斷裂！

斷了一條腿，對百足之蟲而言無關痛癢，卻令人心神為之一振！

侍衛們不住地擊石，暮青在身後的黃塵被破開的一瞬喊：「那兒！」

話音未落，她已奔去，看準時機抬手一擲！又是喀的一聲，月殺趕到，抬腳廢刀，足刀擦著陣道滑出，撞上石牆，砍得青藤嘩啦啦的斷落！

洞窟前方，司徒峰驚得忘了手痛。「他們在卸機關……」

落腮鬍首領道：「卸不完的。」

「顯然不是衝著卸完去的。」藤澤目光如炬，黃塵之中難見人影，他數著話音。

七聲，一共七聲！

每當話音傳來，三、五息後，必有刀斷聲，但足刀不是挨著斷的，實難知曉其中關竅。

七聲過後，解剖刀用盡，暮青已在蜈蚣的後腹下，一個侍衛提著匕首看準暮青的眼色，抬手就射！

篤的一聲，刀身入骨渾似削泥，蜈蚣的步伐滯了滯，巨大的骨骼被拉動，發出一聲撕扯的悲鳴。

月殺踹上足刀，刀身應聲而裂，被骨骼的拉力生生扯斷！

黃塵騰起，吞人蔽目，機關蜈蚣晃了晃，暮青聽見一連串的斷裂聲，聲響在人頭頂上傳來，猶如天崩。

「小心！」月殺拽住暮青疾退，只見足刀成排崩斷，飛劈而來！

機關蜈蚣山崩般塌下，月殺擋住暮青，藉風向蜈蚣尾部疾退，足刀劈來的瞬間，兩名侍衛飛身插入，橫刀一擋，與後方滾來的足刀撞在一起，抵著月殺和暮青一起跌出了機關尾部。

洞窟前方，機關蜈蚣翻倒後，火石山擦著石牆滑來，眾人退了又退，腳後跟已踩在了洞窟邊緣，眼看著蜈蚣頭顱就要撞來，巫瑾道：「能否設法使其改道？」

生死一線間，藤澤率護衛們掠去，齊力將快散架的蜈蚣頭顱逼向石牆，蜈蚣的身子甩入陣道當中，滑行了片刻後終於慢慢地停了下來……

眾人喘著氣，兩眼發直地盯著陣道後方。

這陣……破了？

司徒峰咕咚嚥了口唾沫，只見石牆上冒著黑煙，有人從滾滾黑煙與塵土中行來，刺眼的日暉灑在那人清瘦的肩頭，那身風姿似剛從狼煙熱土的戰場上披甲凱旋。

木兆吉……

木家到底……

藤澤虛了虛眼，隨著暮青越走越近，疑團一個一個地敲在心窩裡，揉成一團解不開的亂麻。

暮青一路走來，順道將解剖刀拔出收好，這才來到巫瑾面前裝模作樣地打了個深躬，說道：「兩名侍衛受了內傷，有勞先生。」

藤澤一愣，儘管早已懷疑巫瑾並非破陣高人，但委實沒想到他會是位醫者。

巫瑾問：「縣祭大人如何？」

「好得很。」暮青說罷，朝洞下喊：「底下的人怎麼樣？」

底下的人被蟲群裹成了粽子，洞窟頗深，若下去救人，又該如何上來？

眾人正不解，暮青已往陣道後方走去，巫瑾去為兩個侍衛醫傷，暮青吩咐月殺：「打掃陣道，把骨架留下。」

說罷，她一腳踩在機關殘骸上，一手探入蜈蚣腹中，抓住脊骨就用力一扯！

機關蜈蚣並非活物，脊骨是木雕的，但看著暮青抽骨的剽悍架勢，眾人的後背還是生出了寒意。

這時，不知多少人回想起了那句衝陣前的話——我想宰了它！

這叫宰了？這叫大卸八塊，破腹抽骨。

藤澤回過神來，命侍衛們去幫忙，眾人忙活了小半個時辰才將骨架拖出，只見蜈蚣骨架頗似魚骨，儼然一架骨梯！

「妙！」落腮鬍首領不禁讚嘆。

暮青道：「把骨梯放下去，救人上來。」

有了骨梯，救人輕而易舉，護衛們下了洞窟，少頃便將人救出了生天。

一上來，護衛們便震開蟲群，合力將蟲群逼入了洞窟。

「你們的傷可需醫治？」暮青問著兩名侍衛，眼卻掃視著陣道，似乎在防備著什麼。

「皮肉傷，不礙事。」兩人說話時已將暮青護住，主子察事如神，但凡有這神情，必有險事臨頭。

「木兄又察知了何事？」藤澤警惕地問。

「下一陣是什麼？」暮青問。

藤澤道：「水陣，陣中有絞車，暗流洶湧，頗為凶險。」

暮青問：「火陣的火若未燒起來，你覺得會發生什麼？」

藤澤道：「火陣從未被破過，木兄的問題我回答不了，那些守陣人也未必事事都能料到，如我等掠過五陣之事，只怕歷代守陣人都不會想到。」

暮青道：「布陣與破陣就像執棋博弈，旗鼓相當方能譜就絕世名局，沒有闖陣高人，何來布陣高人？那些陣痴不可能不設想陣破後該如何回敬對手，按千機陣中步步緊逼的風格而言，火沒燒起來，下一陣定比原先的水局更為凶險……但願是我草木皆兵。」

暮青說罷就看那兩名受了內傷的侍衛去了，兩人的手腕腫得跟蘿蔔似的，巫瑾正為兩人施針，見暮青過來，說道：「臟腑無大礙，幸虧他們有默契，各使了一臂之力，若是兩手皆傷，可就麻煩了。」

暮青鬆了口氣，藤澤領著司徒峰上前說道：「不知先生是位聖手，多有得罪，望先生海涵。」

前路凶險，誰也不會與醫者交惡，司徒峰朝巫瑾拱了拱手，面色赤紅。

巫瑾笑道：「前路凶險，司徒公子內服些封血止痛的良藥為好。」

說罷，他取出玉瓶，倒了顆丸藥遞了過去。

司徒峰正遲疑，藤澤道：「前路凶險，我等尚需相互倚仗，那就多謝先生賜藥了。」

說罷，藤澤看了司徒峰一眼，看似溫和，實則涼薄。

司徒峰心頭生悲，只能接藥相謝。他沒有權利選擇，人生在世身不由己，不過一場賭博罷了。

「繼續探陣吧。」這時，暮青說道，只說不動。

藤澤意會，看向司徒峰。

司徒峰只能繼續頭前探陣，三隊人馬又恢復了入陣之初的隊形。

日頭高照，陣道上到處是機關殘骸，石牆上冒著縷縷黑煙，乘風逐日，日暈泛著不祥之色。

一行人再未遇到殺招，順利地來到了第八陣前。

護衛們小心翼翼地踏入陣中，剛入陣，身後便傳來一陣轟鳴聲，陣柱下方竟然升起一道石門，死死地封住了陣口！

就在陣口被封死的一瞬，闊大的陣道忽然像甦醒的巨獸般張開了大口，眾人腳下一空，猛地墜入了陣道下的黑河水中！

「先生？」暮青一落水就四下尋找巫瑾，見巫瑾在她身後不遠處，便立刻游了過去。

巫瑾苦笑道：「兒時習過泅渡，只是多年未下水，恐怕得適應一陣子。」說話間，侍衛已攙住了巫瑾。

這時，上頭隆隆作響，眾人仰頭一看，驚道：「陣道要封！」

藤澤將鞭一揚，鞭子卻根本搆不到陣道，長鞭落回水中。白浪翻湧，眾人踩水的工夫，河道中的光亮被擠作一線，最終全然不見了。

藤澤沉聲道：「怕是真要如木兄所言了。」

這時，河道前方亮起一點幽光，似黃泉路上點起的一盞引路孤燈，著實詭異，更詭異的是，它順著水飄了過來！

這河道是一條死水河，幽光是怎麼飄過來的？水中不便使長兵，護衛們紛紛取出匕首。水波沉浮之時，那幽光忽然變得細碎起來，霎時間，河道中燦若天河，彷彿萬千繁星流瀉而來。

幾乎同時，河道前方隆隆作響，水面掀起巨浪，升起了一架巨大的水車！

「來了！」藤澤道：「小心暗流！」

「先小心河面上吧。」暮青道。

話音剛落，水車絞動起來，巨浪打起，夾雜著幽光，劈里啪啦地射了過來。

護衛們的心沉了一下——這東西聽著有些分量，恐怕不是河燈、流螢之物！

「火！」這時，前頭的護衛看見幽火越過頭頂，帶著股子火油味兒和喀喀的骨節扭動聲。

「去他娘的火！」沒人比被困在鐵窟內的護衛們更熟悉這聲響和氣味。「是蟲群！」

前陣中的機關蟲群竟出現在了河道中，還燒了起來！

這時，河道下暗流已聚，拽著人的腿腳，護衛們驅避火蟲越發不便。

暮青念頭飛轉，前陣的火沒能燒起來，此刻竟水火同陣，機關蟲群事先浸透了火油，故而能在水中燃燒，可水火不容，木造機關燒不了太久，那麼這殺機作為守陣人的回敬，是否不太夠格？

正思忖著，幾隻火蟲墜來，侍衛們抬刀一挑，火蟲從暮青的頂心擦過，刺目的火光和濃重的火油味令她心頭咯登一聲！

不對！

暮青奮力踩水轉身，後方既無水車亦無蟲群，黑暗中卻有什麼在湧動，似密密麻麻的黑蛇。

「火油！」暮青高喊一聲！

「什麼？」藤澤回頭之際，鞭頭一偏，一隻火蟲凌空劃過，正落在那段黑黝黝的河面上，大火頃刻間便燒了起來！

火光照亮了河道，眾人這才發現後面河道的牆縫中正湧出火油，大火燒得極快，眾人只能向水車游去，但暗流頗大，加上蟲群之擾，人的游速終究不及火勢。

大火燒身前的一刻，暮青給了巫瑾一個鼓勵的眼神，扯住他的衣襟便將他帶入了水下。

河面上火光沖天，水車木輪翻動著河水，白浪帶著火焰被拋向空中，這人間奇景對河底的人而言無異於滅頂之災。

水底的暗流生生把人往車軸上吸，暮青看向月殺，豎掌成刀，衝水車做了個斬的手勢！河底視線模糊，即便動用神兵也不易被看出來路，倒是個速速破陣的時機。

月殺與侍衛交換神色之時，暮青衝藤澤做了個划水的手勢，藤澤立刻示意護衛們散開，護衛們挽著組成人牆，以防被暗流捲入水車。

就在這時，司徒峰忽然著魔一般，聽見了異響！那是鐵索絞動之聲，他心頭一驚，發現護衛們一心後退，竟無人發覺殺機，而石牆在洶湧的波濤中扭曲著，牆縫裡隱約推出一排兵刃，似千年幽潭下生出的寒冰。

刀！牆上有刀！

水中開不得口，司徒峰奮力甩開左右，一個猛子向前扎去！

眼見著司徒峰被暗流扯向水車，護衛急忙下潛，險之又險地扯住他的衣領，後頭的人一個接著一個的往前撈，而兩個被甩開的護衛卻遭暗流扯住，生生被拖向了水車，鮮血模糊了眾人的視線。一個侍衛眼見求生無望，當即運力於掌，在被扯進水車的一瞬，一掌擊向了車軸！

水車的絞速頓時慢了些，河水的血色卻濃了幾分，待那護衛被拋出河面，已然只剩半截。

這時，河道中忽然彈出一物！

藤澤察覺殺機，卻因被血水模糊了視線而難辨其形，只覺知殺氣的收放僅在須臾間，水車竟無聲無息地從中斷裂，水浪壓頂而來，重若千斤巨石。

眾人閉氣已到極限，也不知灌了幾口血水，暮青往身邊一摸，發覺巫瑾已在抽搐，便帶著他頭一個游過水車，冒出了水面。

眾人緊跟著冒出，只見屍體漂在那邊的河面上，已經燒了起來，水車一毀，火油就蕩了過來。

水車斷裂的事雖叫人生疑，但此刻由不得盤問，只能向前游。沒了暗流的牽制，眾人游得頗快，但游著游著，便在前方看見了火光——他們環著陣道游了一圈，已看見了火起處。

這是條死路！

司徒峰神色癲狂地指著暮青道：「禍害！你要不逞能破那火陣，我們何至於落到這般境地？」

暮青若有所思地道：「若無陣門，就只剩下回頭路了。」

「回頭路？」藤澤一愣。

暮青問：「若河道是條死路，那機關蟲群是從何處來的？」

藤澤嘶了一聲：「木兄是說火陣中的鐵窟？」

機關蟲群皆被趕入了鐵窟中，那裡四壁是油，蟲群不可能爬上去，只可能是洞窟連著河道！

「還記得蟲群出現的地方嗎？」暮青看向來處，河面已被大火吞噬，她的目光卻堅定不移。「看來，我們要游回去。」

所謂的游回去即是說要潛回去。

機關蟲群出現在水車附近，需潛游頗久，若尋不到出路，大火封河，眾人只能憋死在水下。

回潛凶險無比，不回潛會被燒死，藤澤當機立斷地道：「回！」

卻沒料到，司徒峰瘋瘋癲癲地道：「不能回！有刀陣！」

「刀陣何在？」藤澤惱了，方才若不是他發瘋，何至於失去那兩名護衛？

司徒峰指著水下道：「石牆！」

護衛們凝神細聽，可誰也沒聽見聲響。

巫瑾有氣無力地道：「司徒公子應是氣虛不攝，情志過極，故而見了幻象。若能見天日，在下可為他施針。」

暮青擔憂地問：「先生可撐得住？」

巫瑾虛弱地笑了笑，頗有幾分雲淡風輕之態。「若撐不住，便是天要亡我，違不得。」

暮青皺了皺眉，對月殺道：「必要時，為先生封穴閉氣。」

巫瑾穿有神甲，唯有在河底才有行事之機，相信月殺懂她的意思。

隨即，暮青點了兩名侍衛，說道：「你二人隨我先行探路，其餘人待火燒來再入水。」

說罷，她便悶頭扎入了水中。

創此陣者頗通謀略，當時，陣道被封，河道中一片黑暗，但凡有抹微光就會吸引眾人的注意力，而後，眾人的精力都放在對付蟲群上，根本沒人留意身後。而蟲群身上的火油味掩蓋住了後方河道的火油味，若不是她覺察殺機不夠凌厲，又嗅出火油味變濃了，只怕再過一會兒，他們都會成為火人。

那人心思縝密，通道定會設在隱蔽處，思來想去，除了水車的所在處，暮青不做他想。一來，水車巨大，容易掩飾通道口。二來，破水車甚是棘手，沒人願意靠近，也就很難發現通道。

水中流光似霞，暮青如一尾劍魚般向水車游去，隱約見到巨大的輪廓時，一個侍衛先一步潛了下去。

水車已被劈作兩半，豁口像一道閘門，侍衛察看了一圈後，衝暮青點了點頭。

暮青直奔石牆，靠著一番摸索，摸到了一根鐵索。鐵索有手臂粗細，是用來牽引水車的，而承接鐵索的牆磚是牆上唯一一塊不同的。

暮青比了個斬的手勢，隨即退開。

一道細微的水波過後，鐵索應聲而斷，半架水車擦著牆面倒下。侍衛拽住暮青潛往河底，待浪平息後才看向石牆。

石牆前，一個侍衛將鐵索繞在掌中奮力往牆上砸去，一拳，兩拳，三拳！月殺此前斬斷水車時，因水車尚在轉動，鐵索將牆面扯裂了，侍衛三拳過後，裂縫蔓延開來，少頃便塌出個洞，河水灌入洞中，連帶著侍衛一併捲了進去！

暮青一驚，這牆連著前陣的洞窟，在通道打開時，河水就應該灌進去了，而後蟲群才能游入河道。那麼，當通道再次打開，不該再有水湧入才是——侍衛砸開的是什麼地方？

暮青腳下一蹬，藉著水勢一鑽入洞內就墜了下去，刺眼的光從高處灑來，她仰頭一看，看見的竟是鐵壁和青天。

這就是那鐵窟，窟底竟然開了個洞！

暮青半是氣惱半是佩服，將解剖刀往地上一插，這地道是條土道，水衝力頗大，暮青沒能停下，不久後，便在前方看見了光亮。

侍衛先滑了出去，少頃，在外頭喊：「主子！」

暮青聽出侍衛的語氣不慌不忙，便任由河水將自己沖了下去。天光刺目，她閉上眼，聽見水音潺潺，覺出掌下遍是石子。

溪水？

這時，後方的侍衛滑了下來，暮青讓開，把眼一睜，見三人身在溪間，岸上沙石青幽老林茂密，此地竟是山中。

「出陣了？」兩名侍衛愣了，尚有一陣未破，怎就出陣了？

第三章

# 大破棋局

這時，洞中有嘈雜聲傳出，月殺帶著巫瑾滑了出來，喚道：「主子？」

「沒事。」暮青見巫瑾近乎脫力，急忙扶著他往岸上去。

這時，藤澤等人出來，見到山中景象，無不驚詫。

「看樣子，像是出陣了。」落腮鬍首領道。

藤澤道：「尚有一陣未破，提前出陣聞所未聞！」

落腮鬍首領苦笑著瞥了眼暮青，一路上跟著這位，聞所未聞之事，見得還少嗎？

暮青上岸坐下，見藤澤也不知此山是何處，索性不想了，天選大陣中沒有安全的地方，身在哪裡又有何妨？

自踏入千機陣中，眾人一路奔逃，此刻都乏了，於是紛紛上了岸，就地調息。

一上岸，侍衛就將司徒峰的穴道解開，司徒峰一醒便大喊：「不可入水！」

護衛道：「公子，我等已出陣，正在山溪邊！」

「山溪……」司徒峰四下一顧，大叫：「水！水！」

巫瑾見了，摸出藥瓶，倒出藥來服下，而後遞給暮青。「血水不淨，大人服顆藥，眼下病不得。」

暮青服藥後順手將藥瓶遞給了月殺，待侍衛們都服過藥後，巫瑾才問藤澤：「藤縣祭可需服用？」

藤澤不自然地笑了笑。「多謝先生好意，我等帶了些跌打內服之藥，非到救命之時，不敢勞煩先生。」

巫瑾道：「那就聽憑大人之意，在下此時無力，怕是尚不能為司徒公子施針。」

「好說，能勞先生記掛，是司徒兄之福。」藤澤說話時看向暮青，見她面溪而坐，袍子裹在身上，比往常清瘦些，卻少了些病弱感，顯出幾分風骨來。

直至此刻他還如在夢中，不知怎麼就出了千機陣。

「沒想到千機陣中竟然陣下有陣，這陣口不知是我等誤打誤撞，還是創陣高人有意指引。」藤澤心中疑問重重，面兒上卻笑了笑。

暮青道：「若無此陣口，我們回到洞窟中，只能順著骨梯重返火陣，而後再入水陣，那豈不是沒完沒了？此地應當就是陣口。」

「我從未聽說過天選陣中有這等地方，想來我們是頭一波到此的。若來到此地是創陣高人給的獎賞倒也罷了，怕就怕往後的路會難上加難。」藤澤不由苦笑，原本和木兆吉聯手只想多些破陣之力，沒想到竟成了一把雙刃劍。事已至此，後悔也來不及了，他只能問：「以木兄之見，我們該——」

話未問完，忽聞林風送來一道幽幽的笑聲，蒼老空幽，似萬里傳音，高遠不可及：「這山中的確許多年未見生人了……」
暮青一驚，侍衛們頓時如臨大敵！
「後生可畏，可也別目無前輩，這世間哪，人外有人哩。」這一回，話音如春風拂柳，近在耳畔。「當年那二位到此時，可不似你們這般狼狽。」
林中千樹萬樹颯颯齊響，人似藏身在林中，藤澤等人急忙盯住林子。
「嘖嘖！瞧你們的樣子，真像落水狗。」溪岸微風徐徐話音飄忽，人又似在山溪對岸。
眾人又望向對岸，見山溪對岸綠草茵茵，野花漫山，丘上老石孤樹，石如臥僧，樹枝稀疏，皆非藏人之處。
這時，司徒峰忽然盯著溪水，大叫：「鬼！鬼！」
眾人低頭一看，見水面上倒映著一張人面，山丘的孤樹上剛剛還沒人，此刻竟蹲著個老婦，披著頭稀疏的灰髮，半張臉被火燒過，甚是醜陋。
藤澤穩住驚意，衝老婦人施了一禮，問：「見過前輩，敢問前輩可是此地的守陣高人？」
老婦人嗤笑道：「這片山林是我占著的，我卻懶得守這鬼陣，你們是神殿的人，要往西南去？」
占著山林，卻不守陣，此人究竟何人？

藤澤道：「回前輩，晚輩慶州永定縣縣祭藤澤，為天選而來，正要往西南去，誤打誤撞入了此山，不料驚擾了前輩。」

「破了陣卻道誤打誤撞，虛偽！我問你，水火二陣可是你破的？」老婦人蹲在樹上，佝僂的身子融在斑駁的日光裡，兩袖迎風輕蕩，風裡添了一絲殺氣。

藤澤猜不透老婦人是惱他謙恭，還是惱他們破了陣，於是下意識地往後瞥了一眼。

暮青撥開月殺走出，抱拳道：「陣是晚輩破的，前輩要打還是要殺？晚輩要趕路，要打恕不奉陪，要殺可幹群架，畢竟論單打獨鬥，晚輩們不是您的對手。」

老婦人一愣，大笑道：「果然是你這有趣的小子，你破陣還真有兩把刷子！」

這話就像是她見過暮青破陣似的，聞者無不吃驚。

暮青審視著老婦人，忽有所獲時，老婦人道：「往西南的路可不好走，即便你們能到惡人鎮上，也未必能活著出去，鎮上現在亂成一團了。」

眾人一愣，不知此話何意。

老婦人的目光落在藤澤身上，問：「你說是嗎？藤家小子。」

暮青看向藤澤，見他眼底乍現驚色，心中不由一沉。

這時，一道大浪忽然迎面而來！浪起於溪底，迎著日光，雪亮刺目，眾人虛眼之際，溪石破浪而出，亂箭般射去；侍衛們被封住穴道之時，一道灰影一把抓住了暮青的肩膀！

「跟我走！」老婦人抓住暮青便往老林中飄去！

月殺率侍衛們急追，巫瑾大袖一揚，袖口有道金絲一晃而斷。

暮青回頭大喊：「保護先生！」

月殺比出個手勢，侍衛們黑鴉般掠回巫瑾身邊，唯有兩人跟隨月殺入林而去。

溪邊，藤澤將護衛們的穴道解開，見暮青的侍衛無一中招，想起河道底下那架神祕斷裂的水車，心頭不由籠上一層陰霾。

巫瑾望著林子，目光涼若寒山化雪，對藤澤道：「事不宜遲，入林吧。」

藤澤笑道：「先生救主心切，在下本不該攔著，可林中許有殺陣，天黑前出林恐怕很難，何不明早動身？那老婦若有殺心，方才便可動手，她將木兄劫走別有目的，木兄暫無性命之險，望先生萬萬不可莽撞。」

巫瑾淡淡地笑了笑，笑意卻未達眼底。「我此生從未莽撞過，莽撞一回未嘗不是幸事，望藤縣祭成全，萬萬不可推拒。」

此話客氣全無，藤澤收起謙恭之態，冷笑道：「哦？我若推拒呢？」

「只怕由不得縣祭。」話音落下，巫瑾衣袖一動，藤澤忽覺喉口有異物滾了一滾。

霎時間，兵刃落地，護衛們咳血而倒。

「你……下蠱？」藤澤駭然，鄂族擅蠱，望族中多只擇一支後人習蠱，稱為蠱脈。族中子弟自幼識藥辨蠱，他身上帶有藥包，也不曾有來歷不明之物入口，怎就……

嘶！

藤澤一驚，死死地盯住巫瑾——是河水！方才在河道中，他們皆吞了幾口河水，可當時在河底的人除了他們，還有木兆吉。

莫非……

藤澤忽然想起上岸後，巫瑾曾藉血水不潔為由叫人服過藥，那藥應是解藥無疑了。

「你……」藤澤嗓音嘶啞，面色猙獰。

好！他竟看走了眼，此人是個狠角色！

如今想來，司徒峰的瘋癲只怕也是此人的手段，此人心知他不會為了司徒峰與他生出嫌隙，於是假意賜藥，司徒峰沒多久便在河底生了幻象，致使兩名護衛死於水車下。

此人的目的應當是製造混亂，讓他們灌幾口河水，好吞蠱入喉。且司徒峰一瘋，護衛們救主，陣中殺機重重，極易有所傷亡，好個一箭雙雕！

當時，木兆吉及其護衛怕也中了蠱，上岸後，此人料到他不敢服旁人的藥，解藥就這麼堂而皇之的在他眼皮子底下被木兆吉等人服下，他的人卻身中蠱毒而不自知。

這人真是藏得好深！

巫瑾看著藤澤的掙扎之態，如看著蚍蜉螻蟻，涼薄地道：「勞煩縣祭探陣，竭力尋人，若尋不到，那便與蠱為食，埋骨大陣好了。」

林中遍地毒沼，老婦人抓著個人，仍然腳下生風。

暮青的肩膀鑽心的疼，語氣卻平淡得出奇：「前輩，我的肩要是傷著了，就不能幫您破陣了。」

老婦人的身分和目的，暮青已能猜知一二，方才在溪邊，她的話聽起來就像是見過她破陣似的，她不可能藏在千機陣中目睹她破陣，那就只能是在聖谷裡了——此人就是那個在林中戲耍他們的神祕人，她劫走她，八成是要她破陣。

「婆婆用不著你出力，你只需出謀劃策。」老婦人抓著暮青往老樹上一踏，枯枝老葉、蛇蟻蟲群劈里啪啦地砸了下來，一條花斑毒蛇擦著暮青的面頰掉進毒沼裡，毒牙只差半寸就能刮到她的鼻子。老婦人惡劣地道：「再敢吵鬧，拔了你的舌頭！」

暮青額上的青筋突突地跳。「您拔了我的舌頭，我就不能出謀劃策了，肩再傷著，可就連字都不能寫了。容晚輩提醒一句，疼痛會擾亂思維，破不了陣，耽誤的可是前輩的大事。」

「嘁！」老婦人惱了，冷不防的把手一鬆。

暮青急墜而下，下方是塊山石，石上生著青苔，她腳下打了個滑，登時仰倒。石後有窪毒沼，栽入其中必死無疑，暮青卻未掙扎，像是被人封了穴道一般。

老婦人劫持她後曾點過她的穴道，她穿有軟甲，之所以假裝受制，與其說不想暴露神甲，倒不如說她對老婦人打算帶她去的地方很感興趣。從藤澤的神情上來看，他顯然知道鎮上會出亂子，他隱瞞此事，此事很可能與神殿有關。

雖不知老婦人要破什麼陣，但天選陣中處處是險，有高人帶路，何樂而不為？只是月殺和兄長必定來尋，她要留下線索，所以腳下一滑時，她用腳面擦了下青苔。

青苔被踢起來一塊，暮青有把握老婦人不會察覺，因為她正心繫她的生死。

果然，就在她離沼澤只差寸許時，衣襟忽然被揪住，老婦人將她提回，看著她眼裡的驚意，嘲諷道：「怕死就安靜點兒！」

說罷，老婦人往暮青喉口一彈，扛麻袋似地把她往肩上一扛，繼續趕路了。

暮青看著青苔腳印漸漸遠去，目光沉靜無波，她的手臂垂著，手心裡藏著抹雪光。老婦人在樹上一踏，枝葉颯颯作響，暮青手中的雪光趁機落下，墜入落葉堆裡，響聲如同樹枝茂葉的擺動聲。

日暮時分，老婦人出了林子，一線餘暉勾勒出連綿無盡的黑山，她看了那黑山一眼，向北奔去。

沼澤林裡，紅雲層疊，枝影枯瘦，仰頭望去像一片死氣森森的焦樹林。

一塊山石前，月殺挑起青苔看了看，說道：「無泥，是主子留下的，前面興許還有，找找看。」

一個侍衛當即以刀作筆，在樹上劃下幾個密字，一腳踹上樹幹，老樹應聲而倒，巨弩般指向他們將去的方向，那一行密字則被壓在了下面。

「走！」月殺一聲令下，三人便化作黑風長掠而去。

……

膏夜時分，三人從林中竄出，一出林子便分散開來。

少頃，北面傳來一陣咕聲，兩道人影掠回，一個侍衛將刀交給了月殺。「頭兒，主子的刀！」

「北邊？」另一個侍衛疑惑地遠眺，只見北山峻拔，黑如龍爪，爪中似乎囚困著什麼，說不出的詭異。

「那老婦人未必要去惡人鎮，她抓走主子八成是要逼她破陣。」月殺把刀子一錯，語氣沉了幾分：「這是第六把了，這套兵刃只有七把，最後一把刀很可能會留在陣門附近。」

侍衛聞言退到林邊，抽刀刻字，飛腿斷樹，而後，三人便往北摸去。

此時，沼澤林裡，一個侍衛蹲在翻過來的樹旁看著密文道：「往那邊去。」

藤澤中了蠱，但功力未廢，藉著月色看出那些文字是某種密文，心中不由驚詫。這些人行事謹慎，密文無不壓在樹下，樹冠所指的方向與密文一致——既然伐木指路，為何還要刻密文？那是因為若有敵手先發現了此木，很可能會移木改向，故而樹標不能盡信。若樹標與密文不一致，抑或密文被毀，就說明有敵。

此法若在聖谷中用之，老婦人武藝再高，也騙不了他們——這些護衛一直在隱藏實力。

藤澤瞥向巫瑾，他立在石前撫著青苔，月光從沉靜的眉宇間淌過，眸光似出鞘之劍，寒寂勝雪。

「走！」巫瑾一聲令下，藤澤和司徒峰的護衛們便不得不繼續探路。

人跡罕至之地，毒蟲之大，平常甚是鮮見。入夜之後，風裡混著酸臭的氣味，樹木不知不覺間稀疏了起來，樹身焦黑，枯瘦詭怪，明明是片葉不生的死樹，枝上卻垂著萬千藤蔓，藤澤越看越疑，不由沉聲道：「慢！」

話音剛落，打頭陣的人一頭扎進了死樹林裡，藤蔓遮人視線，護衛抬刀便撥，刀風剛到，綠藤便向後一曲，他心頭一驚，霎時間頭皮發麻！

「蛇！」護衛大喊時已迎面撞了上去！

這些蛇只有小指粗細，長如柳條，護衛頭上頓時像被潑了一鍋長壽麵似的，耳鼻面頰如遭蟻噬，瞬息間便遍體僵木，跌入了毒沼。

落腮鬍首領跟隨在後，見此情形忙將刀扎進樹身，雙腿一蹬，真氣蕩颺，樹身頓時被蹬出兩個腳窩，木屑爆射開來，他飛退之際將刀一抽，老樹崩斷，帶著血淋淋的蛇群墜入沼澤，他與後頭的人撞作一團，隊伍這才被逼停。

隊伍一停，藤澤便揚鞭纏住高枝，借力騰向夜空，落在了樹冠上。他臨高遠眺，只見死樹林廣袤千丈，樹上萬蛇纏枝，地上毒沼成澤，而那陷入沼澤的護衛早已被吞得屍骨無存。

這時，巫瑾淡淡地道：「有勞諸位。」

侍衛們立即應是，四道人影黑風般的掠入樹林，兩人一隊，化影為鐮，影過之處，樹斷蛇舞！

只見四人沾都沒沾樹身，枯枝蛇群便如雨潑落，四人運臂極快，月色下化出道道殘影，周身真氣蕩颺，頭上三尺彷彿張著厲網，毒血橫飛，血潑不入。

死林千丈，竟不消片刻便被削盡，殘枝蛇影零落成泥，盡歸沼澤。四名侍衛掠回，衝著巫瑾抱了抱拳。

月光照著光禿禿的死樹林，藤澤和司徒峰的人馬震驚至極，誰也不敢相信，眼前這些人是在千機陣中的那撥。

方才有樹蔭遮擋，眾人並未看清侍衛們的路數，唯有藤澤立在高處，看見血霧之下的厲網如千絲織就，如銀勝雪。他不在江湖，但府中招攬江湖人士無數，故而耳目一向通達。縱觀天下，門人以神兵威懾武林，神兵又細如蠶絲削鐵如泥的，非刺月門莫屬。

可刺月門乃大興武林門派，前陣子剛被南興帝下旨清剿，怎會出現在圖鄂？

這一路上，他們稱木兆吉為主子，對其恭敬信重言聽計從，儼然死士，絕非是近日才被他招攬到的，那莫非……江湖中神龍見首不見尾的刺月門主，是木兆吉？

藤澤被自己的念頭驚住，又想到大安縣地處國境，木族子弟與大興武林門派關係匪淺，那木家豈不是與大興早有勾結？

藤澤並不知自己想岔了，且岔得極遠。他出了一身冷汗，這時，巫瑾由侍衛帶著掠出，踏著木樁往死澤對岸去了。

眾人醒過神來，心頭悚然，暗道：如非需人探陣，只怕木縣祭早就對他們下格殺令了吧？

藤澤目光寒沉地望著巫瑾等人的背影，這些護衛身上還有祕密，午後在溪邊，他們身中飛石而穴道未封……受制於人未必是壞事，就讓他跟去看看，他有預感，木兆吉身上的祕密離撞破不遠了。

「跟上！」藤澤一聲令下，率人跟了上去。

漫漫黑雲自西壓來，一場夜雨將至。

仍是這時辰，大陣北面，崇山峻嶺之巔，一座坍塌的神廟像一堆遠古巨石般守望著山河。山已崩裂，歷經數十載光陰，五道山縫已遭長草掩蓋，唯有山風吹過時方可見山縫起於地底，似自九幽之下伸出的地龍之爪，凶戾地將神廟捏了個粉碎。

廟門已塌，一根柱子支撐著廟頂，青苔野蔓遮了圖騰。暮青迎風立在廟前的石階上，老婦坐在石階下方，半人高的野草隨風撲來，幾乎將她埋住。她佝僂著腰，目光如隼般穿過野草搖擺的縫隙，一瞬不錯地盯著山下。

她在等什麼。

風捲著黑雲自西邊湧來，漫山草伏，層疊如浪，雨點兒劈里啪啦地砸下來時，月隱入雲，山下黑如深海。

平地一聲驚雷乍響，青電裂空而下，山下有無數灰白的人影晃了一晃。

青電忽明忽滅，白影灰影纏鬥如畫，黑雨拍林，刀劍擊磨，羯鼓般激切。風蕩著泥血氣騰湧而來，幾道灰影似天地間潑出的淡墨，先往山頂來了。

老婦人起身，未候多時，幾道灰影便到了山頂。

「梅姑！」幾人收刀抱拳，大雨沖去了刀上的血，卻沖不散身上的血腥氣。

「人帶出來了嗎？」梅姑問。

「別提了，盛老三和萬十娘把咱們給賣了！人落在黑白二老手裡了，白老鬼的人追得緊，快殺上來了！」灰衫漢子聲音似鼓，在風雨聲裡嗡嗡作響。

梅姑望著茫茫山林，平靜地道：「看來只有一條退路了。」

灰衫人道：「那是死路，不是退路。」

梅姑嗤道：「怕死就別進來，省得吵擾先聖！」

說罷，她揪住暮青便退進了神廟。

暮青藉著忽明忽暗的青光環顧著神廟中的景象——她終究還是來了這裡，鎮壓先代聖女之地。

這時，兩路人馬已殺到了半山坡，灰衫漢子打了聲響哨，纏鬥的人群向神廟湧來。

而山腳下，月殺和兩名侍衛屏息伏在草中，望著山腰上的廝殺。

一個侍衛問：「頭兒，等什麼呢？」

「等他們入陣。」月殺盯著山頂。「這些人應是惡人鎮中的武林人士，那老婦被人追殺，想讓主子破陣，定會全力保她，我們與其貿然殺入，不如跟隨在後出其不意。」

這時，沼澤林外，侍衛藉著白電青光看了眼密文，說道：「北邊！」

「北邊？」巫瑾愣了愣，大雨瓢潑，北山黑如墨色，連輪廓都看不清，他心中卻自有一幅山河圖。

天遠大陣東起十里聖谷，北依神脈山北麓，北邊是……

古神廟。

古神廟內遍地塵土，祖神像的頭顱被倒塌的廟梁壓得粉碎，雨水順梁淌下，一道紫電驚雷落來，無頭神像的衣襟彷彿染了血。

神像的一隻手垂著，一隻手五指併攏撫在心口。梅姑像隻灰頭雀般蹲在那屈著的手臂上，往神像手掌下一戳，神像便往前推了三尺，座下露出一條暗道。

梅姑揪著暮青下了暗道，地上鋪著玉磚，此刻沒有雷聲，暮青將最後一把解剖刀按在掌心，沒有冒險出手。

神像下是一條石道，暮青默數著，十數息後，她滑到了底部。底下漆黑一片，梅姑取出只火摺子，點亮了一盞油燈。

只見眾人身在一條墓道中，墓門古樸，兩旁立有墓燈，梅姑將兩盞墓燈都點燃後，墓門便開了。

墓室裡亮著，梅姑望著墓室，像一個孤獨的朝聖者。

這時，墓道上頭傳來腳步聲，有人道：「泥水在此斷了，墓道在神像下面！」

一個老者冷笑道：「天意！機關十有八九在神像上，找！」

武林人士們聽著話音，不由盯緊了墓道上頭。

灰衫漢子道：「只怕用不了多久，他們就能殺下來，梅姑，先聖女墓室的機關可是無解！」

一名紫衣婦人道：「與其死在外面，我倒樂意給聖女殿下當個殉葬人。」

灰衫漢子呸了一口。「要祭聖女殿下，也該拿那些宵小的血，待會兒老子下頭刀，誰也別搶！」

說罷，他擠過人堆，橫刀擋住了墓道口。

梅姑在暮青背上一拂，冷冷地道：「小子，別耍花樣，你要是能入墓室，婆婆就放你一條生路，要是過不去，就只能陪我們這些老怪物殉葬了。」

武林人士們早瞧見了暮青，只是情勢緊迫，沒顧得上問，此刻見梅姑竟將生死繫在一個陌生晚輩身上，不由驚詫。

暮青卻怔在了墓室門前，她從未想過先代聖女墓室中的機關會如此出乎意料！

只見墓室闊大，四牆繪有壁畫，牆上嵌有三十六盞長明燈，圍成方陣，陣中是一塊巨大的棋盤！

墓室的地面裂隙交錯，縱橫如網的棋路以鎢鐵打製，懸於萬丈深淵之上，大風自地底撲嘯而來，棋子大如斗石，氣勢磅礴。

燈火照得墓室通明如晝，而棋面上的殘局暮青早已爛熟於心——當年，空相大師贈的棋譜殘局，她一直未能參破，沒想到會在先代聖女的墓室中得見！

梅姑道：「墓室那邊有間內室，內室中有條密道可通陣外，要入內室，需過此陣。此陣以人為棋，九步定生死，布局至今無人能解。棋盤嵌在萬丈崖上，稍有踏錯，便會塌毀，行棋之人亦會墜入地底粉身碎骨。我看你破陣有兩把刷子，那就把能耐都使出來吧。」

這時，忽聽墓道上方有人道：「神像的胳膊上有泥水！」

「梅姑不會無緣無故地踩踏神像，機關一定在她的落腳處附近，一寸一寸的查！」

「是！」

武林人士們盯著墓道口，沒人催促暮青，甚至沒人瞥她一眼。這棋陣可非浪得虛名，惡人鎮的人苦苦鑽研了數十年，縱是棋道高手也沒能在九步內破此殘局，一介後生，初觀此局，何以解之？縱有奇智，也不可能在白老鬼殺來前破局，今夜一場惡戰在所難免。

就在此時，上方有人道：「神像掌下是空的！」

話音剛落，石音傳來，神像一移開，灰衫漢子就在墓道口舉起了刀。

然而，無人下來，只見一團白煙湧來，伴著白老鬼老鴰般的笑聲：「梅姑，原來妳真不知殘局何解，無為先生布下此局後便不知所蹤，留妳在此守墓，從青春少艾到白髮蒼蒼，到頭來還要死在這裡，妳悔也不悔？」

眾人急忙閉氣，往墓室口退去。

這時，暮青忽然下了棋陣！

誰也說不清她是不是被擠下去的，只見她立在棋陣邊緣，地風自腳下吹來，風勁之大可摧樹，她卻迎著風往前邁了一步。

喀！

棋盤的交錯點上嵌有機關，三百六十一道，道道相扣，錯一步便是萬劫不復。

梅姑盯著暮青腳下，見棋盤穩如磐石，眼底不由湧起驚濤——頭一步竟然對了？

棋線如粱，僅有足寬，人在其上行走如過獨木橋，暮青繼續向前，遇到交錯點卻沒有踩下，而是邁了過去。

她並不知此局何解，因為有解無解根本不重要，在見到棋陣的那一刻，她才明白，棋陣中的局面與棋譜中的殘局剛好相差九步——空相大師當年所贈的根本不是棋譜，而是一張破陣圖！

當年，她以為空相大師希望她能參破棋局，卻沒想到他的用意是要她熟記棋譜，因為棋譜的用處遠在圖鄂神山，在先代聖女的墓室之中！

暮青仰起頭，目光穿過長明燈火，定在內室那扇厚重的玄鐵門上，塵封了數十年的祕密就在門後。她的目光回到陣中，橫挪數步，果斷地踩了下去。

喀！

棋陣紋絲不動，依舊穩如磐石——第二步也對了！

梅姑險些破了閉氣功，人雖是她抓來的，卻不過是死馬當活馬醫。先生才學冠絕天下，莫非真有人能在片刻間便參破他苦心布下的棋局？

背後目光如炬，暮青只管向前，黑風怒吼，扯著衣袂獵獵作響，機關消息扳動的喀喀聲似弩機上匣。不知從何時起，戒備在墓道口的武林人士們紛紛轉過身來，屏息望著暮青的背影。

暮青已在棋陣中央，山風掀來，她蹲下身，在等待風勢收緩的時間裡撩起衣袂繫在了腰間。

她的衣袍還溼著，在風中行走，腿已有些僵木。面前一只磨盤大的黑棋泛著幽光，暮青避在棋後，聽風聲漸收，撐住棋子便翻了過去。剛落地，大風自地底掀來，她伏著身，雙腿絞住棋梁，伸手往前一拍！

喀！

機關扳動聲在墓室中迴盪，風聲呼嘯，久久不絕。

墓室門口，所有人都忘了數暮青走對了幾步，唯有梅姑知道，還剩三步，只剩三步！

數十年來，天下棋痴都參悟不透的棋陣，竟不消片刻便離破陣僅餘三步。

梅姑掠入陣中，掌風震得山風一散，她將暮青揪起，說道：「小子，你指路！婆婆帶著你走！」

這時，墓道上方有人道：「白老，下面沒聲響了，人都毒倒了吧？」

白老鬼冷笑道：「這點兒時辰他們還能閉得住氣，非到萬不得已，梅姑不會破陣。再等片刻，待她閉氣不住，自會入陣。我不信她守墓多年，真不知破陣之策。」

說話的工夫，梅姑帶著暮青騰挪點掠，踏下兩道機關，只差最後一步！

最後一步在陣角，棋子排列雜亂無章，目之所及猶如亂石，處處可見生機，卻又處處殺機。

對則生，錯則死，梅姑生怕功虧一簣，提醒道：「小子，你可要想好了，錯一步全盤皆輸。」

暮青不吭聲，只用一道機關扳動聲回答了梅姑。

這一聲似有雷霆之威，霎時間，地風休住，九幽之下，沉睡的巨獸彷彿被驚醒，大陣的根基忽然晃了晃！

梅姑看向腳下，聽見幽深的地縫中隱隱有鐵鍊在絞動，腳下的棋梁發出一陣刺耳的吱嘎聲！

鐵石將斷，棋陣將毀，最後一步竟然錯了？

墓道上方，白老鬼聽見棋陣響動，喝令：「下墓道！」

數道白影應聲滑下墓道，白老鬼長掠而來，人未至，掌風已到！

他的掌法詭異得很，燭光裡幻化出百道掌影，剎那間，幽長的墓道中只見掌影不見人影。

眾武林人士堅守在墓室門口，寸步不退，前頭一人提劍便刺！

劍吟聲裡傳出一聲叮音，掌影飄忽一散，一張枯老如鬼的面龐現出，像黃泉路上的食魂惡鬼，兩根老樹般的鐵指拈住劍身，竟使得人收招不得。

那人心下發狠，乾脆運劍疾刺，不料一刺之際，他身子前傾，飄忽的掌影下方忽然現出一隻實掌，一掌震在了他的心口！他口吐鮮血，撞向後方，人群頓時塌出個洞來！

白老鬼望入陣中，大笑道：「梅姑，妳果然知道破陣之法！」

陣中，棋梁已崩斷數根，千斤重的棋石墜入地縫，砸得山崩石斷，地底生雷，大陣搖搖欲墜。

梅姑正要折返，聽見此話，猛地回身，只見內室的玄鐵門正被緩緩吊起！

這陣……破了？

第四章

# 身世之謎

陣既破了，為何會毀？

梅姑心中無解，也沒時間琢磨，她急忙去抓暮青。暮青攀著根大梁正往下滑，棋石從她頭頂滾落，棋陣崩斷之力震得她手臂發麻，眼看就要支撐不住，手腕忽然被梅姑抓住，被她扯起向內室掠去！

眼看著棋陣崩塌，白老鬼虛晃一招，一記毒掌打出，擋路之人被毒煙撲個正著，登時瞎了雙目，白老鬼縱身而起，往棋陣中掠去。

這時，兩顆人頭忽然飛起，撞上墓道的穹頂，咚地砸了下來！

白老鬼聞聲回頭，見後方血濺三尺，墓道裡不知何時多出一路人馬！

「來者何人？」白老鬼驚問。

「殺人之人。」月殺面色冷峻，語氣淡漠，彷彿在說一件再平常不過的事。

暮青聞聲喊：「誅殺白衣人！餘者勿傷！」

話音落下，山崩巨響傳來，棋陣崩塌零落，終於墜入了千岩萬壑之中。

長明燈滅，內室幽暗，暮青背靠牆壁，喉口抵著把刀。

梅姑問：「你是何人？」

暮青道：「我也想知道。」

梅姑道：「別耍花樣！那九步根本未破棋局，陣卻破了，是誰指點過你？」

所謂的九步定生死，未必是定棋局的生死，她也是在陣破的一瞬才悟出來的。此理數十年來無人參透，竟被一個後生在須臾間看破了，若說背後無人指點，她絕不相信。

「若我說指點我的人正是無為道長，婆婆信嗎？」暮青趁著梅姑吃驚時撥開喉前的刀，說道：「請婆婆在我弄清身世之前莫要逼問。」

此話令梅姑更為吃驚，回過神來時，暮青已在內室中央。

「有勞婆婆掌燈。」暮青背對著梅姑，忽然不再低沉著嗓音。

梅姑驚得神魂游離，不由藉著薄光看向暮青，見她面棺而立，風姿好生眼熟……

梅姑取出火摺子時，手顫抖得似一個行將就木之人。內室一亮起來，她就藉著燭光審視暮青，暮青環視了一眼內室，見內室僅三丈見方，四角立有如意鳳頭燈，中間陳著一口石棺，棺前的供桌上立有一塊神位，上書：「叛族罪女軒轅玉之魂位。」

牌位上縛著鎖鍊，鑄有符文，供桌兩旁立有銅柱，柱上綁有鎖鍊，一只黑陶罐子被懸空鎖著，上不著天下不著地，牆上刻字兩行——焚香叩首，歃血祭棺！

字似是以指力刻上去的，深達寸許，蒼勁有力，轉折處隱約可見黑斑，憑經驗，暮青覺得那很可能是血跡。

香燭就擺在供桌上，暮青取來三支點燃，整了整衣袍跪了下來。

叩頭聲被拚殺聲掩蓋，暮青起身時卻聽見石棺上傳來一聲異響，她聞聲轉身，燭光在薄如蟬翼的面具上掠過，額頭隱隱見紅。

梅姑盯著暮青的額頭，若有所悟。

暮青看向石棺，見棺首推出一只暗格，裡頭放著只玉匣子。鎖頭是玳瑁扣，她叩了一下，匣蓋便彈開了，裡頭盛著半匣腥臭的黑水，養著隻白胖的蟲子，蟲皮薄如蟬翼，肉眼竟可見皮下的血絲脈絡。

暮青皺了皺眉，「歃血入棺」指的該不是要把血滴入玉匣子裡吧？

梅姑道：「此乃血蠱，是無為先生用心頭血融以奇藥煉製的。此蠱在藥血裡長眠了數十年，妳把手指給牠咬一口，牠喝飽血，棺就會打開。」

「然後，我就會因為細菌感染而死？」暮青知道現在不是開玩笑的時候，但匣子裡的藥血存放了幾十年，蟲子又在血裡泡了幾十年，她嫌命長才會把手給蟲子咬。

梅姑問：「怎麼？妳怕死？還是心虛？」

暮青道：「怕死，我不能死，有人在等我回去。」

說話間，她心中生疑，梅姑問她怕不怕死倒也罷了，為何會問她是否心虛？她為何要心虛？

無為道長將棋譜託付給空相大師，有心指引後人來到這間墓室，棺中有以他的心頭血為引子煉製的蟲蠱，而開棺需要歃血祭棺，顯然他只希望開棺之人是他的後人。也就是說，假如有人僥倖破陣，卻不是他的後人，即便進來也是徒勞一場。既然開棺的條件是血脈，那有血就夠了，何必非要被咬？

她告知梅姑她的身世與此墓有關，梅姑自然不會輕信，假如她存心誆騙，想詐取開棺之法，那麼在得知要以血餵蠱時自然會心虛。也就是說，梅姑在詐她，她想知道她是否在騙她，而開棺只需要血，並不需要被蠱蟲咬指吸血。

想通了關竅，暮青取出解剖刀在指腹上一劃，血嗤的冒了出來。她把手抬得高高的，將血滴進了玉匣裡。

梅姑哼笑一聲，這丫頭沒因她是守墓人而信從於她，頭腦靈慧，行事果決，倒真有幾分無為先生與聖女殿下的遺風。

血滴入後，那沉睡了數十年的蠱蟲渴飲著鮮血，蟲體內的毛細血管以肉眼可見的速度膨脹著。血管將蟲身填滿的那一刻，蟲身通體血紅潤澤，暮青終於明白了此蟲為何名為血蠱。

血蠱吸飽了鮮血後便將口器收回，慢悠悠地蠕回原地，窩著不動了。

暮青屏息而待，面前忽然伸來一隻手，將玉匣子推入了棺內。

梅姑盯著棺槨，少頃，棺內傳來喀嚓聲，沉重的石棺蓋子緩緩地推出了一寸！

僅僅一寸，天地都為之一靜，墓道中的打殺聲漸遠，耳畔唯餘隆隆之音。

棺蓋重達千斤，梅姑連出數掌，燈燭急搖，室內光影猶如鬼手，聲色歸寂之後，棺中的景象才顯了出來。

這是一口石槨，槨中有薄棺一口，棺槨之間架著一排機關錘，錘身烏黑，乃玄鐵所造。剛剛若石槨未開，怕是要和棋陣一樣被毀。

暮青不由暗忖，棺中究竟放了何物，無為道長寧可毀棺也不外傳？

梅姑顫著手將棺蓋抬起，只見棺中陳著一套衣冠，衣裙已不見豔麗的色彩，唯有那頭朱雀盤絲玉釵大冠寶氣仍存。

「殿下……」梅姑顫巍巍地跪了下來。

暮青沒有打擾，此刻她的內心也不平靜——棺開了，即是說她真是無為道長和先代聖女的後人？

正想著，梅姑忽然轉身一拜。「少主人，老奴總算等到您了！」

「婆婆請起。」暮青扶起梅姑，以血蠱辨別血脈雖不知有何醫理可尋，但她初到大寒寺那晚易著容，空相大師一眼便識破了她的身分，此事無解，只能說她既能再世為人，便不能咬定世間絕無天機之說。

梅姑道：「老奴是聖女殿下的掌事女官，在此守墓。」

暮青對梅姑的身分並不意外，她摘下面具，梅姑一見她的容貌，果真如見故人。

「……像！太像了！」梅姑情不自禁地想摸暮青的臉，卻終究沒撫上去。「老奴不知少主人到來，置少主人於險地，老奴有罪！」

「不知者不罪，婆婆請看。」暮青把棋譜取了出來，此次出來，經書和棋譜她一直帶在身上，因有神甲庇護，水火不侵，故而未被打溼。

「這是？」梅姑見棋譜上的《寒山弈譜》四字，急忙接了過來。「此乃先生的字跡！」

暮青道：「婆婆請看末頁。」

梅姑翻看之下，嘶了一聲，猛地望向棋陣。

暮青道：「三年前，我偶至大寒寺，得見空相大師，此譜正是空相大師所贈。大師說，他等候無為道長的後人多年，譜中所記是他與道長的弈局，最後一局乃是殘局。我百思不得破局之法，直到今日看到棋陣才有所參悟，說來還要多謝婆婆。」

梅姑道：「原來先生早已安排好了一切，這陣是為了等待少主人才布的……」

說罷，梅姑陷入了沉思，暮青未打擾她，只在一旁靜待。

半晌後，梅姑道：「當年，先生布下此陣後便帶著小姐離開了，從那以後，再未相見。惡人陣中時有武林人士前來投奔，老奴久經打聽，得知先生回到了大興，在盛京城外辦了間書院，深得天下學子仰慕。再後來，聽說大興老皇暴斃，武平侯一族受了牽連，先生亡故，小姐不知所蹤。盛京離此太遠，老奴苦苦打聽，始終沒有小姐的消息。」

話到此處，梅姑眼中的希冀之光叫人不忍久視。「敢問少主人，小姐可還安好？」

暮青神色黯然。「我娘被發落為奴，到了汴州古水縣，生下我後便過世了。」

梅姑眼中的神采被澆滅，悲慟地道：「小姐竟和殿下一樣命苦。」

暮青看向棺中，剛想詢問，梅姑便問：「少主人應是大興人才是，緣何要闖天選大陣？還這身打扮？」

暮青道：「說來話長，請婆婆容我日後詳說。我原要去往惡人鎮，卻沒想到鎮上出了事。婆婆今夜被人逼至墓中是何緣由，還望告知，我好決斷。」

梅姑道：「此事也是說來話長。黑白老鬼是神殿的爪牙，因先生在聖女殿下的墓室中布下了棋陣，外頭傳說墓中可能藏有聖典，故而來犯。」

「聖典？」暮青大為意外，聖典是書籍，放在棺中豈不易腐？

梅姑道：「聖典易腐，先生並未放入棺中，而是帶走了……」

話至此處，梅姑嘶了一聲，暮青心中也咯登一下！

梅姑問：「少主人，除了棋譜，空相大師可還交給過您別的物什？」

暮青將手探入甲衣內，將經書遞了過去。

梅姑盯著經書內的古文半晌，撲通一聲跪下，伏地而拜！

這一拜，暮青篤定經書便是聖典無疑！真沒想到，神族遺失了兩百餘年的聖典竟然一直藏於大興國寺中。

暮青的耳畔彷彿傳來老僧當年之言——女施主與我佛有緣，定有一日能看得懂。

原來一切應在今日！

「蒼天有眼！」梅姑激動地來到棺旁。「少主人請看！」

她將朱雀盤絲玉釵大冠捧開，把棺下的玉枕取了出來。玉枕兩端雕有如意翹頭，其下藏有暗扣，梅姑打開暗扣，內裡竟藏有暗屜。屜中有一物，金玉為製，方圓四寸，上雕五龍，周刻篆文。

此物汴河宮太極殿中也有，暮青太熟悉了，只見前後刻著：「大圖天子，奉天之寶！」

翻手再看，璽下刻著：「受命於天，既壽永昌！」

此乃傳國玉璽——大圖傳國玉璽！

梅姑道：「傳國玉璽與聖典是一起被找到的。當年，殿下和先生為逃避追殺，躲入了司命大神官的墓中。神族就是在司命大神官的主張下興戰，終致兩權分治的。神殿大修其墓，圖鄂歷代神官皆將其奉為開國大神官。聖女殿下和無為先生也沒想到會在大神官的棺中得見傳國玉璽和聖典，當時，兩件祕寶同藏於陪葬玉枕中，兩人躲入棺中，因不小心撞到玉枕，才發現內有玄機。」

暮青倒不知大圖戰亂時連傳國玉璽都丟失了，這兩件寶物不可能是司命大神官生前所藏，他主張自治，藏神族聖物說不過去。雖不知兩件寶物是何人所藏，但藏在大神官的墓中倒是高明，司命大神官受神殿尊崇，神殿挖地三尺也絕不會掘他的墓，而大圖分裂後，南圖皇室想要派人探墓也不是那麼容易的。

「老奴是流民之後，被拘入神殿藥作司，本該作為蠱童，煉為蠱人替神殿效力，卻被殿下所救。殿下反對齋戒淨法，心懷改革之志。可她還未繼任聖女，便在一次喬裝遊玩時遇見了無為先生……」

「大興男子雅韻風流，先生才學冠絕天下，殿下對先生一見傾心，常與先生討教大興的朝政民生、風土人情，先生對殿下之志頗為欽佩，卻無從政之心，亦無久居圖鄂之意。兩人有情，卻都未說破。殿下掙扎過，終是放不下志向，神官大選落定那日，殿下繼任聖女，聽說先生要離去，便託老奴傳信約見，為先生踐行。那天夜裡，殿下剛與先生碰面，宗法司長老便率兵趕到，稱殿下與人私奔，要拘回宗法司問罪，並要拿下先生按神規戒律處置。殿下與宗法司動了手，與先生齊力殺出重圍，躲入了司命大神官的墓中。」

經年往事就如今夜的風雨，聽著墓道那邊的刀劍聲，暮青彷彿看見了當年浴血拚殺之景，她問：「外婆是遭人暗算？」

兩人剛碰面，宗法司的人就到了，怎會這麼巧？再說就算被抓個正著，罪名也該是私會，而不是私奔。新神官、聖女剛繼任，正當政權交替之時，私會醜事可大可小，並非沒有挽回的餘地，私奔就不同了，聖女叛族而去，事情就無法挽回了。

這不是暗算，是政變。

有人發動政變，意圖逼走聖女，那麼繼位之人是誰？

梅姑冷笑道：「聖女殿下深知改革不易，顯露抱負，必遭反對，故而一直很謹慎，救蠱童或赦免齋戒少女都假裝是隨興而為，神殿上下都以為殿下是年少貪玩，驕縱些罷了。只有她的胞妹，從小喚她阿姊，形影不離，經年累月，旁的人窺看不出，她的胞妹總是能發現些端倪的。那夜她告密，竟說是因為害怕阿姊觸犯族規。呵！為了權力，女子的醜態可不比天下男子好看多少。」

已經走到這裡了，暮青卻沒想到真相如此不堪，此事只怕兄長也不知道。

「殿下和先生雖在墓中發現了祕寶，但殿下深知私奔之罪已坐實，回不去了。祕寶現世，天下必會紛爭不斷，於是便將祕寶封存，沒有帶走。從墓中出來後，他們入了武牢山，經十里聖谷進了天選大陣。」

「婆婆曾說過當年有人破過千機陣，說的莫非是外公外婆？」暮青問道。

梅姑道：「沒錯！真沒想到多年之後還能見到有人破陣，那人竟是少主人。天選大陣西起武牢山，北至神脈山北麓，地域甚廣，那些陣痴在千機陣下埋了水火牢陣，出了陣就到了死澤林外，過了死澤向北是神廟，就算是出陣了，這是給破陣人的獎賞。當年，神廟山下建有護城河和高牆，內外有重兵鎮守，天選大陣是神廟的後防，從無刺客能夠闖入。殿下和先生也沒想到會來到離神廟那麼近的地方，神殿也想不到要找的人就在死澤林外。殿下和先生在山溪上游的小山後建起一座木屋，過了三年與世隔絕的恩愛日子，小姐是在第三年的暑月裡出生的。」

「小姐出生後沒多久，殿下夜觀星雲，卜知將有山崩地裂之災。神殿裡有她的娘親、她的族親，城鎮中有黎民百姓，她終究放不下。那天，趁先生外出狩獵，殿下將小姐交給老奴，回了神殿。先生得知後，前去搭救殿下，當天夜裡，炎魔羅吼，山崩地裂，木屋被山火燒毀，老奴的半張臉被火石擊中，幸而小姐無事。」

「山火燒了好些日子，老奴抱著小姐四處躲避，無法得知外頭發生了何事，只記得天色放晴那日，先生回來了，卻孤身一人。那一刻，老奴就知道與殿下天人永隔了……」

「神殿那些無恥之輩，得殿下報險才能撤離，卻說是她叛族才招致此禍，將她圍攻生擒，綁在殿柱上祭奠神廟。他們走了，留下殿下面對那地動山搖、山火焚城的景象，先生遲了一步，眼睜睜看著殿柱崩塌墜入地縫，被山火所焚。那罈子裡裝著的不是殿下的骨灰，是神殿用來欺瞞世人的，殿下留在世上的唯有這一副衣冠和一點血脈而已。」梅姑說罷，涕淚橫流。

「先生回來後像變了個人，他帶著小姐和老奴去了惡人鎮，結識武林人士，並與千機陣的守陣人雷老怪成了至交，棋陣是先生與雷老怪論陣時得到的啟發，煉蠱之法是先生向老奴請教的。棋陣耗時三年，竣工前夕，先生夜探司命大神官的墓室，將兩件祕寶取出，傳國玉璽被收放在棺槨中，聖典則被先生帶在了身上。因棋陣浩大，當年鎮上不少人襄助過先生，這些人裡，有些過世了，有些熬成了老傢伙，今夜一起進了墓道。」

「棋陣建成後，先生將陣圖張貼在惡人鎮上，放出話去說，九步定生死，破解棋局者可得墓中祕寶，之後就帶著小姐離開了。他本想帶老奴一起走，是老奴自願留下守墓的，今日能見到少主人，老奴死也瞑目了。」梅姑看著暮青，悲憤地道：「老奴雖不知少主人為何要闖陣，但若有機會，少主人定要殺盡仇人，為殿下報仇雪恨！」

暮青看向牆上那以指力刻下的血字，沉默不語。

她有種直覺，外公下了一盤很大的棋。

他若不把陣圖張貼出去，好事者定會在他走後想盡辦法探墓。

因墓中之物是外公留給後人的，墓道中未布殺機，故而不能抵擋探墓者。當時墓道已封，機關已設，倘若探墓者不擇手段，必會造成棋陣崩塌，影響後人入墓。

外公把陣圖張貼出去，將好事者的興趣轉到了棋局上，那句「九步定生死」之言誤導了世人數十年。

但墓室中藏有祕寶，好事者怕破壞棋陣無法取寶，故而沒有解出棋局，誰也不敢入陣，棋陣才保留到了今天。

外公之志本不在政，卻把大圖的傳國玉璽留給了後人，神殿費盡心機才奪下四州之權，復國派至今心不死，若傳國玉璽現世，天下紛爭再起，神殿的美夢恐怕要毀於一旦。

以外公的家世才學，回到盛京後，想在朝堂上立足並不難，可當年的大興，北有五胡滋擾，南有嶺南擁兵，國庫之力皆用在西北，朝廷絕不會在南疆無外族滋擾的情況下去侵擾圖鄂。外公的政治抱負難以實現，所以才遠離朝堂，在天下寒士中謀求聲望。

不知外公有沒有在空相大師那裡得到過點撥，但他留下來的東西和聲望皆對她有大助。

外公彷彿用一生在下一盤棋，等一個毀神殿兩百年基業的弈局……

神殿自是要滅的，可暮青並不想傷及兄長，如何決斷，她自有打算。

這時，墓室外的打鬥聲已停，暮青抓緊問：「我在神廟門前聽說有人落在黑白二老手裡了，是什麼人？」

梅姑道：「回少主人，是景家小子那幫人。」

暮青一愣。「景少宗？惡人鎮上的人抓他們幹什麼？」

暮青竟知道景少宗，還直呼其名，梅姑越發確信她的身分不一般，於是答：「少主人有所不知，惡人鎮起先是由武林人士建起來的，其中不乏惡徒，既身懷絕技，又容易收買，神殿沒少往鎮子裡安插探子。惡人鎮是個法外之地，尤其是這二十年，神官和聖女各有圖謀，在鎮上囤積勢力，這三、五年來，鎮上的人分成幾派，鬥得你死我活。」

「幾派？」

「神官一派，聖女一派，陣痴一派，還有些不想捲入紛爭的人，常到神廟來尋求庇護，有些老傢伙是當年追隨先生的人，老奴就收留了他們。這三、五年，神官和聖女心急，沒少想方設法從老奴身上逼問破陣之策，前陣子，黑白老鬼揚言再不交出破陣之策便要殺上神廟。神官和聖女已經爭紅了眼，老奴怕他們會玉石俱焚，索性毀陣，讓誰也得不到祕寶，於是便決定先下手為強。老奴得知黑白老鬼想擒住景家小子，便想把人搶到手，而後押出陣去，和那賤人的後人做個了斷，沒想到出了內鬼，反被白老鬼逼進了墓道。」

暮青一愣。「婆婆之意是，聖女就在大陣外？」

梅姑道：「沒錯！山那邊有座祭壇，當年雖遭大災損毀，但祭壇上有口傳聲寶鐘，天選之子出陣，需鳴鐘祭告天地，故而每當天選開試，神官、聖女及長老院都會到祭壇去。」

「這次的天選比往年來得早，聽鎮上的人說，是南圖三皇子和南興皇后在國境附近失蹤了，南興帝龍顏震怒，昭告南圖，說限期一個月，找不到人便要御駕親征，到洛都去找南圖皇帝說理去。神官和聖女誰都不想招惹那位據說有乾坤之謀的主兒，故而想要速戰速決。」

「……」御駕親征個鬼！

暮青心裡罵了句，怪不得殿試取消了，幕後推手總算找到了。

南興如今正值新政推行初期，步惜歡哪裡走得開？

南圖和圖鄂想必不是不知御駕親征只是威脅，但步惜歡名聲在外，兩國怕是更擔心他藉皇后失蹤一事別有圖謀，所以才急忙速戰速決。

「那我們該如何出陣？」暮青問。

梅姑道：「內室中有條通往山那邊的密道。」

「好！勞煩婆婆把玉璽帶好。」暮青收起聖典，把面具戴上，走到內室門口問：「你們如何？」

墓道中橫屍遍地，巫瑾正為重傷者施針，月殺稟道：「回主子，白老鬼在內，白衣人皆已誅殺。兩個護衛中了毒，已經逼出來了。」

暮青道：「想法子過來。」

棋陣塌了，除非插上翅膀，沒個踏腳地還真過不去。幸虧人稱柳寡婦的紫衣婦人擅使毒綾，她將毒綾一端繫了把柳刀，運力打出，將刀扎進了對面的牆縫裡。

月殺道聲多謝，先帶著巫瑾踏綾而去，進了內室。

見暮青無事，兩人皆鬆了口氣，月殺將解剖刀呈給暮青，仍不忘防備梅姑。

暮青道：「這是梅婆婆，自己人。」

「自己人？」巫瑾露出驚喜之色，此乃先代聖女的墓室，自己人豈不是說……

「說來話長，景少宗落在黑老鬼手裡了，我們先出陣再說。」暮青道。

巫瑾聞言神色一凜，轉身望向後方，侍衛們和武林人士們已陸續進了墓室。

眾人一聚齊就看向暮青，都想知道她為何能破棋陣，墓中之寶是不是聖典，有沒有被她所得。

然而，回答眾人的只有一道密道開啟的聲音。

暮青道：「出陣！」

第五章

# 神權之亡

神脈山北麓，千丈崖下盤著一座祭壇。

黑雲蔽月，怒風驟雨，營帳星羅棋布，拱衛著東西兩座大帳，雨聲掩蓋了東大帳中的談話聲。

神官姬長廷坐在螭紋案後閱著軍奏，一名紅衣少女正徘徊踱步。

「這麼多天了，陣中一點兒消息都沒有。」少女嗓音清冷，容貌似暮青五分，只是其神凌厲更甚。

此人正是神官姬長廷之女，姬瑤。

見父親一言不發，姬瑤索性將軍包覆住，說道：「爹，陣中毫無消息，您就不急？」

姬長廷嘆了一聲：「瑤兒，爹說多少回了，要沉穩些，多學學妳娘。」

姬瑤冷笑道：「自從她那孽子失蹤後，我看她也急得很，西大帳中的密信這幾日可是多如雪片。」

姬長廷面色淡了些，將軍報挪出，說道：「澤兒入陣晚，應是景少宗先到惡人鎮，算算日子，黑白老鬼也該動手了。放心，只要澤兒能活著出來，無論是不是第一個出陣，他都會繼神官之位。好了，去給妳娘請個安，回帳歇息吧。」

姬瑤聞言眉心緊鎖，許久後，低低地道：「爹待她的情意天地可鑑，她怎麼就不明白呢？」

姬長廷埋首軍報之中，淡淡地道：「她明白，只是放不下。」

「放不下那姦夫？」姬瑤譏笑一聲。

砰！

神官大印蓋在軍報上，殷紅如血。

姬長廷抬眼，國璽的朱色映在眸底，如血似火。「瑤兒，妳不懂妳娘。為父要妳與妳娘多親近，多學學她的權術心志，日後繼任聖女，才扛得住政事……」

「莫非我學爹爹的權術心志就扛不住政事？」

「女子用權有別於男子，有得天獨厚之利，是男子望塵莫及的。」

「我不屑！」

姬長廷搖頭長嘆。「妳心驕氣烈，不缺洞察政事之心智、殺伐決斷之果敢，缺的是容人之量、待時之性。當今天下之局，比爹娘繼位時更為複雜險惡，日前在嶺南的一番較量妳也看到了，南興帝年輕老謀、雄韜偉略，皇后睿智果敢英勇無雙，不輸妳娘當年。這兩人聯手革新除弊、平叛安邦，可謂翻手為雲、覆手為雨，妳與澤兒日後面對這樣的對手，夜裡能眠嗎？若無待時之性，一切皆用快刀，行嗎？妳與澤兒尚且年輕、治國未專，繼位之初少不得要依靠長老院，妳眼裡揉不得沙子，行嗎？凡事不屑圓滑、不思圖謀、不待時利，只靠一腔銳意去進取……行嗎？」

「爹憂思過重了，北燕帝也是個雄才偉略的主兒，他圖謀南興之心一日不死，南興帝后就沒那閒工夫把手伸到圖鄂來。」

「可他們已經把手伸到了南圖，南興皇后和巫瑾的失蹤必是一場陰謀，若皇位真被巫瑾所得，妳娘再從中使力，妳可想過鄂族會如何？」

「所以我們要贏下這一仗，卸去娘的權柄，此便是殺伐決斷之時，切勿待時！」

姬長廷嘆道：「妳的固執真的很像妳娘。」

「我姓姬，脫胎於她，非我所願！」姬瑤說罷，拂袖而去。

姬長廷望著女兒的背影，看她走入風雨夜色裡，恍惚想起當年那夜。那夜，她娘孤身闖入南圖軍營，臨走時也是這般決絕。時隔經年，世事真似輪迴一般，恩恩怨怨，終於到了該有個了斷的時候了。

大雨滂沱，祭壇北，十里外。

當年的古都只剩殘垣斷壁，唯有護城河水流淌不息。豆大的雨點兒撲打在河面上，倒在河道中央的一座石雕後冒起一串水泡，少頃，鑽出幾顆人頭。

神脈山中遍地是林，能埋密道的地方多的是，但離祭壇近、又不易被察覺的地方只有護城河底。神殿做夢都不會想到，當年護衛著古都的王河，今夜會將斷送圖鄂基業的人送來。

城中布有重兵，不宜硬闖，暮青聽梅姑說，大陣的出口在神脈山北麓的月牙山裡。今夜雨大，闖陣凶險，黑老鬼等人再能耐也得明早才能出來，於是當機立斷，決定到護城河北的飛橋下暫避，靜待天亮。

天矇矇亮時，風停雨歇，古道上生了大霧，舉目望去如見雲濤。

官道北面有腳步聲傳來，腳步聲雜亂急迫，踉踉蹌蹌的，梅姑在橋下伸出一掌，知會暮青來者只有五人。

暮青盤膝坐著，未發指令。

五人奔上飛橋，其中四人身穿黑衣，兩人在前，兩人據後，押著中間一名青袍公子。快到橋頂時，只聽撲通一聲，一人跌倒，口吐黑血，肩頭埋著支毒箭。

黑老鬼道：「他活不了了，我們進城。」

其餘兩人即刻棄下那人，拽住青袍公子便下了飛橋，掠過護城河，往城中去了。

城中屋塌地陷，遍地雜草，荒蕪之象籠於霧中，蕭瑟肅殺。

驀地，黑風破霧，數十人將黑老鬼四人團團圍住，霧中黑影似虛似實，殺氣卻自八方而來。

黑老鬼拋出權杖，高聲道：「在下黑老鬼，奉神殿差遣，幸不辱命，現求見神官大人！」

權杖將大霧撲出個洞來，一隻手將權杖接住，那人手上戴著手甲，五指利如鷹爪。看過權杖後不言不語，他朝黑老鬼勾了勾手指，轉身就走。

黑老鬼率人跟上，數十道黑影退入霧中，若實若虛，看似腳步不快，卻始終難以跟近，黑老鬼正忐忑著，忽覺有風蕩來。

那風起於低處，拂著靴面而來，黑老鬼低頭一瞥，見靴前一窪雨水泛起了水波，水波似梭如箭，倏地向腳下刺來！

黑老鬼一驚，飛身急避，身後傳來一聲慘叫，一個黑衣人的靴子上扎入數根銀白細長的飛針，一件黑披風在霧中揚起，披風之下，亂針破霧而出！

黑老鬼駭然叫：「他們不是神官大人的人！」

話音未落，黑衣人已被刺瞎雙目，後頭之人揪住景少宗便退，數十道黑影如荒城中盤踞的黑鴉，凌空掠來，殺機四起！

黑老鬼暗怪自己大意，急忙抽刀應戰，刀風破開大霧，他見四周遍是殘宅，靈機一動，揪來景少宗，一面抵擋殺招，一面劈向屋宅！

一座殘閣轟然倒塌，響聲驚動了駐紮在城中的大軍。

「在下黑老鬼！已生擒景少宗！求見神官大人！」黑老鬼心知來人未必是神官的人，這一喊是在賭命，要麼生，要麼死。

只聽鐵蹄聲馳來，馬上之人喝道：「快！救人！」

黑老鬼鬆了口長氣，不料這口氣剛鬆，遠處忽然傳來慘叫聲，一名將領從馬背上灑血墜下，大軍生了內亂，兩方人馬當街殺了起來。

殺聲傳出城外，暮青在橋下起身道：「進城。」

姬瑤挑開帳簾走了出來，見長老們已登上祭壇，望著殺聲來處，面色肅穆。

殺聲起於城北，北邊正是月牙山之所在，藤澤入陣晚，今日還出不來，那必是黑白老鬼得手了。

姬瑤瞥了眼東西大帳，兩座大帳裡靜悄悄的，爹娘坐鎮其中，都沒有出來。

沒有親信入帳奏報，沒有奴官執令而出，他們都只是在等待結果。

這一等，等到日出霧散、晷影居中，等到殺聲漸盛漸近，姬瑤望向長空，見一道黑影墜下，黑老鬼披頭散髮，滿臉是血，手中提著一人，身上插著三刀，衝著大帳喊：「神官大人何在？黑老鬼前來覆命！」

姬長廷行出東帳，見景少宗一身泥血，腿上插著斷箭，血流不止，但仍活著，不由展顏一笑，呼喚左右：「快為黑老先生醫傷！」

話音落下，姬長廷將手一伸，大風頓時揚起，旌旗拔地，人海倒伏！

黑老鬼身上的三把刀猛地被撕扯而出，他眼前一黑，手不覺一鬆，景少宗乘風而去，「自投」入了姬長廷的手中。

姬長廷挾著景少宗上了祭壇，長老們紛紛後退，半數往西大帳退去。

姬長廷看向西大帳，一女子行出。時值正午，春日當空，她望向祭壇，眸波淡若秋水，崖風拂起月裙紅裳，恍惚間叫人如見日月斗轉，青天白日得見月下神女。

「離兒，結束了。」姬長廷見到聖女景離，語氣近乎平靜。

聖女一言不發，只是看著姬長廷。

姬長廷道：「妳我夫妻一場，妳放開一切，我絕不會傷妳。妳我爭了二十年，可以沒有成王敗寇，但恩恩怨怨總要有個了結。放下吧！把一切都交給後生，我們就永居神殿，抑或去妳想去的地方，過閒雲野鶴的日子，再不理政事紛擾，可好？」

聖女笑了，那笑淡漠疏離，隔著半座祭壇，卻似遠隔千山萬水。「真耳熟啊……這話在哪兒聽過呢？好像二十多年前，有個女子對你說過，你竟然還記得她，可我早就不記得了……」

姬長廷眸底生出痛意——那女子是她，那夜他沒能放下，她決然離去，從那以後，世間再無離兒。

「我這一生經歷過兩個丈夫，經歷過忍辱求全、殺人奪政、幼子生離、生女成仇、勵精圖謀、翻雲覆雨，世間沒什麼是我接受不了的。接受不了的人是你，長廷，你我之間早就不會再有閒雲野鶴，只有成王敗寇。」聖女道。

姬長廷道：「妳不是放不下這一切，妳是放不下瑾兒。妳覺得虧欠他，想補償他……無妨，只要妳放手，我陪妳找瑾兒，助他登上皇位！到時，南圖皇帝是妳的兒子，圖鄂聖女是妳的女兒，兒女各掌一國之政，妳乃兩國太后，豈不羨煞世人？」

聖女笑出聲來：「的確打動人，我若在瑤兒那般年紀裡聽見此話，只怕真會心動。可是，我已經不年輕了。」

「好！妳心不動，事到如今，依舊要做鐵石，與我玉石俱焚。」姬長廷痛心疾首，自嘲地道：「那妳抉擇吧，妳姪兒在我手中，妳是要束手就擒，還是我殺了他，咱們不死不休？」

這時，姬瑤上了祭壇，站在了父親身旁。

「你不會殺他的。」聖女道：「你會以他為籌碼策反他爹，老宗主病重，景家是我堂兄在主事，他博學多才，校書編史是把好手，當官主事卻是個半吊子。他只有少宗一子，你若要脅他，再鼓動瑾兒失蹤之說，兄長十有八九會反我。同宗倒戈，景家受創，瑾兒奪位的可能微乎其微。長廷，你其實根本沒有給我選擇的機會，無論我怎麼選，結果都一樣。」

姬長廷默然良久，終未否認，嘆道：「還是妳我心意相通。」

聖女自嘲地道：「這也算是我種下的因吧，當年我圖謀權勢，先拿娘家試刀，獨攬景家大權，把兄長逼得寄情於詩文。他有怨，你是知道的，而今他代宗主，你終於等到了機會。」

姬長廷道：「離兒，妳我身不由己，與妳相爭非我所願，但我為了瑤兒，正如同妳為了瑾兒。」

聖女聞言，目光冷了下來。「你若真為瑤兒著想，就不該讓她繼任聖女。我吃了多少苦，你難道想讓女兒再嘗一遍？」

「今時不同當年，有妳我在，憑南圖那些個皇子，還沒本事叫瑤兒受苦遭難。妳不想讓瑤兒繼任，難道存的不是斷神殿宗嗣、復大圖國業之心？存的不是將苦心圖謀的一切傳給妳兒子的心？」

「姬長廷！我為何要斷神殿基業，瑤兒不知當年舊事，你難道不知？」

「當年是我對不住妳，妳衝我來便是，何故牽累女兒？她亦是妳的骨血，自幼立志，妳為一己私怨而斷其志，何忍？」

「徒有雄心有何用？你勸了她多少年，她可曾與我親近過？只憑殺伐果敢，她充其量能當一把上陣殺敵的刀，想當用刀之人，你瞧她是那塊料嗎？」

大戰當前，神官和聖女竟吵起了嘴，聖女戟指姬瑤，一番看法與姬長廷不謀而合。姬長廷被戳中憂思，怔了怔神，姬瑤也面露怒色。

就在父女兩人同生雜緒的須臾間，聖女戟指女兒的掌心下忽然射出一根飛針！

即便不睦，姬瑤也從未想過娘親會對她痛下殺手，她怔在祭壇上，眼看著要死於針下，身旁忽然逼來一道掌風！

姬長廷情急之下出掌救女，不覺間鬆開了景少宗，一陣邪風趁勢捲來，景少宗登時被捲下了祭壇。

聖女隔空收針，景長老飛身接人，釋出的真力與姬長廷的凌空絞殺之際，見他往聖女身後瞥了一眼。

後方忽然現出一抹刀光，聖女覺知殺機，轉身之際，刀光已在腹前。

千鈞一髮，命在旦夕，西大帳前忽然人仰馬翻，一人掠入弓弩陣中，抓住一支羽箭便朝那刀擲去！

鏗！

刀被擊偏的一瞬，木長老蹬柱而起，亟欲奔逃，一支羽箭凌空擲來，聖女抬袖一送，那箭噗的扎進木長老的後脊，將他活生生地釘在了柱子上。

景長老將景少宗救下，聖女望向弓弩營外，喝道：「住手！」

羽箭漸疏，來人折回營外，來去毫髮無傷。

「來者何人？」聖女問道，營外立著四、五十人，皆作鬼軍打扮，但神殿衛使身上可沒有刀箭不入的寶甲，也不會奉兩個下級侍衛為主。

那兩個下級侍衛被拱衛在中央，面對山海般的弓弩陣，一人行出，不慌不亂，到了陣前將風帽一摘。

「大安縣祭，木兆吉？」聖女未見過木兆吉，但待選之人，神殿皆有畫像。祭壇上，望著此番變故，姬長廷父女的心頭蒙上了一團迷霧。木家倒戈，選了一個紈褲子弟入陣，木兆吉入陣才兩日，怎麼會出現在此？

木兆吉道：「聖女殿下不妨看看，何人來了。」

話音落下，人群裡走出個下級侍衛，隔著箭山弩海，望向西大帳前的女子。他緩緩地摘下風帽，風帽下是一張貌不驚人的面孔，聖女的目光卻難從那雙眼眸上移開。

那眸皎若明月，蒙著層淚，叫她想起遙遠的洛都，想起年輕時最美的那段日子。

那人揭下面具，說道：「娘，一別二十一個寒暑，孩兒回來了。」

聖女怔在當場，彷彿過了半生之久，她搖了搖頭，忽然大步奔向陣外！她忘了自己身懷絕學，掠陣遠比跑要快，她只是奮力地撥開重重侍衛、萬千弓弩，風從耳畔拂過，送來的是那思念經年的名字。

瑾兒！

瑾兒！

她的孩兒！

「娘！」巫瑾雙膝一屈，重重地跪了下來。

聖女撲到巫瑾面前，一把將他擁住，放聲痛哭：「瑾兒！我苦命的孩兒！我們母子此生竟還能相見……」

祭壇遠處，殺聲漸歇，天地間靜得只有哭聲。

誰都沒想到，今日會見到母子重逢的一幕。

這是南圖三皇子巫瑾，在大興為質整整二十年的巫瑾，奉詔回國卻失蹤於南圖國境的巫瑾，他怎會出現在圖鄂廢都的祭壇下？

這一刻，眾人一頭霧水，姬長廷彷彿被施了定身術，生生地定在了祭壇上。

許久後，眾人的目光移到聖女母子身後——護送巫瑾的不是英睿皇后嗎？

巫瑾到了，英睿皇后何在？

梅姑盯住暮青的背影，疑竇湧上心頭，漸生驚濤駭浪。小姐當年被發落到汴州古水縣為奴，少主人是古水縣人士，到過盛京，能至圖鄂，有一隊刀箭不入的侍衛，還有南圖三皇子為伴！

藤澤也盯著暮青的背影，傳聞如潮水般湧上心頭。傳聞英睿皇后清冷寡言，木兆吉如是；傳聞英睿皇后驗屍斷案有別於人，木兆吉如是；傳聞英睿皇后出入過暹蘭大帝的地宮，擅解迷陣，木兆吉如是！

木兆吉！英睿皇后！

這兩個名字在藤澤心中交替著，近乎狂亂時，暮青終於揭下了面具。

聖女看著那與她年少時頗像的眉眼，驚問：「妳是？」

「暮青。」暮青未喚姨母，只道出了名姓。

這名姓令與她一同前來的武林人士們大驚！

姬長廷道：「大興皇后鳳駕親臨，有失遠迎。不知殿下駕臨我國，何故不報殿司？何故易容？何故闖陣？我大安縣縣祭何在？南圖使節團何在？」

軍中嗡的一聲，暮青一言不發，只是看著巫瑾。

巫瑾起身將娘親擋住，望著祭壇雲淡風輕地道：「使官乃南圖臣子，神官大人與其憂心他國臣子，不如著眼當下，也來抉擇一回。」

說罷，巫瑾和暮青轉身望向藤澤。

藤澤呆住，她貌似姬瑤，其神卻孤清卓拔，其骨傲雪凌霜，難怪披掛戰袍毫不違和，難怪徽號英睿，難怪二帝相爭，為奪江山為奪她……

「少主人？」梅姑難以相信暮青此番冒險潛入圖鄂，竟是為幫仇人之後。

「待今日事了，我再給婆婆一個交代。」暮青看向侍衛，侍衛立刻將藤澤提了出來。

姬長廷父女大驚，巫瑾道：「神官大人的愛婿在此，是要束手就擒，還是本王殺了他，咱們不死不休？」

此話耳熟，姬長廷怒極反笑。「就憑你這二、三十人？狂妄小兒，不知天高地厚！」

姬瑤冷笑道：「好個不死不休！自從兄長為質，這些年來，娘所爭所謀無不是為了兄長，而我不過是她為了固位而生的籌碼……反正娘也想殺了我，兄長何不放開澤哥，殺我這多餘之人？」

說罷，她便縱身而起，向陣外掠去！

「瑤兒！」姬長廷縱身急追。

「兄長不敢過來，我自過去，看你的刀敢不敢沾我的血！」話音落下，姬瑤已在巫瑾身前三丈。

巫瑾看著那張頗似娘親和暮青的面龐逼近，失神之時，姬瑤已在丈許外，袖下滾出一物，往地上一擲，迷煙頓時散開！

聖女護住巫瑾時，迷煙中伸出兩隻手，一隻抓向巫瑾，一隻抓向暮青！

迷霧被掏出個洞來，洞後，一雙眼眸正看著姬瑤。

那雙眼眸冷靜無波，早已洞悉了敵計——姬瑤根本就不是想救藤澤，只是尋個藉口掠到陣前，出其不意，擒賊擒王。

姬瑤沒料到暮青會識破她的心計，驚詫之際急忙收手，手心裡滑出一把柳葉刀。

就在她換刀之際，暮青一抬手，袖下殺機刺出，寒光凌人！

姬瑤旋身急避，背後大敞，而她背後之人正是姬長廷！

姬長廷正抓向巫瑾，聖女抬手便是一掌！這一掌盡了全力，兩人的真力迫得迷霧霎時消散，就在這殊死較量的一刻，殺機冷不防逼來，不待姬長廷分辨，就聽噗的一聲！

一條斷臂飛起，姬長廷真力大潰，心口被掌力一貫，登時口吐鮮血，飛向弓弩陣中！

「爹！」姬瑤淒喊一聲，縱身追去。

一道身影卻比她快，接住姬長廷，落在了祭壇上。

「長廷！」聖女跪坐下來，擁著姬長廷問：「你怎麼樣？」
姬瑤撲過來，將聖女一推。「滾開！」
「瑤兒，不可無禮……」姬長廷咳出口血來，看著那雙關切的眼眸，笑道：「妳果然捨不得我死……」
聖女不吭聲，眼中含了淚。
姬長廷問：「妳沒想過殺瑤兒，是嗎？妳出手是為了逼我救她，好趁機救妳姪兒，妳算好了出手的時機，就算我來不及救瑤兒，妳也能收招。妳之前與我爭吵是故意為之吧？為了製造出手的時機……」
姬瑤聞言怔住。
姬長廷道：「瑤兒，爹一直勸妳學學妳娘，妳總聽不進去，日後……爹怕是沒機會再叨念這些話了。」
「爹！別說了，您先治傷好不好？」姬瑤在姬長廷的心脈上急點了幾下，可就是止不住血，她慌了神，求道：「娘，您醫術高明，救救爹好不好？女兒求您了！」
聖女含淚別過臉去，剛剛她那一掌使了全力，即便大羅神仙再世也難起死回生。
姬長廷道：「傻孩子，當年……是爹對不住妳娘，她那時如妳這般年紀，乃待選聖女之尊，而我……有望繼任大位，奈何……兩國交兵，神殿有戰敗之危，長老院商議出美人計，犧牲妳娘，保全四州。妳娘……來求過我，可我放不下大權，沒帶她走，是我把她推到了軍營，推到了今日這步境地……」

崖風嗚咽，好似那夜淒苦的風聲。

聖女道：「事到如今，你提這些做什麼！」

姬長廷道：「爹不敢告訴妳，妳和妳娘的性子太像，妳娘恨死了我，爹怕妳也會恨我……」

姬瑤搖頭哭道：「我不恨爹，我不恨！」

姬長廷笑了笑，聲音虛弱得彷彿被崖風一吹便要散了：「虎毒不食子，妳日後要聽妳娘的話……」

姬瑤痛不能言，哭著握緊父親的手，彷彿只要抓住他，他就不會走。

「離兒……」姬長廷的目光渙散，不知哪來的氣力，竟將手從女兒手裡抽出，指向青天，對著大軍做了一個手勢。

那手勢乃收兵之意。

「妳我走到今日，這結局……挺好……」這話被崖風吹散，也不知景離聽見了沒，姬長廷緩緩地閉上眼，手頹然地落了下來。

「爹！」姬瑤悲淒的喊聲衝破雲霄，軍中一半人馬面朝祭壇跪了下來。

聖女忍住淚意，起身厲聲道：「綁下宗法督監四位長老，神殿將士卸甲收兵，頑抗者就地格殺！一個不留！」

……

這天，神殿兵馬卸甲，監察司姜長老和宗事司賀長老欲逃，被圍追於城中，傍晚時分，一人被誅，一人受縛，拚殺聲終於落下了。

聖女掌印，發令延、平二州發兵，詔令慶州、中都兩軍速降。

暮青貴為南興皇后，聖女讓出了西帳，移往東大帳理政。

暮青已將巫瑾送到，圖鄂的國事不方便再插手，於是趁此閒時將梅姑請進了西帳，將生父何人、為何遇害、西北從軍、廟堂查案、南渡之由和護送巫瑾的因由一一道來。「若不是兄長，我興許已死在鄭家莊了，除此恩情需報，國事上來說，北燕與南圖聯手欲謀江南，如不助兄長奪位，不僅南興帝位有危，戰事一起，更會生靈塗炭。」

梅姑詰問：「那殿下之冤、先生之恨不報了？先生為報大仇一生都在經營，他把寒門聲望、鄂族聖典乃至大圖國璽傳給了少主人，少主人卻要將這些贈予仇人之後，如此作為，可對得起先人？」

「對得起！」暮青面色肅然，擲地有聲地道：「婆婆那日說起當年之事，先提及的可不是愛恨情仇，而是外公之才、外婆之志。我不敢與先人比才學，但論志向，敢說不輸先人！外婆心懷安民濟世之志，在她心裡，國家興衰重於個人愛恨，百姓生死重於個人生死，我敬佩她。而今，我面臨的抉擇與她當年一樣，是先安國事大局還是先報私人仇怨，我的選擇也與她當年一樣。我身在后位，食民血汗，若只顧私利，與蛆蟲何異？在其位，謀其政，我暮青承先人之血、先人之志，自認為無愧於國、無愧於民，亦無愧於先人！」

梅姑如遭當頭一棒，不由愣怔無言。

暮青道：「我有天下無冤之志，外婆之冤必平之！外婆有革除淫權舊俗之志，外公有斷神殿基業之心，我助兄長登基復國，廢舊立新，到時世間再無圖鄂，也算是為二老完成遺願吧。」

說罷，她出了西大帳，獨留梅姑呆坐沉思。

聖女景離在位二十年，理政嫻熟，勢力遍布國內，又有三司長老和藤澤為質，圖鄂陷入血洗之中，僅月餘便全境平定。

五月二十六日清晨，大軍奉命拔營，啟程回中州都城。

大軍一上官道就與景子春和神甲侍衛們會合，隨軍前往中州神殿。武牢山在三州交界地帶，大軍急行，這日夜裡便進了中州，歇於縣廟之中。晚膳後，暮青將身世書寫成信，命月殺把諸事奏入汴都，而後便打算歇息。這時，聖女和巫瑾來了。

一進上廳，聖女便道：「妳這孩子，這麼大的事竟不跟姨母提？」

暮青一聽就知巫瑾把她的身世告知聖女了，於是請聖女上坐，說道：「至親皆故，無驗親之法，並不能斷言我定是先代聖女的後人。」

聖女道：「哪會那麼巧？偏偏妳我相貌相似，又偏偏是妳破了棋陣，開了石槨。」

暮青問：「殿下可知當年的恩怨？」

聖女愣了愣。「妳說的是妳外祖母與宗法二司的恩怨？我聽說姨母乃有志之人，立志革除舊俗，故而為宗法二司所不容。二司將她盯得緊，她竟私會無為先生……唉！宗法二司一貫霸道，撞見她與人私會，必是要拿下先生問罪的。聽我娘說，姨母那夜正是因此才與二司動了手，最終演變成了私奔。」

聖女邊道邊觀察著暮青的神色，回國路上的事，她剛聽瑾兒詳說，諸如計誘叛臣、夜審使節、改道圖鄂、縣廟奪政、聖谷迷陣及大破千機陣的事，樁樁叫人驚嘆。

江山代有才人出，瑤兒比人差得遠……

暮青道：「可梅婆婆不是這麼說的，她說當年宗法二司前來捉姦，一張口定的就是私奔之罪。」

一字之差的利害，聖女自然明白，她眸中驚波乍起，卻一湧即落，似乎在思忖梅姑之言的可信度。

巫瑾也聽出話中的利害，不由看向娘親。

暮青道：「兼聽則明，不知律法司殷長老是否知道當年之事？」

聖女醒過神來，立刻命人傳喚殷長老。

約莫等了一刻，殷長老踏進上廳，目不斜視地見了禮。

聖女直截了當地問：「當年先聖女軒轅玉繼任時，長老在律法司任錄事，可知事發當夜宗法二司問的是私會之罪還是私奔之罪？」

殷長老瞥了暮青一眼，垂首道：「老臣不知。」

聖女面色威寒。「此事是你錄案封存的，竟言不知？」

殷長老道：「老臣當時官職微小，那夜並未一同前往。」

「當年的人都死光了嗎？竟敢跟本宮說你沒去？」聖女的面色淡了下來，再興不起一絲波瀾。「你伯父當年執政律法司，如此大的事會不帶你見見場面？」

殷長老垂首不答，這不同尋常的緘默抗拒叫巫瑾不禁憂悒起來。

「說吧，政變是誰挑的頭？」聖女平靜的話音如平地驚雷，降在殷長老頭頂，使他驀地抬眼上觀。

這一眼，燎原之火在其中，驟風急浪亦在其中，但皆在剎那間歸於死寂。

殷長老緘默著跪下，頂禮伏拜，長久不起。

巫瑾忽覺寒意侵體，聖女的目光如一潭死水，直到聽見打更的梆子聲，才無力地道：「退下吧。」

梆聲消了，殷長老走了，聖女笑了起來，幽幽如泣，悲極厲極。

「我這一生如此悲苦，原來是報應……」聖女看向巫瑾，含淚道：「一念之差，貽害後人，苦了妳和瑤兒啊……」

巫瑾來到暮青面前，深深地拜了下去。

暮青道：「兄長無需拜我，若無當年的恩怨，何來今日的你我？你我身為後生，無左右先人之力，卻可匡正先人之過。先聖有革新除舊之志、救一城百姓之功，卻換來地火焚身、鎖魂毒咒、私奔之名、叛族之罪。此乃千古冤案，理當昭雪於世，毀鎖立碑，正頌其名，不知兄長和殿下意下如何？」

當年之事若昭告於天下，無異於留給聖女的先人無盡恥辱。

聖女起身而去，行至院中，滿園瓊花，星光篩落，她立在滿地的落花碎影裡，話音虛無飄渺：「圖鄂國祚二百餘年，將要亡於我手，我生時不懼罵言，死後何懼眾口？」

女子背影纖弱，似披一身荊棘，縱然身許二夫、與子生離、與女不睦，但她一生都在抗爭，從未屈服。

暮青望著那倔強不屈的背影，竟彷彿看見了自己。她終於生出些許敬意、些許理解，起身一拜，說道：「多謝姨母！」

六月十六，儀仗浩浩蕩蕩地進了都城。

儀仗從都城離開時百花爭放，雙駕並行，百姓夾道，熱騰歡鬧。而今春花已敗，萬家闔門，街道蕭瑟，肅殺如秋。

等了兩個月，都城百姓等來的不是繼位的盛典，是聖女、聖子和南興皇后的輦車，是神官的靈柩。

國運將變，都城沉浸在肅殺的氣氛中。

聖女一回到神殿，即命親信補長老院八司職缺，以維持朝政運轉；命宗事司將姬長廷按神官禮制厚葬於神陵；命律法司翻查先聖女軒轅玉一案的宗卷，著手翻案；命執宰近臣速定巫瑾回國之策。

別的事都好辦，唯獨巫瑾回國不易。

猜也猜得出來，巫瑾現身圖鄂，南圖后黨定會扣他一個抗旨不孝之罪，雲、景兩家只怕也會遭到彈劾。

若當初未改道，巫瑾尚可隨軍前往洛都，如今想進南圖，只怕不打不行了。可一旦興戰，巫瑾就會坐實大逆之罪，就算聖女不在乎，但這仗圖鄂打得起嗎？打得贏嗎？

聖女剛奪權，慶州、中都軍中不穩，延、平二州之軍不敢盡調，東拼西湊的算一算，可調之兵至多十萬，想打到洛都簡直是天方夜譚。

怎麼辦？借兵嗎？

跟誰借？南興嗎？

南興舉國上下雖然一派新氣象，但江南水師歸降不久，嶺南亦剛剛平定，朝中絕不會同意冒嶺南內亂之險、費國用之耗、擔黎庶之怨借兵給鄰國打仗的。

朝政不穩，兵力不足，巫瑾還回得去嗎？

就在執宰重臣們悲觀無策時，英睿皇后忽至奉神殿，神甲侍衛開道，先聖女官隨行，鳳袍加身，英姿凜然。

天剛破曉，殿上燈火煌煌，殿外天宇混沌，英睿皇后踏階而來，勢若開天，入得殿內，肅穆不語。

鳳駕後，一個身著內殿四品掌事女官官袍的老婦手捧一物，高聲宣道：「大圖神皇二族子孫接璽！」

璽？

什麼璽？

執宰重臣們看向巫瑾，大圖神皇二族子孫，天下唯此一人。

巫瑾茫然地看向暮青，自從他與娘親團聚，她就沒再插手過圖鄂政事，今日臨朝，必有要事。而梅姑女官衣袍加身，手捧之物裹在皇綢中。

聖女坐在神座上，琢磨著梅姑之言，端量著那物什的方寸形態，神情驟變，喚道：「瑾兒！」

巫瑾醒過神來，行至女官面前，雙膝跪下，高舉雙手——接璽！

金烏乍升，晨光破曉，夏風拂進殿內，男子大袖舒捲，手臂白皙清俊，接住沉甸甸的皇璽，當殿一開！

晨光沐玉，寶光加璽，五龍威嚴，篆文雷鑿！

「大圖天子奉天之寶」八個金字晃暈了眾臣，聖女雷驚而起，急急切切地道：「拿來我看！」

巫瑾起身，踏雲般深一步淺一步地將玉璽捧給娘親，聖女接璽細察，喃喃念道：「……受命於天，既壽永昌！此乃……大圖傳國玉璽！」

聖女壓抑著顫音望向暮青，眼底掀著滔天巨浪。

暮青肅穆不語，梅姑道：「此乃當年先聖女殿下被逼逃亡當夜，於司命大神官墓中發現的，無為先生將此璽作為陪葬物，安放於先聖的衣冠槨內。」

無為先生的遺願是將傳國玉璽傳給何人，梅姑沒說，她挺直腰板，昂首走出了奉神殿。

暮青也轉身離去，她盛裝而來，俐落而去，隻言片語未留，卻留下了神皇二族苦尋二百餘年的大圖傳國玉璽。

行至御花園橋上，暮青朝梅姑一禮。

梅姑臨高遠眺，飛橋下花開成海，曲河如虹，景象一如當年，身邊之人已非。

少主人雖非聖女殿下，卻太像聖女殿下……她將國璽交給她保管，神官、聖女相爭時沒命她取出，聖女允諾為先聖洗冤後沒命她取出，直到那些蠹臣沒法子了，少主人才來問她，她在顧念她的感情啊！心懷大志，體恤下人，和聖女殿下何其相像。

「國璽是先生留給少主人的，如何處置，自然聽憑少主人之意。」梅姑回身還禮，說道：「老奴只是個守墓人，此生得見少主已經無憾，如今諸事已了，老奴想回去守墓，等待神殿來起棺砸鎖、厚葬先聖、立碑揚功，望少主人恩准。」

暮青並不意外，將玉璽賜給仇人之後，梅姑心中必有疙瘩，強留也留不住，只是當日出密道時，河水灌入，潛回墓室是不可能了，梅姑要回去，只能再闖一回大陣。

千機陣的守陣人雷老怪是個陣痴，認陣不認人。暮青擔憂梅姑闖陣有險，於是請求她明日再走，而後回到驛館，挑燈熬夜，於次日一早，將一本冊子交給了梅姑。

冊子裡有圖十餘幅，有暹蘭大帝古墓中的機關機要，一些雲雨風雷、地動山火的發因圖，還有一些光學、物理學、動力學的記要圖。

暮青道：「婆婆執此冊子入陣，告訴雷老怪，似這些東西，本宮有一肚子，想要，就別動您的人。」

「多謝少主人！」梅姑倔強地不肯流露感動之色，只是鄭重地拜別了暮青。

這天，大圖傳國玉璽現世像一道驚雷般轟響了中都，在群臣震動、市井議論的喧鬧中，梅姑帶著武林人士們離開了神殿，消失在了市井之中。

一個月後，消息震響了南圖朝廷，相黨大叫玉璽是假的，巫瑾在被扣以抗旨不孝的罪名後，又被扣上了偽造國璽、野心滔天之罪。

復國派卻歡騰而起，他們集結上書，在朝的請求陛見，在野的張貼文章，散播復國論，鼓動民間情緒，巫瑾這個曾因血統而不為兩族所容的皇子，一夜之間成了上天垂賜的復國皇子。

相黨慌了，他們連夜聚議密談，在七月二十九日這夜，左相盤川入宮密會巫谷皇后，呈上了立儲禪位的假詔。

次日早朝，由巫谷皇后垂簾、太監總管執詔，當殿宣讀了皇帝所謂的「積病日久、疏於朝事、有愧祖宗臣民」，禪位於嫡長子，命其承繼帝位，並「勤政治國、廣納諫言、討逆平叛，早日使國泰民安」的詔書。

復國黨震怒，御史中丞曹順當殿高呼，呼籲同僚齊去面聖，以辨詔書真偽，保護皇帝安危，卻被殿外早就調值好的大內侍衛扠出金鑾殿，以抗旨罪斬於午門前。

巫谷皇后、大皇子和相黨瘋了，以殊死一搏的架勢，揮下了南圖內戰的第一刀。

這天，天色未明，京畿兵馬的鐵蹄聲驚醒了洛都百姓，高舉左右執宰令的兩路京畿兵馬在都城中拚殺了起來，復國派志士被接出城去，奔往地方州縣，主持對抗相黨，迎接三皇子。

圖鄂一兵未發，南圖就陷入了內亂之中。

直到此時，中都的官吏們才看清了英睿皇后挑此時機拋出傳國玉璽的威力。

八月初六，南圖大皇子巫旻即位。

八月初八，圖鄂發兵十萬護送巫瑾前往邊境，暮青隨行，聖女坐鎮神殿。

一大早，儀仗剛出城，市井人群裡就擠出來個醜老太太，老婦人身後跟著個駝背老者，發著牢騷道：「不是要回去？」

老婦人道：「殿下和先生就這麼一個後人，回去能放心嗎？」

「那跟在少主人身邊不就成了？幹麼說走，又偷偷摸摸地跟著？」

「我樂意獨來獨往，你管得著嗎？」

「……」

九月初五，大軍行至大安縣，在縣廟中等了將近半年的使節團終於歸入軍中。

九月初十一，大軍出了神脈山，於三國邊境地帶紮營。南興以護駕為由兵壓國境，向南圖施壓。

九月十二，傳令官詔令南圖大軍出城相迎，鎮陽主帥捧著蓋有傳國璽印的詔令，命人加急奏入洛都，可詔令剛出城三日，復國派就率軍攻入了雲州。

九月二十五日，鎮陽縣失守，圖鄂兵馬入城，復國派官吏參拜傳國玉璽，在縣衙奉巫瑾為帝。

十月二十日，兩軍聯合攻下雲州各縣。

十月二十四日，兩軍攻入欽州，僅月餘便奪下欽州。

十二月初二，數路復國派兵馬會合於欽州，並圖鄂大軍，以傳國玉璽開路，勢如破竹，攻破芳州，洛都在望。雪片般的軍奏飛入皇宮，永和殿內的燭火夜夜不熄，中樞重臣出入如流，新帝和相黨在煎熬中度過了除夕。

正月二十日，復國軍和圖鄂大軍兵臨洛都，京畿兵馬苦守一個多月，從未被攻破的洛都城門被撞開，洛都城破，巫瑾入宮。

第六章

# 復國喪鐘

這天，陰雲如蓋，覆住了富麗的洛都皇宮。洛都乃千年古都，歷經六次翻新，莊嚴絢麗，氣魄宏偉，今日卻金瓦豎箭，群殿生煙，遍地棄甲，血浸玉階。

半年前撤離的復國派文武回來了，追隨一人，登階入殿。

那人身披雪氅，自滾滾狼煙中走入昏暗無光的大殿，手捧國璽，眉宇生光。

大圖傳國玉璽在戰火中遺失，在戰火中歸來，時隔兩百餘年，皇宮的光景一如當年，唯有金殿上的人換了幾代。

金殿上，侍衛伏屍，龍燈翻倒，宮人跑光了，只有一個老太監和幾個殿內侍衛護著新帝、太后、皇后和權相等人退守在御座旁。

太后霞披殘破，皇后鳳冠欲墜，新帝龍袍染血，權臣朝服不整。而巫瑾的衣袂上滴血未沾，前有神甲侍衛護駕，後有復國重臣相隨，左有暮青披甲相陪，右有聖女執劍相護。

半年來，聖女坐鎮神殿，直至聯軍攻破芳州才趕來會合，她雖難掩疲態，姿容卻一如當年。

「七郎何在？」

「父皇何在？」

聖女和巫瑾同聲相詢，問的是同一個人。

新帝巫旻譏嘲道：「好一個父皇何在！你手持傳國玉璽闖殿，是以兒臣的身分拜見父皇，還是以傳國大君的身分命父皇來拜見你？父皇前年七月欽點使臣詔你回國，至今已過一年半！你何曾記掛父皇？你記掛的是父皇的江山，是圖鄂的江山，是你復國大帝的權力威名！」

巫瑾道：「一年半……是啊，本王前年十一月十二出的汴都，如今已一年兩個月了……」

暮青聞言兩眉微低，竟才一年多嗎？她怎麼覺得汴都一別，已有十年八載了呢？

這一年半，若在汴都，興許能平許多樁冤案，能見到改革的盛景，能看到章同統領水師的盛況，能為呼延查烈的成長費些心；興許逢節慶時能出宮，與阿歡逛逛廟會；興許清明時能回趟古水縣為爹娘祭掃陵墓，看看崔遠的知縣當得如何；又興許……該把國事放一放，把身子養一養，阿歡今年二十有八，該為人父了……

暮青這才發現，她從未像此刻那麼盼著事了歸國去，哪怕只是在這金殿上聽個三言兩語都讓她覺得厭煩，於是斥道：「這一年零兩個月，不知是誰與北燕帝和嶺南王勾結，欲殺三皇子於南興境內，再藉此事興兵問罪，聯手嶺南謀奪南興江山？你絞盡腦汁地阻撓人回國，又責人回國之路繞得遠，真乃欲加之罪何患無辭！他父皇病重，生母有險，爹娘皆是至親，你嘴皮子一碰，責人不孝倒是容易，他的抉擇之難你又可懂？你若不愛江山皇位，何故阻撓兄弟回國？何故藉假詔即位？你可以不顧君臣綱常、父子之恩，他人卻該顧全忠孝、高潔無爭？這金殿上找不著鏡子，刀卻遍地皆是，何不拾起一把來，照照自己的臉？」

這一番話罵得巫瑾心頭的蒼涼為之一散，徒留想笑的念頭，更聽得一干復國重臣連聲驚嘆。

這哪是要人拾刀為鏡啊？分明是要人拾刀自刎！聽聞英睿皇后曾在盛京痛罵權相百官，在望山樓中舌辯寒門學子，今日一見，名不虛傳！

太后厲聲大笑，指著復國派眾臣問：「本宮乃太上皇的嫡妻！皇上乃太上皇的嫡長子！爾等擁立庶皇子，廢嫡長之俗，以假璽誆騙諸軍，攻入都城，殺進金殿，與叛臣賊子何異？」

雲老道：「稟太后，傳國寶璽乃是真品，『大圖天子，奉天之寶！受命於天，既壽永昌！』十六字二書體，均出於大圖高祖皇帝晚年御筆，老臣已鑑過真偽了。」

太后退了一步，眼底的驚色很快被譏嘲吞噬。「卿乃當代大學，真也好，假也罷，不全憑卿的一張嘴？卿以年邁之軀遠赴南興接他回國，自然護著他！而皇上乃本宮所出，本宮護著他何錯之有？」

雲老怒問：「這豈能是太后收買閹人、蠱惑國君，令其痴迷丹術，不事朝政的理由？」

暮青嘲諷地道：「這種事縱觀青史又不少見，有何大驚小怪的。各為理想，各為政見，各憑手段，各圖己利。在政言政，贏則擁江山御座，敗則廢位身死，自古有為君之志的人，哪個不是拚上性命在奪、在守？憑什麼你們爭時無錯，輸則滿口貴賤高低？矯情！」

此行她一為報兄長之恩，二為保南興帝位，一年零兩個月，南征北戰，奔走三國，殫精竭慮，馬不停蹄，難道沒拚過命？步惜歡遠在汴都守著江山，讓出皇宮，甕中捉鱉，行的難道不是險事，搏的難道不是性命？巫瑾不懂武藝，卻一同入陣，擇機制敵，難道沒搏過命？在江山之爭上，誰坐享其成過？南圖太后和新帝的一番斥責，委實矯情！

巫谷太后面紅耳赤，恨不能提劍斬了暮青。

這時，聖女道：「嫡妻？嫡長子？妳的后位是怎麼來的？妳是繼后，他的原配皇后和那未出世的孩子是怎麼死的，妳以為七郎不知？」

此言一出，群臣俱驚，巫谷太后的目光在昏暗的大殿中幽幽的，半晌後，她笑了。「原來他知道，怪不得……那又如何？他有復國之志，欲征討圖鄂，就不能沒有谷家軍，無論他願不願，皇后都必須是我！可自從妳出現了……他就再不提復國，滿朝皆道我是毒后，妳才是那個蠱惑君心的妖女！」

聖女淡淡地道：「妳不懂七郎。」

巫谷太后大笑。「妳懂又如何？妳還是得不到后位，不得不回神殿，不得不委身神官，更不得不把孽子送去大興為質，妳可比我難熬多了！而我，母儀天下，后位穩固，他待我再冷淡，這一生都是我在陪著他！我看著他登基為帝，看著他御駕出征，看著他從銳意進取到沉迷丹術，看著他從氣宇軒昂到形容枯槁……妳不是想見他嗎？妳看看，可還認得出他？」

說罷，巫谷太后到御座後推出一架輪車來，車上坐著的人披著明黃的雪貂大氅，臉埋在貂毛裡，鬚髮皆白，手似枯木，如耄耋之人。

「……陛下！」雲老等重臣頓時痛哭叩拜。

巫瑾怔怔地望著老皇帝，耳畔彷彿傳來陣陣爽朗的笑聲。那是父皇的笑聲，他早已忘記了父皇的眉宇相貌，只記得幼時洛都神殿外盛開的繁花、父皇的笑聲，和那時節一望無雲的青天。

「父皇！」巫瑾疾步行出護從圈，嗓音顫得變了調。

「七郎！」聖女驚醒過來，也推開護從，疾奔上前。

「站住！」巫谷太后的厲喝聲伴著錚音，一把刀架在了老皇帝的喉前。「他要死也要和我死在一起！」

巫瑾問：「妳待如何？」

巫谷太后道：「把傳國寶璽呈來！你一個人送過來！」

老臣們聞言，驚慌地望向巫瑾。

巫谷太后道：「怎麼？你父皇的命比不上帝位，是嗎？本宮就知道，這世上哪有那麼多的孝子忠臣？都是偽君子罷了！」

巫瑾譏嘲地一笑，執著傳國玉璽便走了過去，聖女和暮青不動不勸，皆任由巫瑾行事。

金殿闊大，巫瑾緩步而行，踩過碎瓷燈盞，跨過棄甲長刀，殿前侍衛們緩緩後退，太后和新帝緊緊地盯著玉璽。

「站住！」巫谷太后忽然對殿前侍衛長道：「你去呈來。」

侍衛長領旨上前，巫瑾面色淡漠，單手將玉璽遞了過去。

兩個侍衛刀指巫瑾，侍衛長去捧玉璽，手剛觸及璽身，便睜圓雙目，猛地將璽一扔！

玉璽滾落在龍毯上，密密麻麻的蟲蟲從璽下散開，侍衛們疾退，誰也沒留意巫瑾那隻手還擎著。

說時遲那時快，巫瑾袖口內湧出潮水般的黑蟲，蜂擁而去，殿前侍衛長登時七竅流血而倒。巫谷太后將刀擲向巫瑾，猛地將輪車推下御階，而後拽著巫旻躲進了御座後。

鐺的一聲，刀被擊落，輪車帶著老皇帝衝向了蟲群。

蟲群忽然散開，彷彿懼怕輪車上的人一般，繞路撲向了侍衛、宮人、太后、新帝。

巫谷太后拔下鳳簪胡亂揮舞，大叫：「護駕！護駕！懷祿！給本宮殺了那孽——」

噗！

話音未落，一把長刀從巫谷太后身前刺出，血染鳳衣。

蟲蟲聞血湧來，噬咬著巫谷太后的血肉，她詫異地循著長刀的來處，望向身後之人。

懷祿！

怎麼會……

蟲噬如千刀剮身，記憶似暗潮湧來，擊得人五內翻騰，神昏血湧！

獻策暗投、進獻方士、控制皇上、把持宮闈……

巫谷太后忽然回頭，隔著刀光劍影看向一人，至死未能闔眼。

總管太監懷祿突如其來的一刀驚呆了群臣，巫瑾卻跪在老皇帝面前專心地探著脈，彷彿刀光劍影、哀號慘毒皆與他無關。

這是他診脈診得最久的一次，也是最無力的一次。

他脫下氅衣，以風帽為枕，小心翼翼地扶父皇躺下，四周細如白毛的蠱蟲游回了他的袖中。

這些蠱蟲是他送璽時放出的，當時他單手執璽，毒蠱經腕心聚於璽下，谷氏等人的心神皆在璽上，無人留意從他垂著的那只袖裡偷偷游出護住父皇的醫蠱。

巫瑾取出針來，下針時手有些抖，九根金針刺入那行將就木的削瘦身體裡，刀光劍影離他遠去，哀號叫罵離他遠去，娘親不知何時來到了他身邊，拚殺聲不知何時落下了。

殿上掌了燈，黑雲壓著殿宇，一道冬雷凌空劈下時，巫瑾收了針。

御座兩旁，巫谷太后、左相盤川、皇后及殿前侍衛等人皆亡，新帝巫旻在生死一瞬將皇后推出，自己保了一命，被神甲侍衛生擒。

朔風灌入大殿，腥風四蕩。巫旻在屍堆裡喘著氣，眾臣在外跪候，誰也不知太上皇還能不能醒來，何時會醒。

暮青的目光落在巫谷太后身上，人死蟲散，但她死前的目光卻留在了眼中，那暴斃前的一眼讓她甚是在意。

這時，一聲咳音在空闊的大殿上顯得那麼蒼老悠長，彷彿一道自幽冥地底傳來的還陽之聲。

「父皇！」巫瑾的聲音亦悲亦喜。

老皇帝卻久未應聲，他睜著空濁的雙眼望著聲音來處，眼中有人，卻也無人。

朔風殘燭，人影飄搖，巫瑾似一個無依之人，愴然地彎下僵木的脊背，以額抵地，久不能起。

父皇不認得他了……

一年零兩個月前，父皇拖著病體上朝欽點使臣召他回國，他卻決定改道……當初若未改道，今日父子相見，是否會有不同的光景？

巫瑾伏跪著，碎瓷刺入掌心，卻覺不出痛。

「七郎。」這時，聖女喚了一聲。

老皇帝聞聲，空濁的眼底湧出些許神采，循著聲音的來處偏了偏頭，道了聲：「妳來了……」

當年一別，再未相見，這一聲時隔二十餘年，聖女湧出淚來，應道：「我來了。」

老皇帝神情恍惚，過了半晌才想起早前的那一聲父皇，顫巍巍地問：「瑾兒？」

巫瑾抬起頭來，不顧此刻滿手鮮血，握住老皇帝的手道：「父皇，兒臣回來了。」

「回來了……」老皇帝露出歡欣的笑容。「好！回來就好……扶我起來，去金鑾殿上，宣百官上朝……」

大殿上靜了靜。

這就是金鑾殿，群臣就在殿外。

他久病未醒，根本不知國內之變，甚至不知自己已是太上皇了。

「陛下！」老臣們伏地痛哭，想想這些年來朝堂上潑的口水、宮門外跪垮的雙腿和午門外淌的血，真是一場浩劫啊！

老皇帝愣了愣，問：「此乃何處？」

聖女答：「七郎，你就在金殿上。」

「是嗎？那我為何躺著？」老皇帝問著，卻並未究根問柢，他急切地道：「快！扶我到御座上去。」

聖女遲疑地道：「七郎，你現如今的身子怕是……」

話未說完，巫瑾便抱起了老皇帝，他望著御階上的人屍、蟲屍、刀劍、俘虜，默不作聲。

暮青看了眼侍衛們，侍衛們立刻將巫旻押下御階，將滿地的狼藉清理了出來。

巫瑾抱著老皇帝一步一步地踏上御階，來到御座前，將瘦弱的老父慢慢地放在了御座上。

「上朝——」懷祿喊了一嗓子，嗓音清亮，如同當年皇帝初登基時。

百官高呼萬歲，狼煙逐著寒風，說不盡的淒涼。

暮青率侍衛們退到一旁，把這滿地狼藉的金殿讓給年邁的帝王。

老皇帝坐直身子，枯瘦的手撫著龍首扶手，彷彿撫摸的是往年親決國事的記憶。沒有人打擾他，老臣們悲戚的哭腔好似夜風，聖女望著御座上的人，也陷入了回憶裡，唯有暮青看見老皇帝撫著龍首，撫著撫著，手指忽然探入龍口內，將那金龍口中嵌著的夜明珠向內一推。

喀的一聲，夜明珠滾入扶手深處，留下一串骨碌碌的聲響，扶手應聲推開，露出一道暗格。

巫瑾立在一旁，見暗格裡藏著一軸聖旨。

老皇帝顫巍巍地將聖旨拿出舉起，喚道：「懷祿。」

懷祿道：「老奴在！」

老皇帝道：「宣！」

「遵旨！」懷祿應著，若有似無地瞥了聖女一眼，最終將目光落在了暮青身上。

暮青見到懷祿的神色心中一沉，示意侍衛將聖旨遞來。

懷祿在侍衛的刀下將聖旨展開，高聲念道：「自古帝王繼天立極，必建元儲，懋隆國本。朕自登基以來，仰祖宗昭垂，以復國為志，夙夜兢兢，勵圖大業。然，社稷貧弱，國力枯竭，積重百年，唯存空簿，唯有先治內政，專於吏治，富國強兵，留待後人復祖宗基業。朕之三子瑾，承神皇血脈，天意所屬，當授以冊寶，立為太子，迎其歸國，正位東宮，以告天地、宗廟、社稷，繼萬年之統。泰慶十五年三月十五日。」

聖旨誦罷，滿殿皆靜。

泰慶十五年是五年前，皇帝正是從那時開始痴迷丹術的，那年上元節，皇后以賀帝業萬載無疆之由進獻祖州方士高運，皇帝封之為國師。起初令其祭天祈福，化厄昌國，後來常與其論仙談道，服用丹藥。諫臣上奏勸責，皇帝充耳不聞，不過兩、三年時日，便神昏力衰，不事朝政。

泰慶十五年三月十五日正是皇帝開始服用丹藥的日子，詔書就是那天立的。那天，皇帝初服丹藥，不至於神昏力衰，立儲應該沒有受人脅迫，那為何偏偏擇那日祕密立儲？莫非知道丹藥會傷龍體？那又為何要服？

群臣心中疑竇重重，暮青卻留意著聖女，見她脊背僵木，形同屍人。

疾電裂空而來，長空似被幽爪撕開，化作猙獰的光影映入大殿，暮青忽然覺得有些冷。

這時，老皇帝道：「朕痼疾難癒，國事不可一日無決，今太子既已歸國，朕當退位寬閒，優遊歲月，盼見大業告成，以慰列祖列宗，以慰復國志士。瑾兒……」

「兒臣在！」巫瑾跪在御座前，悲情難以自抑，父皇的氣神已將耗盡，哪有歲月可以優遊？

老皇帝伸出手，懷祿忙將詔書遞給侍衛，經侍衛呈了上去。

老皇帝將詔書交給巫瑾，正待囑咐，殿上忽然響起一陣大笑！

巫旻又哭又笑，大聲質問：「同是皇子，兒臣是嫡長子，父皇竟道一介庶子是天意所屬，如此偏心，不怕世人恥笑嗎？當年父皇御駕親征，兵鋒所向披靡，明明可以收復慶州，卻因迷戀妖女而廢復國大業，父皇當真無愧於列祖列宗嗎？」

老皇帝神色茫然，顯然不知長子為何會在殿上。

這時，咻的一聲，聖女封住巫旻的口舌，縱身掠去，似一隻飛入金殿的血燕，落在了御座前。

「七郎……」聖女跪在御座前，望著那雙空濁的雙眼，問：「你早就知道了，是嗎？」

那雙眼裡空洞無物，老皇帝卻笑了笑，撫著聖女的臉頰，說道：「妳沒變，還是當年模樣。」

聖女的心忽似被針扎住，淚水模糊了視線，恍惚間，大殿上的燭光變成了軍帳中的燈光，眼前的人還是初見時的英俊模樣。

那夜，她身披白袍，散髮赤足，孤身走入了南圖軍營的御帳。世人皆以為新帝驚豔於她的美貌，在軍中臨幸了她，並被她妖惑而棄志回朝，從此安於內政，再不言復國。

但其實那夜什麼都沒發生。

七郎與她秉燭長談，夜話天下，一聊便是一夜。

她問七郎：「大圖八百年基業，神殿恃權積富，而國庫空虛日重，以至於兩權分國而治後，南圖貧弱，兩百年間，官吏因循守舊、固權謀私，致使積重難返，復國談何容易？」

七郎問她：「若復國不易，神殿何至於將失慶州？何至於獻妳前來？」

她道：「因循守舊、固權謀私，亦是圖鄂吏治之瘤。神官大選在即，內爭日益激烈，邊線戰事耗兵耗財，神殿無心久戰乃是其一。陛下英明天縱，御駕親征，兵鋒極厲乃是其二，圖鄂治四州，一旦慶州失守，兵鋒便會直指中都，神殿慌了，所以我來了。」

七郎笑道：「那朕就收復慶州，直指中都！朕有勝算，為何要收兵議和？」

她道：「陛下沒有。神殿不想耗損國力而保慶州，所以我來了，我是神殿不戰而和的底線，若我失敗，為保江山大權，各族會同仇敵愾，擲舉國之力以保慶州。屆時，兩國戰事曠日持久，國力之耗能拚多久，陛下清楚。屆時，前線將士傷亡慘重，民間淒怨沸騰，叛亂的隱患有多重，想必陛下也清楚。且陛下初登大位，兄黨未清，執政未穩，御駕親征已屬冒險之舉，陛下又能有多少時日留在前線？」

七郎審視了她許久，問：「朕一定會輸嗎？」

她答：「贏亦是輸，陛下若得慶州，圖鄂必來爭奪，屆時，邊關戰事曠日持久，國力之耗無止無休，局面並不會好多少。除非陛下能一舉奪下四州，否則邊事只會虛耗國力，使國庫錢糧流之如水，使兵馬之數縮如寒衣，使陛下的宏圖偉願更難實現。復國之機尚未成熟，專治內政、富國強兵才是陛下應行之道。」

七郎深沉莫測地問：「既然朕如此沒有勝算，那為何要御駕親征？」

她答：「陛下有此舉，必是有所需。」

七郎為何要打這場看似有勝算，實則必敗的仗，她並未看透。她只看透了一件事，那就是七郎心知復國之機未到。世人皆道他年輕氣盛，銳意進取，實則不然。見她自獻，他不急不淫，以禮相待；聞她之言，不驚不惱，處之泰然。他是個清醒自持、胸有韜略的皇帝。

七郎問：「妳能看透這場戰事，妳爹和長老院就看不透嗎？」

她笑答：「他們看得透，只是不願拖到那種局面，男人在想要兵不血刃的保全利益之時，總是最先想到女人，歷朝歷代的和親是如此，我自獻也是如此。」

七郎起身望著御案後掛著的大圖疆圖，負手說道：「妳既然來了，朕就不會放妳回去，朕需要將妳囚入洛都神殿為質，從此妳將會置身於險惡之中，福禍難料，妳會恨朕嗎？」

她忽然問：「陛下今夜會讓我侍寢嗎？」

七郎愣了愣，轉過身來時眸底有未掩飾殆盡的悲色，說道：「朕尚無縱樂之心。」

她起身一福，笑道：「那……感謝陛下！」

到了洛都許久後，她才明白七郎那夜的悲色是為何故，他年少成婚，與髮妻感情深厚，卻因他登基為帝，髮妻和未出世的孩兒成了爭權奪利的犧牲品。七郎初登大寶，帝位不穩，而谷家手握兵權，七郎不能處置谷氏，索性便將谷氏立為皇后，而後以銳意進取之態御駕親征，發動了討伐神族的戰爭。

當時，谷氏剛繼后位，谷家為壯其聲威、穩其后位、固其帝寵，而站在了主戰派一方，七郎授古氏父兄帥印，跟隨御駕奔赴邊關。慶州一戰，谷家軍傷亡十萬餘眾，谷氏長兄戰死邊關。

七郎興兵北伐不是為了復國，他是在削谷家之勢，在血祭髮妻和那未出世的孩兒。他心知北伐沒有勝算，可他不懼，因為即便御駕親征大敗而歸，谷氏一黨也會用盡全力保他，他帝位無憂。

谷氏一黨覺得他們將七郎握在手裡，卻不知被謀算的是他們。七郎隱忍，卻從不為了忍而忍，但有所忍，必有所圖。

南圖積弱已久，七郎治政殫精竭慮，倦乏時總愛到神殿與她暢談時政。她與七郎政見相同，性情相投，相交相知，日久生情。瑾兒是在七郎與她兩心相知、情之所至的情形下懷上的，他降生那日，她與七郎看著這個有著神皇二族血脈的孩子，忽然間看到了復國的時機。

世人皆以為她以瑾兒威逼七郎才得以返回圖鄂，實情是此乃她與七郎的決定，她返回圖鄂謀權，而七郎專治南圖內政，他們願意夫妻分離，為瑾兒謀一個復國的時機。

可瑾兒太小，她剛回到圖鄂的那幾年，形勢萬分險惡，她夙夜心驚，不知如何才能提防來自四面八方的暗害，不知這孩子能否成人。恰在此時，大興朝中有變，七郎和她決定插手大興政事，將瑾兒送入盛京保命。

她料想為質不易，便將《蓬萊心經》、蠱王和醫毒典籍都給了瑾兒，盼他能在艱險中保命，在艱難中成才，他日歸來，廢除神權，復國稱帝。

她料想瑾兒一旦為質，歸期難料，卻沒想到要這麼久，眼看著再過幾年便要神官大選，大興遲遲沒有放瑾兒歸國之意，她急了。

她傳信七郎，盼他能尋個理由遣使大興，召瑾兒回國。可瑾兒深得大興貴胄的倚重，而七郎康健，又未至大壽，大興相黨推諉搪塞，事情超出了控制……她寢食難安心焦如焚，終被一把心火焚盡了理智七情，密令懷祿搜羅方士，計獻谷氏……

七郎說她沒變，其實她變了。何時變了，她不知道，或許是夫妻分離太久，感情疏淡了；或許是隱忍謀權多年，心如鐵石了；或許是從得知瑾兒為質受辱，功力盡廢，險亡於他國時，她就瘋了。

瑾兒承載著七郎復國之志，亦承載著她廢除神權之志，他必須回來！只要他能回來，任何人都可以犧牲，包括七郎。

事情一直在她的掌控中，她唯一沒料到的，就是七郎竟然知情。

你既然知情，為何要走入我設好的殺局裡？你一向隱忍，可你這一回的隱忍，又是圖什麼？

聖女望著愛人，巫瑾卻望著娘親，驚愕失語。

大殿上嘈嘈切切，皇帝笑而不語，只是撫著聖女的面龐，彷彿想起了那短暫幾年的恩愛時光。

聖女的淚水滂沱而下，大聲斥問：「你說話！七郎！你傻嗎？你明知——」

一隻枯瘦的手指撫在聖女的唇上，皇帝用那雙空濁的雙眼望著大殿，緩緩地說道：「皇后谷氏，專橫善妒，謀害先皇后及皇子在先，進獻妖道、弒君篡位在後，罪當廢后，貶為庶人，宮外賜死，九族皆誅。」

老臣們愕然呆木，不知是因為乍聞先皇后的死因還是因為弒君之事。

皇帝繼續道：「大皇子巫旻，性承其母，專橫狹隘，好大喜功，結黨營私，不堪為君，禁於寧福宮，死生不得出。」

「罷盤川宰相、丁平參知政事、吳子昌兵曹尚書、甄惠道欽州總兵之職，同問結黨謀逆大罪，株連十族。」

「工曹侍郎錢順，貶知英州。」

「殿中侍御史劉凱，貶甘州通判。」

「翰林學士兼侍讀陸公琛免職，以本官致仕。」

幽禁、問斬、貶黜、致仕，皇帝不問朝政之後，頭一回手段如此雷霆。他並沒有神昏智衰，這幾年朝中人員變動頻繁，但他欽點之名姓官職無一有錯。

如此大規模地問罪重臣，一向是取亂之道，但他毫無憂色，心中定然知道，妻兒一同來到說明了什麼，長子當殿遭人封口又說明了什麼。

巫旻被雷霆旨意震呆了，老臣們也緘口不言，沒人問進獻妖道、弒君篡位的疑團，皇帝下旨降罪谷氏，那就是將此事蓋棺定論了。也沒人呼諫株連十族罪及太廣，皇帝連盤川、丁平、吳子昌等人的門生都不放過，是要藉這場浩劫將后黨連根拔除，給新帝一個能夠任命近臣、推行新政的新朝廷。

大圖復國，新帝即位，此乃千古盛事，新帝清算后黨不宜過廣，否則會被詬病為狹隘暴虐。太上皇要把汙名帶進自己的陵墓裡，此乃為帝之決絕、為父之大愛，呼之無用，諫亦無用。

「瑾兒。」老皇帝喚了聲巫瑾。

巫瑾發現父皇氣息已弱，急忙取針，手卻被父皇握住。

老皇帝將聖女的手交到巫瑾手中，時斷時續地道：「日後……好好孝敬你娘，她半生苦多，父皇將她……交給你了，勿使你娘……再嘗人間離悲……之苦……」

話音漸消，老皇帝的頭緩緩地低了下去，手慢慢地撒開了。

聖女輕輕地喚了聲七郎，輕得像是怕驚醒了睡夢中的人。

巫瑾淚湧而出，跪在父皇腳下，深深地拜了下去。

大殿上響起悲哭之聲，老臣們痛哭而拜。

冬雷陣陣，新春的第一場雨瓢潑而下，澆出了聖女一聲淒厲的七郎，澆響了南圖末代皇帝駕崩的喪鐘。

大圖是在一場冬雨、一陣喪鐘和一片痛哭聲中復的國，大雨未歇，血洗便開始了。

夷滅九族，株連十族，南圖皇臨死前的旨意令五州大地染血，哭號連月不絕。

后黨之中有少部分殘餘望風而逃，遁入民間，蹤跡難尋。

巫旻被囚於深宮，暮青去見了他一面，她沒有忘記大皇子府中的那個女謀士。

令暮青驚訝的是，她聽到了一個老熟人的名字——沈問玉。

暮青最後一次聽聞沈問玉的消息是三年前，她和親大遼，儀仗抵達葛州時，驛館失火，仵作稱兩具屍體已成焦炭，無憑驗看，此案便成了一樁謎案。

暮青當時並不信沈問玉死了，只是沒想到她能輾轉來到南圖。

當時汴江已封，她不可能渡江經南興進入南圖，唯一能走的就是海路。北燕只有一個沂東港，而南圖有個英州港，一個大興女子能遠渡入港，背後必有人相助。

巫旻稱那人是元修，正是沈問玉去信北燕獻計，促成了他與嶺南王的會謀。

暮青不由犯疑，嶺南王本就受制於元修，元修差嶺南王與巫旻聯繫便可，需要沈問玉從中促成嗎？

巫旻登基後，沈問玉仍住在王府，不出所料，王府裡人去屋空，沈問玉再次逃了。

日子一晃便進了三月，血洗聲勢漸漸落下，先帝葬於帝陵，百官正忙著準備復國大典。

大圖復國乃是盛事，洛都街頭百花爭豔，百姓喜氣洋溢，兩個月前重兵破城的景象彷彿只是夢一場。

暮青畫了沈問玉的畫像，交由朝廷張榜緝拿，儘管她知道廢帝黨羽很可能會易容，但她無旁事可做——

她在等登基大典，等那副能治步惜歡舊疾的藥。

不料到離登基大典還有半個月的時候，宮裡忽然來了人，說奉旨接她進宮敘話。

陽春時節，洛都已暖，御苑裡百花爭放，一陣女子的歡笑聲從御花園深處傳來。

暮青一愣，見一株玉蘭樹下立著對璧人，男子玉帶白袍，龍紋廣袖迎風舒捲，若祥龍騰雲，謫仙臨世。女子月裙紅裳，鬢邊垂來一枝白玉蘭，好似簪花，面如花嬌。

女子道：「七郎，大圖復國，神殿覆滅，你我此生之願已了，日後總算能卸下擔子了。」

男子道：「嗯。」

女子道：「待瑾兒即位，朝政穩當了，你我便出宮去，遊歷天下山川，遍看四海民情，可好？」

男子道：「好。」

暮青愣住，宮人們低著頭，彷彿聾啞人。

半晌後，巫瑾轉身望來，四目相對的剎那，雲天高遠，日朗風清，人間已是陽春天，他的神魂卻彷彿仍留在冬雷陣陣的那日。

暮青走了過去，問：「兄長，姨母她……」

巫瑾神色淒黯。「失心之症。」

「何時之事？」

「父皇大葬那日夜裡。」

「兄長也無能為力嗎？」

巫瑾黯然搖頭。「我娘被心魔所困，她心有戀盼，自困其中，我也無能為力。」

聖女看著暮青，似乎不認得她了，神色茫然無害。

巫瑾道：「娘，表妹來了，孩兒有話要與她說，您先回宮歇著可好？」

「晚輩給姨母請安。」暮青見了禮。

「表妹？」聖女端量著暮青，眼底浮現出歡喜之色，慈愛地道：「你們年輕人多說說話，我尋你父皇去，他八成又侍弄那些花草去了。」

見聖女笑吟吟地走了，暮青有種說不出的滋味。這個曾經孤身走入敵營的女子，曾帶著南圖皇子嫁給神官的女子，曾逼神殿立碑揚功的女子，謀權半生，步步傳奇，誰能料到結局竟是這般……

巫瑾深深一揖。「妹妹勿怪。」

「無妨，兄長叫我來所為何事？」暮青問。

御花園深處有座亭子，亭外有湖，巫瑾入了亭中，面湖而立，說道：「妹妹也看見了，我自幼研習醫道，卻難醫治百疾，實在空有聖手之名。」

暮青立在亭外，聽巫瑾語氣蕭索，忽然有不好的預感。「兄長有話不妨直言。」

巫瑾面露苦色，回身深深一揖。「自那日撒下謊言，愚兄沒有一日不覺得愧對妹妹，妹夫之疾並非病症，無藥可醫。」

暮青彷彿被利箭穿胸而過，湖風吹來，遍體僵寒。

既非病症，何謂無藥可醫？

她踏入亭中，坐下說道：「看來兄長有許多事要跟我說。」

巫瑾看著暮青的堅毅神態，眼簾一垂，說道：「妹夫之症非疾，而是……蠱。」

蠱？

暮青盯住巫瑾，巫瑾面帶愧色，亦有掙扎之態。

「我種的蠱，蠱主在我體內，乃是一種……血蠱。」巫瑾的話音被湖風撲散，輕飄飄的。「我將心經交給他那年是元隆六年，當時除了他，我別無選擇，可他處境艱難，我不知他有沒有能力親政，也不知他親政後會不會毀約，我需要一個能控制他的籌碼，故而提出條件：我可以施針、賜藥，助他打通經脈，但要在他的心脈中種下血蠱，蠱主寄於我身，我若殞命，他也不能獨活。他答應了，起初為鎮蠱毒，常年熏著藥，後來功力漸深，就熏得少了。如今他神功大成，蠱毒已於他無害，只是無藥可解。他不告訴妹妹，應是怕妳擔憂，而我……」

我獨在異國，孤苦寂寥，終得一真心結交之人，委實怕妳厭棄。

此話在巫瑾的喉頭滾了滾，卻嚥下了。交友理當坦直不欺，可他欺瞞沉默，直至避不過了才實言相告，心已不誠，談何真心？

巫瑾朝暮青一揖，已做好了接受詰問的準備。

這時，近侍太監卻來稟奏，稱景少卿有軍機要事求見。

巫瑾在宣政殿理政，景子春本該在殿內候駕，來了御花園，事情定然十萬火急。

巫瑾只能將景子春宣來，景子春到了亭外，見到暮青並不避諱，奏道：「啟稟陛下，神殿餘孽在慶州發動叛亂！二月十九夜裡，慶州軍主帥杜勇在熟睡時被親衛所殺，參將趙大舜、中郎將魏遠和都尉四人號令部眾反出慶州軍，攻占了大安縣、赭縣和永定縣，神殿餘孽頻頻滋事，攪擾治安，煽惑民心，軍情緊急！」

巫瑾並無意外之色，中州無人坐鎮，神官黨羽也該有所動作了。朝廷本打算在登基大典上下旨廢除神權，令圖鄂從南圖五州的官制，復大圖國業，而後娘回神殿坐鎮幾年，助朝廷度過改制時期。

可如今她患了心疾，朝廷只能另議安定四州之策。景相奏請從長老院中擇人總領四州之務，鎮壓叛亂、肅清餘孽。雲老卻擔心總領之權過重，有專權之憂、割據之害、自立之患。若是派欽差前去，欽差不瞭解四州的風土人情，空有大權，如何能不被長老院架空？要是不派欽差，僅靠旨意督命四州，聖旨一來一去頗費時日，軍情瞬息萬變，哪裡來得及？

政務煩憂，耽誤不得，巫瑾當即命景子春傳老臣們到順天殿侯駕，人走之後，他才看向暮青。

暮青面色如常，問：「血蠱無藥可醫，即是說，兄長安好，阿歡便安好。兄長有難，阿歡也在劫難逃？」

巫瑾道：「應是如此，但他神功大成，已能壓制蠱毒，我若有難，他未必暴斃，但能撐多久，我也不清楚。」

暮青沉默了，半晌後，起身道：「多謝兄長告知。」

她太冷靜，眉眼間連一絲波瀾也未興起。巫瑾不安，待要說話，暮青出了御亭，踏著青石大步離去了。

第七章

# 轉世神女

暮青回到驛館就將自己關在了房中，這一關，整整三日。第四日破曉時分，房門開了，暮青出來時鳳袍加身，命人備輦，入宮後直奔順天殿。

這天，順天殿的門一關就是一日，沒人知道兄妹兩人在密談何事。

次日早朝後，老臣們照舊到順天殿伴駕，卻見殿內無一宮侍，御案旁坐著一人，雲裳畫帛，簡髻翠簪，身無繁墜，卻令百花失色，令眾臣失色。

殿門關上，殿前侍衛們披甲執刀的影子斜映在殿磚上，氣氛肅殺。

巫瑾道：「近日四州叛亂頻生，朕與皇妹有一決策，卿等聽之。復國大典將至，朕欲封皇妹為大圖神官，坐鎮中州，平四州之亂，理四州之政。」

眾臣聞言大驚，雲老急忙稟道：「老臣斗膽，敢問皇上為何要封神官？復國大典之日便是廢除神權之時，屆時，普天之下莫非王土，再封神官，豈不是為神權復燃留下禍端嗎？」

景相道：「啟奏陛下，英睿殿下尋還寶璽，助陛下復國登基，臣等感激涕零，願萬死以謝大恩，豈敢再以國事叨擾？微臣以為，復國大典後，陛下當昭告天下，建廟立碑、遣使護送，使南興帝后早日團聚，使後世萬代頌揚殿下之功。」

話說得好聽，其實就是不想讓暮青插手內政的意思，南興皇后豈有掌大圖之權的道理？四州是大圖的半壁江山，南興與大圖接壤，一旦英睿皇后的權勢根植四州，再與南興帝聯手，大圖豈不有滅國之險？此事若是皇帝之意，那便是昏聵之策，荒唐可笑；若是英睿皇后之意，那便是狼子野心，不得不防！

雲老和景相在安定四州上政見分歧頗大，今日倒是意見一致。眾臣紛紛附議，巫瑾早有所料，不由看向暮青。

暮青處之泰然，問：「老大人說廢除神權，敢問怎麼個廢除法？」

雲老道：「我大圖曾受神權之害，百姓信奉神權而不敬皇權，大圖既已復國，理當夷平神廟，使黎庶沐浴皇恩，信守朝廷律法，使九州同法度、同風俗，使我大圖永除神權復燃之患。」

暮青又問：「四州之亂，老大人以為癥結何在？」

雲老道：「神殿剛敗，心有不甘，作亂乃意料中的事。」

暮青再問：「那民間為何人心惶惶？」

雲老答：「神權根植四州已久，一朝廢除，百姓無所適從乃是其一，神殿餘孽善於蠱惑人心乃是其二。其三，戰事方停，民心求安，見亂黨作祟，自然人心惶惶。」

暮青繼續問：「既然老大人知道癥結所在，為何還要使九州同法度、同風俗？神皇二權共治時，百姓就信奉神權，神殿自治後，四州百姓信奉神權更甚以往，兩百餘年間，婚喪嫁娶、鳴冤告訴、春耕秋收、節慶祈願，事事離不開拜神，早已成為風俗。風俗即習性，乃民族之傳統，血脈相融之文化，豈是一道政令便能根除的？若朝廷下一道政令，上至官宦，下至黎庶，嫁娶不可拜天地，喪葬不可供魂燈，如何？」

雲老大為不解。「這是為何？」

暮青道：「為使普天之下沐浴皇恩啊！除了天子，官民另有信仰豈非不忠？理當令天下人不可吃齋供佛，不可求籤禱告，夷平寺院道觀，家有佛堂者罪之，祭告鬼神者亦罪之。古有文字獄，今興一場神佛獄有何不可？」

老臣們聞言低聲議論，皆認為這是胡攪蠻纏。

景相道：「啟稟殿下，老臣以為此喻失當。婚喪嫁娶乃民間風俗，拜佛問道乃黎庶寄託，與治國無害，敕令禁止豈不令百姓無所適從？民怨沸騰，於國何益？」

此言一出，老臣們紛紛側目，這番辯言耳熟得很，似乎剛才聽過。

暮青反問：「那丞相可知，神權之於四州百姓亦是民間之風俗、黎庶之寄託？丞相認為本宮之言有多可笑，在四州百姓心中，朝廷的法令就有多荒唐！夷平神廟與毀民之寄託何異？民心惶惶，豈能不被人煽惑？民怨沸騰，四州如何安定？」

景相啞然，雲老失語，眾臣止議，殿內終於安靜了。

暮青對雲老道：「為政必先究風俗，老大人乃當代大學，不必本宮訓講。可為何施政起來就忘了此訓，忘了『百里不同風，千里不同俗』之古語，而強令『九州同法度、同風俗』？老大人不是忘了，而是九州同法度在你心中代表著一統，是復國的理想在你心中占了上風。百姓無權無勢，只能接受朝廷之令，所以姑且欺民一回吧！你已至暮年，何其有幸能實現理想？移風易俗對百姓帶來的不適與復國大業相比，太微不足道了。」

暮青一針見血，扎得一干重臣心驚肉跳。

雲老是三朝老臣、翰林院侍講、先帝的老師，向來都是他匡正皇帝的過失，還從來沒人能指出他的過失。

「老大人錯得離譜，百姓無反抗朝廷之力，但神殿有。神殿剛敗，民心尚在，而朝廷在移風易俗決策上的荒唐，無異於將民心推給神殿，四州本就信奉神權，豈能不聽煽惑？眼下，廢后一黨尚未肅清，五州城池亟需重建，百姓正待休養生息，四州之亂豈是半壁江山之亂？稍有不慎，便會禍及九州！本宮敬重愛國志士們，也並非反對移風易俗，但民族融合需要時間，心急只會適得其反，最終危及的恰恰是一統，是君王。」暮青言辭犀利，語氣卻並不嚴厲。

巫瑾坐觀形勢，一言不發。他想起了在盛京的日子，那時她口舌如刀，不知饒人，而今犀利之風仍在，卻已言之有度。老臣們頑固，當頭一棒可懾人心，斥責過嚴卻易使群臣怨懟。她成長了，只是並不是為了守護大圖。

暮青太清楚這些自詡忠君的老臣了，他們講讀時滿嘴的體察民情、順應民心，可誰的官靴也不會真去沾沾民間的土。危難之時，他們定會先顧全帝業，成全自己的忠臣之道、身後之名。所以，她把事態上升到帝業，老臣們才會放下反對之心。

雲老對暮青一禮，三朝老臣，先帝之師，終於低下了頭。「那依殿下之見，四州當如何安定？」

暮青道：「保留神殿、神廟，神職官吏由朝廷欽派，並廢其宗教外的一切職權，官府之設同其餘五州。」

這提議乍一聽是在勸朝廷走大圖建國之初的老路，實則不然。大圖建國之初，皇族依附於神權，而今神殿幾乎覆滅，權在朝廷。

神職官吏由朝廷欽派，既不侵害民間風俗，又可將神權握於朝廷之手！且一旦朝廷欽派的神職官吏占據了州縣廟，成為百姓眼中的州祭、縣祭，那些流竄在外的神殿餘孽，就只能是反賊了。

「天下之以急躁自敗，千百年之病豈一朝可癒？神權不可廢，只可緩治，把民族融合交予歲月，在這段漫長的歲月裡，為使九州一統，一個國家只能施行兩制。」大圖的歷史遺留問題頗為複雜，暮青恰好有此見聞，故出此策。

「……一個國家施行兩制？」老臣們交頭低語，心中俱驚，這哪是治理四州之策，這是治國之策啊！

老臣們心中百味雜陳，不知該喜該憂，該施行還是該防患。這畢竟是南興的皇后，泱泱大國，滿朝元老重臣竟不及一個女子，此策如若施行，大圖的顏面何存？若不施行，安定四州還有別的良策嗎？

且神殿剛敗，民心尚存，朝廷欽派的神職官吏能順應民俗、安定民心嗎？有神殿餘孽的蠱惑煽動，四州百姓能信服朝廷欽派的官吏嗎？怕是沒那麼容易啊……

老臣們的臉垮了下來，這時，忽見皇帝在御案上擱下一本古籍，壓上了一塊烏玉，說道：「這兩件便是鄂族當年遺失的祕寶。」

群臣聞言呆住，彷彿神魂出竅！

半晌後，雲老顫巍巍地道：「老臣斗膽，請皇上賜臣兩件寶物一觀。」

巫瑾瞥了眼御桌，雲老謝恩，恭恭敬敬地上前，小心翼翼地將聖器捧起。一入手，寒氣侵人，雲老嘶了一聲，走到窗前，借光細看刀法紋樣，越看越驚！

老臣們見烏玉透光如血，正待細看，雲老便匆匆返回，放下聖器，捧起聖典。

殿內靜得落針可聞，書頁翻動的聲響如風刀穿堂，雲老的手顫得厲害，那泛黃的典籍捧在掌中，重若千斤。

誰也不知過了多久，雲老將聖典還回，卻退三步，伏地而拜。「謝上蒼垂憐，還我大圖國璽，鄂族祕寶！傳國玉璽現世，九州一統！鄂族祕寶現世，神官天定！此乃天命，賜吾皇祖宗之基業，轉世祖神之尊號，四州必將民心所向，大圖必將萬世隆昌！」

眾臣大喜，紛紛叩首，兩件祕寶出現得正是時候，若四州百姓奉皇上為祖神，朝廷欽派的神職官吏自然能得民心，四州可久安矣！

但山呼過後，殿內卻寂靜如死，新帝神色譏誚。「聖器流落於烏雅族中，烏雅王舉全族之力護得一子一器，烏雅王子將聖器獻予皇妹，而聖典與傳國玉璽同藏於司命大神官墓中，被先聖女與無為先生所得，先聖女被害後，先生將聖典帶回盛京，經空相大師託付給皇妹，實為祖傳之物。朕能復國，全賴皇妹以身犯險，不計先聖被害之嫌賜還國璽。當年，先聖女心懷治世之志，卻被害逃亡，以身殉國，此乃朕之外祖母之過。而今先聖已去，兩件祕寶歸其後人，朕託皇妹治四州之政，就算是告慰先人吧。」

眾臣聞言，無不色變！

皇帝這哪是託英睿皇后安定四州？分明是將圖鄂封給她了！

「萬萬不可！」雲老高呼而拜，顧不得暮青在場，呼諫：「烏雅王子當日說聖器已毀，卻將聖器獻給英睿殿下，殿下隱瞞此事，用心不得不防！她貴為南興皇后，不思居安，反冒險送陛下回國，勸陛下改道圖鄂，又忽然成了先聖女之後，今又以獻策為名要陛下將四州封給她，步步謀算，陛下難道看不出賊人竊國的野心嗎？」

「放肆！」巫瑾抬袖一拂，龍威怒目似自九天之上落來，御案上的奏摺劈里啪啦地砸了下去！

雲老被砸個正著，景相閉口，眾臣禁聲。

巫瑾怒道：「愛卿有此疑心，為何早不稟奏？皇妹救朕於大莽山時，愛卿不奏；改道圖鄂時，愛卿不奏；歸還國璽時，愛卿不奏；方才求策時，愛卿不奏！而今為了祕寶，不畏艱險就成了野心竊國，恩人就成了賊人？愛卿乃當世大學，這便是學士之德？」

雲老身為帝師，被問及德行，無異於最嚴厲的斥責。

雲老悲呼：「陛下明鑑，鄂族祕寶關乎大圖國業，關乎陛下的江山啊！」

巫瑾冷笑道：「江山帝業靠兩件祕寶就能守住？治國興邦，重在吏治，似『九州同風俗』這等急於求成之策，朝中再獻幾回，朕就算攬盡天下祕寶，大圖也得亡國！復國仰賴的是志士們的奮鬥犧牲，今朕稱帝，若謀求捷徑，不思自立，豈不辱沒先人志士？倒不如老死盛京，永不歸國！」

雲老道：「陛下有此志氣是臣民之幸，但封地事關大圖基業，望陛下三思！」

說罷，他朝暮青伏禮而拜，悲呼：「殿下救我大圖於危難之時，本該傳為佳話，若受此封，必遭世人詬病，老臣恭請殿下三思！請殿下賜還祕寶，拒受封地，早日回國，全兩國之誼，受萬世謳歌。」

雲老以頭撞地，殿內一片死寂。

暮青面色平靜，問：「本宮聽說古祭壇上有座石鐘，聖器嵌入其中可使鐘石齊鳴。朝中可有周全之法能護駕前往，受洗鳴鐘，遍告天下？」

暮青沒有回應指責，話裡甚至未帶怒意，她的目光靜如死水，不露驚濤怒浪，不見人間熱鬧。

老臣們不由議論開了，九州一片亂象，帝駕遠行路上出不得差池，萬一遇刺該如何是好？萬一廢后一黨趁機作亂五州又如何是好？朝中不可一日無君，帝駕離京的風險對於剛復國的大圖而言，根本承擔不起。

「給本宮三年時日，定叫四州民生安定。望三年內，諸位能鞠躬盡瘁，重建五州，安定社稷。三年之後，本宮會回洛都交還鄂族祕寶，而後回國，死生不入大圖。」暮青說罷，起身離去。

此話如針一般地扎進巫瑾的心窩，也如驚雷般降在了眾臣頭頂。

三年？

眾臣尚在權衡三年之約的利弊，暮青已行出大殿，一路遠去了。

◯

一回到驛館，暮青又將自己關在了房中，寢食照常，政事照理，就是異常沉默。

傍晚時分，月殺端著晚膳到了門前，正思量勸諫之言，暮青便出來了。

她面色如常，手裡拿著封信。「交給你家主子。」

月殺接了家書，將晚膳奉入屋中後就走了。

屋裡重歸寂靜，暮青來到窗邊，青瓦遮天，猶勝牢籠。她不能回去了……

阿歡，我披過鐵甲，斬過荊棘，心能作鐵石，刀頭能飲血，群臣猜疑我不在乎，世人詬病我不畏懼，這世間能讓我怕的人只有你了。

我怕兄長剛剛登基，廢后一黨生亂，神殿餘孽滋事，兄長帝位不穩，萬一有險，禍及你的安危。

我怕政局瞬息萬變，三年之後又是三年，你我此生難再相見。

我怕皇權會讓人面目全非，我會在漫長的日子裡熬得失了心志，如姨母那般。

你那二十年的隱忍不易，我終於能夠體會，所以我必須留下，盡我所能，護你無虞。

你我遠隔千里，唯有此天與共，願你安好……

願能再見。

嘉康三年，四月十六，大圖復國大典。

洛都城御街兩旁百花盈道，百姓擠滿了酒樓茶肆、雅座高臺，學子們賦詩鬥詞，武夫們擂鼓叫喝，女子們簪花熏香，孩童們嬉戲念唱，盼著一睹復國大帝的威儀。

吉時一到，鹵簿行來，由洛都刺史、太常寺卿、御史大夫、兵曹尚書等六引居前，十二面大纛緊隨，旗後跟有四馬牽引的車隊導駕。導駕儀仗之後為十二重手執刀箭的衛隊引駕，文武百官盡列其中。鼓吹樂隊陣勢浩蕩，幡陣旗陣之中穿插著手持兵器的騎兵和步甲兵，威儀浩蕩地行過御街之後，才見到皇帝乘坐的玉輅。

玉輅由太僕卿駕馭，八十駕士簇擁，宦官宮娥相隨，左、右衛大將軍率禁軍護駕，騎兵步卒皆配弓刀，扇麾儀仗壯勢，屬車八十一乘，備車千乘，護衛儀仗兩萬餘人。

這般聲勢之下，百姓難見天子容顏，只見車駕四面黃帷，春風拂來，人影如仙。

巫瑾經神殿入太廟，祭天告祖之後，經正東上安門，進了洛都皇宮。

金鑾殿上，百官叩拜，金鑾殿外，萬軍山呼。

太監奉聖旨而出，高聲誦念，大封功臣，御旨平冤。

先聖女軒轅玉，志高愛民，卻遭構陷，逃亡三載，以身殉國。叛族之罪加身，救民之功被奪，實乃千古奇冤。理當熔斷咒鎖，復其神位，以聖女之禮大葬，並立碑於殿廟，揚其功德，受萬世香火。

英睿皇后暮青，祖神轉世之女，軒轅聖女之後，南興天子之妻，大圖天子之妹，護駕回國，賜還國璽，建功奇偉，當世女傑。封鎮國郡主、大圖神官，封慶、平、中、延四州，攝四州之政。

兩道聖旨如雷般炸響了洛都街巷，英睿皇后卻已不在洛都。

四州局勢緊迫，暮青在四月初六就啟程奔赴前線，急行軍一個多月，於五月初八傍晚出了雲州鎮陽縣。

雲州外，神脈山如彎月般橫亙在百里之外，西邊沃野晚霞漫天。暮青懸轠勒馬，舉目西望，見山坡上青草連綿，霞染草尖，宛若金河。

那道山坡是大圖與南興的國界，翻過山坡便是南興。

晚風拂著青草，似在溫柔地招手，暮青坐在馬背上，金河映在眼底，眸波如夢如幻。這般動人的神采是近日來第一次流露在她臉上，卻終究隨著夕陽西沉而黯淡了下去。

這天，最後一線霞光沉到草坡之下時，暮青的身影在沃野上似一道孤影，墨黑挺拔，堅穩如石。她轉頭看向神脈山，揚鞭一打，鞭聲似天雷降於沃野，黑壓壓的大軍聞得一聲軍令，過南興國境而不入，策馬奔向了神脈山。

神脈山上本無官道，當初兩國開戰，為了行軍，聖女景離不顧神規戒律，命大軍伐木而行，硬是開出了一條官道來。

官道上行軍比翻山越嶺要快上許多，大軍急行，三日可過神山。

大安縣已落入神官黨從手中，暮青為了執政而來，一路竟未遇埋伏。

五月十一日傍晚，大軍抵達大安縣外，只見護城河上架著吊橋，城門大開，不見人煙。

一隊斥候馳入城中，半個時辰後馳回稟道：「啟稟殿下，城中未見一兵一卒！據百姓說，叛軍三日前棄城而去，不知所蹤。」

月殺道：「三日前我們剛好進山。」

暮青冷笑道：「他們應該也棄了緒縣和永定縣，點兵前往二縣，若情形如出一轍，立刻通知慶州軍前來鎮守。」

傳令兵領命而去，暮青揚鞭喝道：「進城！」

三萬鐵騎踏入城中，只見縣廟矗立在城央，夕陽斜照，彤雲萬里，宛若仙府。街道上市鋪打烊，家家闔門閉戶，宛若一座空城。

然而，沿街的門窗後有無數雙眼睛注視著領兵入城之人，那人是個女子，雪披風，銀鎧甲，雙十年華，容顏驚世。她是南興英睿皇后，是大圖鎮國郡主，更是傳聞中的轉世神女。

鄂族女子卑賤，神官向來由男子擔任，兩百多年間，民間盛傳的轉世之人當真會是個女子嗎？

百姓不解神意，只知神殿兵馬棄城三日，慶州軍疑城中有詐，未敢踏入。三日來，第一個敢率軍入城的是個女子，她踏入了數萬兒郎不敢踏入的大安縣，踏入了千百年來紛爭不斷的鄂族土地，似一道出雲之雷、一柄出鞘之劍，銳氣直破九霄。

一年前，大安縣廟曾被暮青祕密奪占，這日傍晚，她光明正大地馳過長街，登上高城，入主縣廟。

次日清晨，兩營兵馬來報，如暮青所料，神殿兵馬棄城而去，不知所蹤。

慶州軍趕來收復城池，暮青一面命人傳捷報回洛都，一面去信慶州、中州和延州，各點了一軍的精銳弓弩手，發兵武牢山。

月殺問：「主子懷疑神殿的兵馬埋伏在武牢山？」

暮青道：「很顯然。」

聖典和聖器現世，神殿必有搶奪之心，可他們既沒有在神脈山中設伏，又突然棄城而去，所為何故？除了意圖在古祭壇上決一死戰外，還有別的可能嗎？武牢山常年由禁軍把守，神殿的兵馬熟悉地形，設伏一可占據地利，二能保證見到祕寶。

若想讓鄂族百姓相信轉世祖神降世，必須要持聖器鳴響神鐘，神鐘一響，是誰所鳴的並不要緊，誰能回到神殿，誰就是轉世之人。與其把兵馬耗費在守城上，不如在武牢山中決一死戰。此乃孤注一擲之計，神官黨從人吃定她欲執政，必先前往祭壇受洗。

暮青冷笑一聲，她在大安縣停留了三日，待慶州軍接手了城池，便率軍往武牢山而去。

五月二十四日傍晚，武牢山下，三州兵馬會合，四司長老也率鬼軍趕到。

次日一早，暮青下了一道古怪的軍令——命三軍拔營，返回三州，圍武牢山界。

既然要兵圍武牢山，為何要將兩軍兵馬調來，再調回去？

四位長老不解，卻不吭聲，只是看著。

三軍離去後，暮青命斥候進山，十里一報。

過了十里聖谷，再翻過一座山嶺方可抵達古祭壇。斥候每報十里，輜重車馬便行進十里，如此耗了兩日，輜重運過聖谷時正值子夜。

暮青一聲令下，響箭破空，十里一傳，驚了神山聖谷。

四位長老已歇下，聽聞箭聲下了軍榻，一撩帳簾，面色大變！

只見武牢山北隱隱泛紅，幾息之後，火光沖天！

「這……」三位長老指著山火，臉被火光映得忽青忽赤。

這可是神山啊！

武牢山乃神族禁山，居然有人放火燒山！

而那個有此膽量的人正望著山，面色漠然，聲音清寒：「敵有刀山，我有火海，孰勝孰負，明日自見分曉。」

四位長老無言以對，藏兵於山最忌火攻，若此山非武牢山，神官的兵馬必不敢設伏，可英睿皇后是到祭壇受洗的，好歹該敬一敬神山吧？誰會想到她未上祭壇、未敲神鐘，先一把火將神山給燒了？說句犯上之言，這與新帝登基前火燒天壇何異？即便是大圖新帝駕臨神山也不敢瀆神，天下間敢行此事的怕是只有英睿皇后了。

還用得著明日？今夜就能見分曉，神官殘部必敗！

果然讓長老們給猜著了。

神官兵馬於武牢山後嶺設伏，探子見三軍弓弩手前往武牢山會合，還以為暮青要增兵布防，哪知三軍剛會合，暮青又命大軍返回，探子出山頻探，發現朝廷兵馬尚未進山，輜重車輛就跟在斥候後面先進了山。

輜重用黑布罩著，車轍不重，可見載的絕非軍械，也不可能是糧草，糧草乃大軍命脈，英睿皇后不可能命糧草車進山探路。

輜重車有三百餘輛，排布緊密，探子不敢靠近，眼見著輜重車行進到了後嶺。

時值深夜，車馬停在山下，探子以為朝廷兵馬怕山中有伏，欲待天明進山，不料子夜時分，響哨聲驚了山林。

伴隨著哨音，車上的兵丁一躍而起，黑布一揭，車上放的竟是一只只黑陶罐子。侍衛淩空躍起，將陶罐踢入山中，罐子碎開，裡頭裝的竟是浸飽了火油的藤球！

藤球不大，一個罐子裡裝著好幾只，或在空中四散，或落地時滾開，色如枯枝爛葉，看不清也辨不準。

山林上空射來無數長箭，箭上點著火，若萬星隕落，一些穿住藤球落入林中，一些扎進落葉堆裡，山上頓時成了一片火海。

突如其來的大火燒潰了軍心，叛將們下令撤離，山裡頓時亂了。這時節颳的是西南風，火舌乘著風勢蔓延極快，神殿兵馬被火勢驅趕著往山上逃，人多擁擠，翻山的腳程遠不及火勢蔓延的速度，於是大軍只能冒死從山嶺兩側突圍。

黎明前夕，丟盔棄甲的殘兵敗將逃至武牢山下，等待他們的卻是森冷的長弓強弩……

嘉康三年五月二十五日夜，暮青下令火燒武牢山，叛軍奔逃一夜，被三軍合剿於山下，死傷數以萬計。

山火燒了三天三夜，五月二十九日，一場大雨澆滅了火星，朝廷兵馬進山，移木為路，翻山越嶺，行至古都護城河外時已是六月初一。

曾經遭受過天火焚城的古都又經歷了一次山火焚燒，城中遍地山灰，祭壇上崖壁青黑，一年前神殿兵馬駐紮的痕跡尚存，今日再至祭壇，四位長老竟有隔世之感。

神甲軍圍了祭壇東面的樓閣，暮青來到神鐘前，見鐘樓已遭焚毀，唯有雁柱飛梁殘存。

神鐘雄峻，高約九丈，以天池神石打造，內有鐘錘，重達萬斤，人力難驅。唯有將聖器嵌入鐘紐內，方可觸動機關，鳴鐘告世。

月殺帶著暮青踏鐘而上，落在鐘笠之上。鐘紐兩端雕有龍鳳二首，尾羽相接，日月相承，月形似鉤，與聖器頗像。

神鐘二百年未鳴，兩度歷火，浮金剝落，雕畫生苔。暮青將聖器嵌入，扳動機關的一刻，地面輕震，音似獅吼。

那是一種悠遠的石音，非銅鐘之震耳，非玉鐘之清脆，低緩悠長。暮青立在鐘上遠眺，銀甲輝同日月，鐘聲滌蕩周身，山河盡覽，龍脊伏吟。

長老們聞聲伏於鐘下，萬軍伏於壇下，山呼肅穆，久久不絕。

暮青的目光投向神脈山，她聽不見神脈山上的石音，卻看見了山中驚飛的百鳥。

山中一座座青苔斑駁的神碑忽然發出顫音，那是一種特殊石質間的共鳴。

當初，鄂族的領袖無意間發現了天池石的神異之處後，命工匠採石打造石鐘，並於神脈山和官道上設立石碑，州縣村莊，遍立鐘樓，乃至於神鐘一響，山石共鳴，鐘聲遞傳，遍及境內。

自聖器遺失後，鄂族百姓數代未聞鐘音，乃至於鐘鳴告世之說已成為祖輩相傳之言。

這天，坐落於古都祭壇的神鐘忽然鳴動，一百零八道鐘音，厚重悠遠，半日不絕，昭示著祖神降世，新元紀始，萬象更新，普天大慶。

四州州縣的百姓紛紛走出家門，叩拜神鐘，遙祭神山。

鄂族迎來了新的時代。

# 第八章

# 兩國婚書

鄂族祭壇崖下的鐘聲敲響時，汴都宮承乾殿的門關上了。

步惜歡坐在鳳案前，這是暮青平時看醫書、記手劄的地兒，而今醫書和手劄皆在原位，桌上只多了一封家書。

家書攤開著，晚霞從那風骨清卓的字跡間溜走，晨光又將那堅毅刻骨的言語照亮，天光一滅一明間，恨不得便是寒來暑往，一晃三年。

可才一夜啊……

這一夜之漫長，勝過了她離宮那日。

這一夜，他在鳳案前坐過，以往她夜裡看書，他總怕她熬壞眼，而今桌上終於不再有燭光，他卻盼著燭光亮起。

這一夜，他在龍床邊上坐過，衾寒枕涼，孤寂夜長。他欠她一場大婚之禮，曾不理言官勸諫，下旨命將作監擇良木巧匠雕造一丈寬的龍床；將作監窮極巧技終於雕成，新床未暖，便要鎖入國庫。

青青，妳曾說過不懼千難萬險，如今竟知怕了。

或許是為夫錯了，自從母妃故去，我孤苦無依，遇見妳，終覺得一生的歡喜有了安放之處，故而執意糾纏，終與妳結髮。成婚至今，妳為國事奔波，為為夫操勞，興許當初放妳回民間，終日擺弄屍骨，方能簡單安樂。妳若不嘗兒女之情，或許不必識這怕之滋味。

青青，妳可知為夫多想拋下國事前去尋妳？可是妳聽，江上正傳來船號聲，那是水師在操練。水師今已合併，章同治軍嚴明，是個將才。可他老成持重，上任以來，與江南水師那些久浸官場的將領多有摩擦。襄國侯上個月病死了，朝廷為其上了諡號，如今正是軍心哀慟、易發事端之際。為夫若走，恐有人會伺機挑唆，引發兩軍大動干戈，朝政必將隨之動盪。軍中有妳的戰友，妳不在，為夫如何能不守好他們？

妳看，自汴都至嶺南，從西關到星羅，百姓歡欣，童謠遍地。新政已經推行，明年鄉試，各州縣皆在興學，主試官的德行才學關係重大，朝廷藉此機會設立了監察院，院子裡的人已奔赴各地，近日多有奏報。

眼下雨季將至，汴河、淮水已入汛期，賑貸之策將於今年在兩州試行，淮州的晴雨表及防汛的摺子三日一遞，皆是六百里加急。

近來，北燕和大遼明著各自安於國事，暗地裡的動作稍不留神便會釀成風雨。

為夫曾有過棄帝位，與妳江湖逍遙的念頭，可這些年來，跟著妳我的文臣武將早已將榮辱抱負繫在一處，妳我若退，眾人的身家性命不難安置，抱負又該何處安放？眾人追隨妳我多年，空付了年華抱負，妳我逍遙江湖，此生如何心安？

可不能去尋妳，慰妳於艱難之時，為夫亦難心安……

天色已亮，步惜歡看了眼殿窗，晨光透過窗櫺灑在家書上，那墨跡彷彿生著金輝，書信觸手可及，日月之輝卻難一握，連窗上童子戲蓮的雕花落在家書上，都成了一觸即亂的影子。

步惜歡出著神，不知在看書信還是看窗影，許久後，他忽然抬首，眸中的神采奪了日光。

「來人！」步惜歡拉開殿門。「傳狄王！」

六月二十日，神官儀仗進了中州州城，城外百花盈道，城內市鋪結彩，香絲繚繞如生白雲，黎庶伏拜如迎新春。神甲侍衛在前，朝廷兵馬在後，四司長老執轡引駕，三萬餘眾浩浩蕩蕩，儀仗的陣勢竟不輸大圖新帝的鹵簿。

神殿建於州城中央，占地為園，高約百丈，氣魄恢弘。園中靈壁洞湖，花木成嶺，錦石纏道，柳鎖虹橋。宮殿臺榭之美，奇珍異草之多，可謂括天下之美，藏古今之勝。入殿登高，殿內朱漆玉闌，金碧熀耀，殿外雲霧繚繞，如臨天宮。

六月二十八日，暮青著神官袞服，祭祀天地神廟，接敕封聖旨，正式成為了大圖神官。

民間信奉暮青為轉世神女，誰也不在意她火燒武牢之舉，黎庶的眼睛望著神殿，盼星月似地等著看神女降世會帶來什麼。

暮青卻未頒布政令，只先傳來了一個人——慶州州試學子尹禮，命其知縣事，舉薦有志學子。

尹禮當初未中州試，已還家一年有餘，這期間國事之變可謂天翻地覆，委實沒料到那日的木縣祭是英睿皇后所扮，更沒料到會天降大任。

他如在夢中，辦差卻很俐落，很快的，被舉薦的學子們來到了中州神殿，洛都朝廷委派的州縣官吏也一併抵達。

暮青與眾人一同翻閱近年來的刑案卷宗，問疑查證，一旬決辟百餘件。查及臨近州縣的案子時，她帶著眾人走村串戶、上山入林，實地查證，還原現場，追查蛛絲馬跡，問訊巧施智計，許多案子就地重審，當日即結。

三個月，眾人見識了何謂刑事偵查，何謂眾證定罪。

三個月來，百姓聽說神女殿下常駕臨民間，帶著洛都朝廷派來的官吏和一些學子到村莊查訪，輕車簡從，體察民情，決久積之要案，聞黎庶之訴求，鄰里間雞毛蒜皮的小事，神女殿下問個三言兩語便能決斷，甚至有人尚未開口，她便能知孰是孰非，百姓無不敬若神明，連看朝廷官吏都順眼了許多。

三個月後，暮青任命了一批學子，與朝廷官吏一同走馬上任。

隨著新官上任，政令終於頒下。

第一張榜文是案情公示，百餘樁命案審結的告示為四州百姓茶餘飯後添了豐富的談資，正當百姓熱議時，次日清晨，城門口又貼出了一張榜文。

榜文上說，州廟、縣廟乃敬神齋戒之清淨寶地，不當受塵世俗事之擾，故而即日起，神廟專司侍奉祖神、齋戒淨洗、祈願禱告、占吉問凶諸事。婚喪嫁娶、田宅戶籍、民間告訴、農經百事等俗務移交官衙理事。總而言之一句話，神廟不理俗事了，治事之權移交官府，以後要告官去衙門。

大圖從前也是如此，奈何百姓樂意向神問凶、求天罰惡，官府屢禁不止。如今，百姓能聽從嗎？

上至洛都朝廷，下至州縣官吏，無不有此憂慮。

不料政令一發，要告狀的百姓就湧向了衙門，只因聽說衙門裡的官老爺跟隨神女殿下斷過案。

這天，一夜未眠的州縣官吏們聽著登聞鼓聲，看著案前遞滿的狀子，不由又喜又嘆！

上任前，朝廷以為神官會用重典，沒想到眾人一到神殿就被留下，擱置政務，跟著決了一句的獄事。這一句，神官決的是獄事，得的卻是民心，不僅化解了百姓對朝廷的成見，保住了朝廷的顏面，還使官吏們在斷案之道上得益良多，可謂一舉數得。

緊接著，兩道針對舊神權的政令發出，其中透著血氣刀光。

一道是禁止神職官吏以行淨法為名姦淫女子的政令，政令中說，諸祭司入廟修行侍奉祖神，化去肉身之前皆為聖者凡胎，有為信徒齋戒淨洗之責，無開聖目斷人罪孽之力。即日起，待嫁之女入廟齋戒，只可舉火誦經，凡妄開聖目，言人罪孽者，以瀆神罪論處。

另一道是裁撤神殿藥作司的政令，嚴禁豢養蠱童，凡遺棄、販賣、虐待乃至殘殺孩童者，士庶不論，罪加一等，藥作司中現有的蠱童作為最後一代鬼兵入神殿效力。

除此之外，暮青下令減免了多項苛捐重稅，並下撥錢糧，開設養濟院，濟老慈幼。

政令下達之日，民間萬家遙拜神殿，而神殿之中，暮青也朝古神廟的方向遙遙一拜。

外婆的遺體永遠地留在了神廟下的地縫深處，洛都朝廷下旨厚葬她於神陵，陵園已在修建，功德碑已在建造。對此，她沒有反對，外婆之志在國在民，當年若不是那場政變，她會選擇生屬神殿、死歸神陵，她與外公情深緣淺，從今往後，一人魂在盛京，一人魂歸中州，關山萬里，只能求來世再見了。

而自己與阿歡……

眼下已是九月時節，四月時她在洛都寫的那封家書應該送入汴都了，可汴都至今沒有回信。

她擔心阿歡會自責過深，又不知該以何言語來寬慰他，只好埋頭理政，給他時間。

神權之弊已成沉屙，治理非一日之事，四州的奏報堆在案頭，越是日理萬機，暮青越常想起汴都。步惜歡究竟是怎麼做到隔三差五的出宮論政，還常回宮陪她用膳的？他總一副得心應手的樣子，可直到她執四州之政，才知道日理萬機有多耗神。

阿歡，已是季冬時節，汴都溼寒，你在宮中可還安好？

今年是大圖復國的元年，新帝即位，神女降世，除夕和上元節皆要大慶。一進了臘月，長老院就擬定了禮慶的章程，暮青准了，只是越臨近新年，越沉默寡言。

按舊制，臘八這天，神殿會設宴慰勞眾臣，暮青一改舊制，將此耗費用在民間施放臘八粥和禦寒衣，民間一片歡慶氣象，神殿內卻寂寞冷清。

瀛春殿是神官的寢殿，殿內華帳錦毯，畫屏雕案。日暮時分，晚霞暗淡，窗影花影映入殿內，意趣熱鬧，卻讓案後對食獨坐的人顯出幾分落寞來。

不知不覺間，飯菜已冷，庭前卻忽然傳來了腳步聲。

月殺進了大殿，一貫冷淡的眼底竟生著幾分神采。「您看誰來了？」

說話間，庭前已傳來人聲。

「慢點兒！一路上翻山越嶺的，這些物什可禁不起磕碰了。」說話的是個婦人，聲音太過耳熟，耳熟到暮青以為聽岔了。

她起身來到大殿門口，見殿值們魚貫而來，捧著盒子、罐子，後頭跟著個壯實婦人和一個青年男子。

婦人褐衣皂裙，精氣爽朗，男子青衫疤面，神情激動。

見暮青孤零零地立在殿門口，婦人登時紅了眼，叩拜道：「妾身楊氏叩見殿下！」

男子也叩拜道：「草民崔遠叩見殿下！」

「你們怎麼來了？」暮青醒過神來，疾步下了殿階。

楊氏含淚道：「許多人都來了，殿下快看。」

殿值們讓到兩旁，後頭的人顯了出來，小安子和彩娥見到暮青喜極而泣，一起急呼叩拜。

這一拜，將後頭的孩子顯了出來，他穿著身藏藍胡袍，小辮子上墜著珠絡，長高了，也長俊了。

孩子身旁跪著一對男女，是血影和香兒。

暮青怔了半晌，問：「你怎麼來了？」

她本就不善言辭，此刻言詞匱乏到了極致，似乎只會問這一句了。

呼延查烈眼裡寒光似刀。「妳說會盡早回來，本王算是長見識了，你們中原人管三年五載叫『盡早』！」

「……抱歉。」

「妳答應要將公主嫁給本王，等妳回到汴都，本王都十歲了，何時才能迎娶公主？」呼延查烈一本正經地問，好像這是個嚴肅的問題。

暮青呆住，不明白剛見面，怎麼就說到公主上了？

小安子忍著笑，機靈地轉開話題：「啟稟娘娘，陛下擔心娘娘久居神殿寂寞，左右又沒個稱心的人，故而將奴才和彩娥姊姊差來服侍娘娘。」

楊氏道：「陛下知道娘娘愛家常吃食，於是召妾身進宮，問妾身可願來神殿服侍娘娘三年。妾身還真過不慣在縣衙當老夫人的日子，能服侍娘娘，妾身求之不得。」

「那你呢？」暮青看向崔遠，她沒聽漏，崔遠剛剛自稱草民。

崔遠慚愧地道：「草民為官後方知當官難，當好官更難。縣政大到農事商事，小到家長里短，事務繁雜。草民深感有負聖恩，於是斗膽辭官，想來跟隨娘娘研習獄事，聖上准了。」

暮青默然，古水縣是她的娘家，他人要搶破頭，崔遠竟說辭官就辭官，他任知縣已有兩年，明年六月任滿三年，若政聲頗佳，就會升調。眼看著要升官了，這人竟把官辭了。如今南興已開設科舉，他成為白身，再想當官就得科考，耽誤的可不是眼下這三年。

暮青嘆道：「志氣可嘉，平身吧！本宮在神殿執政還有兩年半，定將畢生所學傾囊相授。」

崔遠大喜，急忙叩謝。

暮青問：「崔靈、崔秀呢？」

楊氏道：「回娘娘，陛下說她們到了學規矩的年紀，於是託老王妃照看兩年。」

暮青點了點頭，這才看向了殿值們捧著的東西。

彩娥忙將錦盒打開，小安子道：「啟稟娘娘，這些是娘娘常看的醫書、手箚，還有《無冤錄》，陛下知道您執政必治獄事，少不得此書，故而命奴才帶來了。」

「這幾罈子是宮釀的梅酒，陛下說娘娘守歲時會喝，故而命奴才帶了幾罈子來。」

「這是四季衣裳各一十六套，陛下欽點的紋樣，保準娘娘喜愛。」

「這是陛下的書信，望娘娘親啟。」小安子捧來一只明黃的錦盒，尚未呈穩，暮青就接了過去。

這一封家書她等得太久，可家書甚薄，只有宮箋一張，詩句兩行——兩情若是久長時，又豈在朝朝暮暮。

暮青許久未動，晚霞照著那字句，日月之輝竟有山海之重。

一行人出京時正逢雨季，官道泥濘，車馬難行，故而走了近半年才到。暮青命司膳房加菜，為眾人接風洗塵，不拘尊卑，盡皆賜坐。

小安子和彩娥稟著步惜歡的起居瑣事，血影和香兒說著呼延查烈練功讀書的事，崔遠講著國內的可喜見聞，瀛春殿裡熱熱鬧鬧的，活似今夜便是除夕。

暮青開了罈酒，且飲且聽，似乎此生都不曾如此開懷過。

杯中酒，殿中人，她想念的都來了，只除了一個人……

這夜，暮青頭一回醉酒，次日醒來，小安子和彩娥捧著新衣和醒酒湯笑吟吟地候在帳外，外殿的膳案上，楊氏擺了桌家常粥菜，呼延查烈已經吃起來了，他還惱著，看見暮青把頭一轉，小辮子上的珠絡嘩啦啦地響。

神殿就這麼熱鬧起來了。

呼延查烈每日跟著月殺和血影兩位師父練功，餘下的時間跟在暮青身旁。他是異族王子，在汴都時，步惜歡不便教他政事，他來到神殿，在政事上倒沒了顧忌，大遼遠在關外，與大圖間隔著北燕、南興，兩國無戰事之憂，群臣不會對暮青教導外族王子反應過激。

長老院為暮青請了三位侍講，皆是大學之士，暮青帶著呼延查烈一起聽，也會親自教導他，與他說起記憶中的那些重大歷史事件和她個人的領悟。

鄂族四州盛產稻穀、茶葉、蠶絲、花果和草藥，以往因鎖國之故，百姓多自給自足。暮青執政後，下令開通絲茶之路，鼓勵通商，並一邊上奏洛都朝廷，一邊上奏汴都朝廷，請兩國之旨開通邊境貿易。

她遍查四州輿圖，翻看晴雨表，瞭解地勢氣候，發現中州南部至延州地帶非常適合發展桑基魚塘的模式，於是上奏洛都朝廷，請調農事水利方面的能吏，後實地考察，決定先在中州南部試行新農政。

除了開通商路、推行農政、治理水澇，暮青還下令刊行《無冤錄》，指導官府仵作驗屍和官吏辦案。

由於從前四州多用神證斷案，仵作的技法多有不足，暮青便命四州的仵作分批前來神殿進修。凡中州發了命案，抑或覆核刑案時需要開棺，她都會帶上崔遠、官吏和仵作們一同前去，以期將平生所學授人。

暮青忙得腳不沾地，有時會想，若不是步惜歡將熟悉的人送來身邊，難以想像她會不會在孤獨與思念裡熬出心病來。她每日吃著楊氏做的膳食，看著勤奮的崔遠，聽著血影和香兒鬥嘴，有時會有還在都督府裡的錯覺，只是起居多了彩娥和小安子的照顧，身邊又多了一個孩子。

日子熱熱鬧鬧的，眨眼就過了兩年。

這兩年，她與步惜歡常通家書。在教導呼延查烈時，月殺會將她的言談記成書信發往汴都，就是從那時起，步惜歡的家書總是一寄兩封，一封談情說愛話相思，一封談軍論政話國事。

南興朝中的事，步惜歡從不瞞她，常在信中談及他制衡朝堂的心術和遠見。他從沒問過她跟呼延查烈聊的史事從何而來，但總會在家書中參與他們的辯題，每閱家書，她都獲益良多。

她知道，他在教她，如同當年她不懂兒女情長，他便教她懂得。家事也好，國事也罷，他總是教她等她，不懼歲月漫長。

阿歡，你把熱鬧都送來了我身邊，守著我的初心，那你呢？這兩年，你是怎麼熬的？

暮青再不忍心那三言兩語的家書，可她說情話的功力實在不及人，每每看信，她都懷疑步惜歡是不是藉科舉之便網羅了一批酸秀才，不然哪來的這許多豔詩春詞？這兩年家書中的詩詞都能刊集成冊了！

於是，她鬼使神差地開始以畫回敬，兩年來，她畫的圖竟也夠刊印一本《素女經》了。想當年學畫時，若有人告訴她，她苦練的畫技會用來畫春宮，她是死也不會信的。可如今，她還常畫些瑣事，畫呼延查烈練功，畫血影和香兒鬥嘴……他把熱鬧給了她，她便換個方式，將熱鬧又送回他身邊。

他們就這麼相互守護著，等著三年期滿，夫妻團聚。

為實現安定四州的約定，暮青一日也不敢怠政，寒來暑往，三年就這麼過去了。

三年來，絲茶之路上熱鬧了起來，兩國的貿易往來如火如荼；興農治澇的新政在中州南部試行後，朝廷已下令在延州施行；鄂族法典嚴酷，每至祖神生辰，暮青必藉機廢除酷法，而今九州之法度雖有不同，但酷法已遭廢盡；神官的殘部在武牢山一役後元氣大損，三年來遭追查圍剿，已銷聲匿跡一年有餘。

三年來，暮青提點刑獄，常親自偵辦要案，考察農田水利，政績斐然，百姓愛戴。如今，百姓告狀已能自覺地前去衙門。官吏斷案、仵作驗屍相比執政之初已有很大進步，《無冤錄》已成為官府辦案的指導書籍。

三年來，鄂族的女子和孩童已不再受舊權之害，新政的實施已步入正軌，洛都朝廷接手後，只要沿著前政治理下去，四州之長治久安就能實現。

一進六月，暮青就著手交接政務，看著小安子和彩娥高高興興地準備，她竟擔憂了起來。怕在這節骨眼兒上突然出事，絆住腿腳，又走不了了。

但這一回，她多心了。

六月初八，離月底還早著，洛都的宮人們就來神殿道喜，說四月十八，大圖復國三年慶禮那日，南興的使節團到了洛都，向大圖朝廷遞上了求親國書，巫瑾已經准了。

只是……

求親國書不只一封，而是兩封——一封來自南興，一封來自北燕。

暮青聽聞此事時足足愣了半晌。

元修稱帝六年了，後宮至今無人，聽說百官上奏過數回，元修不是南下下陵巡視水師，就是駕臨沂東巡視海防，更有一回心疾大作，御醫們數夜未眠，大寒寺的高僧誦經九日，御體方才告安。此後，文武百官改用懷柔之策，忽然眾口一致地請元修納姚蕙青入宮為妃，沒想到奏章皆被留中。此後，北燕群臣就對立后選妃一事沒了轍。

這三年，大遼向西擴張疆域，西北無戰事，北燕專於內政，暮青實在不懂，這突來的一封求親國書究竟有何企圖。

聽說，北燕的求親使臣從沂東經海路抵達了大圖英州港，本著不斷來使的規矩，大圖朝廷將使臣迎入洛都，以禮相待。如今，北燕使臣就在洛都驛館裡住著，大圖朝廷暗地裡監視著，卻未發現可疑之舉。

如今，兩國使臣都在等待暮青。

離開的日子終於到了。

臨走前，暮青發布了一則告令，隱瞞了自己將要卸任的事，只說自己近年來為大圖復國、鄂族民生操勞，夫妻關山遠隔，分離已近五載。而今鄂族安定，她決定回洛都向皇兄回稟政務，此後將回國與夫君團聚一段日子，望離開後，四州百姓能順應朝廷，謹遵政令，勤耕精營，安居樂業。

執政三年，暮青苦習國事，如今她很清楚，即便她卸任回國，大圖也不可能另立神官。鄂族百姓視她為轉世神女，大圖神官只能是她，妄改另立，四州必亂。

就算她離開鄂族的土地，神官的尊號也將跟隨她一生。

暮青離開這天是六月初十，清晨時分，金輝盈道，萬民相送，百姓攜老扶幼，哭拜於長街道旁。

道旁維持秩序的殿軍不多，百姓自發地保持著秩序，哭送聲、祝願聲、盼歸聲混雜著，聽得人不忍離去。每行百餘步，就有耄耋老者奉上萬民傘，傘上有百家姓氏、有經文祈符、有頌詩祝詞，甚至有學子畫師將絲茶之路、興農治澇、民間訴訟、少女齋戒、稚童歡鬧的景象繪成長卷奉上，以感恩暮青執政三年來帶給鄂族的新氣象。

輦車內，呼延查烈坐在暮青身旁，想起了幼時在草原上陪額布巡視部族的情景。草原人敬畏王就像敬畏天鷹大神，可他從未見過今日這般景象，百姓誠心祝願挽留，就像對待真正的天神。

儀仗出城整整走了大半日，官吏們總算意識到擺開儀仗回朝怕是要年底，於是當日傍晚便奏請棄車用馬。

暮青早有此意，動用儀仗出城不過是為了撫慰民心罷了。

次日一早，暮青棄車上馬，一路急行，終於在七月中旬出了慶州地界。

如今，因兩國通商，神脈山外已不再是一片荒野。這裡出現了草市，後由洛都朝廷欽派兵馬建起了屋舍街鋪，現今的規模已頗似市鎮。這座市鎮連接著神脈山和雲州鎮陽縣，如同一條紐帶，將大圖的疆域連接了起來，與嶺南大邊縣一同成為了通商貿易重鎮。

鎮子裡有商隊常住，街上魚龍混雜。傍晚時分，一名女子率軍而來，策馬當先，似刀尖箭矢，破風逐日而去，披風乘風揚起，遮了斜日飛簷。

暮青出了市鎮直奔雲州，一路馬不停蹄，終於在八月下旬望見了洛都城。

洛都城三十里外，暮青下馬入輦，重新擺開了儀仗。

這天一早，城門剛開，大圖文武百官和南興使節團一同出城，在炎炎烈日下候到傍晚，才見儀仗上了飛橋。

禮象長鳴，鼓樂齊奏，四門立旌，百官呼拜，文武群臣以國禮迎儀仗入了城。

洛都城內，長街兩旁列滿了禁衛，百姓夾道相迎，無不想要一睹當世奇女子的風采。

輦車內，暮青忽然往街上看了一眼。

街上百姓如潮，人聲沸揚，禁衛的弓刀指著晚霞，黎庶望著儀仗，面龐紅潤，神采飛揚。

一切如常，沒什麼不對勁。

「有刺客？」呼延查烈神色戒備。

「沒什麼。」暮青收回目光，捏了捏眉心。方才沒見到北燕的使臣，應是大圖朝廷未准他們出城，但今夜宮中設宴，該見的人終是要見。許是北燕的國書勾起了她的回憶，方才竟覺得人群中有道熟悉的目光。

天快黑時，儀仗才到了郡主府。

登基大典後，巫瑾下旨賜了一座鎮國郡主府，在洛都城東，占地為園，秀麗雄奇。

大圖文武進宮覆命，侍衛宮人護駕進府，一進花廳，南興使臣就前來見駕。

暮青見到南興臣子竟有如見親人之感，連話音都柔和了許多：「卿等遠道而來辛苦了，平身吧。」

「謝皇后殿下。」眾臣平身，為首之人竟是王瑞。

當年，八府聯名奏請廢后選妃，王瑞是其中之一。後來，步惜歡將王瑞之子差遣到星羅軍中，年前來信說，王家小子奉命戍島，夜遇海寇屠島，一戰殺出了血性，還立了功。魏卓之請旨嘉獎，王瑞在金鑾殿上又哭又笑，瘋癲失態，以至於步惜歡宣了御醫。事後，王瑞被同僚笑話了好些日子。

暮青問：「這幾年，陛下身子可好？」

王瑞恭恭敬敬地稟道：「回娘娘，聖躬甚安！帝駕已啟程前往嶺南行宮，相信不日便可與娘娘團聚。」

有關嶺南行宮，說來話長。

這些年來，聖上下旨改六曹為六部，不僅升了官吏的俸祿添給，以養廉潔，還減了苛捐重稅，與民休養。朝廷一面在江上操練水師加強國防，一面在海上興建海軍嚴剿海寇，除了在嶺南邊境開放貿易市鎮外，去年已與大圖商議開放海港，互通市泊。

這些年，朝中平定內患，廢舊革新，練兵勤嚴，漕運通達，舉國顯露著一派盛世氣象。君臣齊心，上令下效，無一昏策，只有一件事激起過反對聲浪，那便是修建嶺南行宮。

皇后執政鄂族不久，聖上就下旨在嶺南王府的舊址上修建行宮。朝臣分成兩派，一派以左相陳大人為首，認為修建行宮勞民傷財，國庫雖富盈，但錢要花在刀刃上，比如擇址遷都。左相認為，南興、北燕僅一江之隔，若有戰事，恐危及都城，故當另擇都城，修建宮苑。另一派則以兵部尚書韓大人為首，認為即便皇后殿下回國，大圖也不敢另立神官，日後四州必有機要政務需決。汴都離神殿太遠，殿下決事不便，不能總與陛下兩地分居，故而在嶺南修建行宮是必要的。
這些事暮青都知道，帝駕是六月啟程的，挑在雨季，意在巡視關淮和嶺南一帶。算算時日，她抵達國境前後，帝駕差不多剛好能進嶺南。
今夜宮中設宴，眼看天色將黑，暮青想先入宮探望姨母，故而與王瑞等人閒談了幾句，便吩咐他們回驛館準備。
而後，暮青帶著呼延查烈坐上輦車，進了洛都皇宮。

延福宮。
暮青下了輦，一進宮門就見一人立在殿外，白衣廣袖，烏髮錦帶，背襯著煌煌燈火，剎那間叫人彷彿回到了當年的盛京宮宴上。
今夜無風亦無雪，當年那風華出塵的男子被人間絢爛的燈火擁著，兩袖舒捲，雲湧龍騰，卻比當年初見時添了許多寂寞風霜。
「兄長。」暮青朝巫瑾走去，稱呼如同當年。
巫瑾定定地看著暮青，她一身皇后冠袍迎面而來，宮燈一寸一寸地將那雲墨般的裙裾照亮，鳳羽一寸一寸地染上金輝，最是深宮入夢時，猶見神女落人間。

可惜……

上蒼將神女賜給了大圖，卻未將她賜入洛都皇宮。

「妹妹。」一聲舊時稱呼，巫瑾的眉宇暖得有些虛幻。

三年不見，兩人容顏依舊，只是比當年沉穩了。

「兄長氣色不錯。」

「妹妹的醫術精進不少，都能觀色斷診了。」

兩人相視一笑，三年寒暑，倒不曾叫兩人之間萌生一絲疏離。

暮青道：「我來看望姨母，姨母身子可好？」

巫瑾聞言神色一黯，尚未開口，後殿便傳來一聲呼喚。

「七郎……」景離從後殿出來，見暮青身穿皇后衣袍、領著個孩子立在巫瑾面前時一愣，隨即問：「七郎，你負我？」

巫瑾道：「娘，她是……」

不待巫瑾說罷，景離指間殺機忽露！

巫瑾早有所料似的，握住暮青的手腕便將她往身後一護！

電光石火間，呼延查烈抬手就是一刀，大殿內外竄出三道人影，叮噹兩聲，彎刀落地，暗針入樹。暮青被月殺帶著退到了宮門旁，聖女景離已被人攔住，但攔住她的人並非侍衛，而是姬瑤。

姬瑤不看人也不說話，將娘親攔下後就帶著她走了，可謂來得快，去得乾脆。

殿前靜了下來，巫瑾和暮青望著大殿，誰也沒說話。

沒過多久，鑾車停到了延福宮外，暮青隨巫瑾上了鑾車，呼延查烈進了輦車，一同往紫宸殿而去。

車內，燈光與窗影從兩人身上掠過，瑰麗華美，昏暗壓抑。

半晌後，暮青問：「兄長至今未立后，與姨母有關吧？」

巫瑾疲憊地道：「這兩年，我娘常狂性大發，我身邊的宮女已死了數人，談何立后？」

暮青道：「我原以為姨母這兩年會有好轉，沒想到……」

巫瑾嘆道：「心病需得心藥醫，心藥已不在世間。我試過施針，可有一回，針到半途，她忽然不記得我為何要為她施針了，驚怒之下將針逼出，誤殺了宮人，傷了經脈。自那以後，我只敢緩緩用藥，可惜藥力不及此疾蝕心之力。」

暮青問：「天下之大，難道無一方藥能治此疾嗎？」

巫瑾聞言，溫潤的眉宇顯得有些蒼白，許久後才艱難地道：「我……眼下只能順著她，盡量不叫她受刺激。」

暮青皺了眉。「你叫姬瑤服侍姨母，當真不會刺激她？」這幾年，姬瑤被軟禁在冷宮中，藤澤被關押在天牢內。暮青沒想到今夜會在延福宮中看到她，看她來去自由的樣子，服侍姨母的日子必定不短了。

巫瑾道：「我娘的事本未告知她，前年除夕，我娘去看她，兩人生了口角，我娘有些瘋癲，她看了出來……畢竟是母女，她得知娘病了後，常向宮人打聽，後來請命到延福宮中服侍。我想著，若她們能和解，對我娘而言未必不是一劑心藥，便命隱衛監看著。這兩年，她還算盡心，只是性子一直那樣。」

「比仇恨更難消除的是偏執，我理解兄長身為人子的心情，只望兄長切莫大意。」暮青今夜與姬瑤只見了短短一面，很難斷定她的改變有多大，但她出手後轉身就走，阻斷視覺拉開距離的行為，表明她並未真正接納母親和兄長。

放下需要時間，兩年寒暑實不算長，在將要離開之際，暮青認為有必要提醒巫瑾。

巫瑾溫言細語地道：「好，妹妹放心。」

話音剛落，鑾車就停了下來。

紫宸殿到了。

大圖歷代皇帝設宴皆在紫宸殿，戌時正，大圖文武和南興、北燕兩國使臣入殿列席。

戍時二刻，宮人唱報，百官和使臣起身。只見鑾駕停在殿外階下，大圖天子和英睿皇后一同走了下來，如不知情，還以為是大圖帝后駕臨了。

當今大圖天子不尚奢華之風，今夜宴請使臣，天子之服依舊素簡，舉止間廣袖舒捲，盡顯風雅，倒是英睿皇后華衣大冠，氣勢威重。

殿內上首置著龍案，左有鳳案，右有王席，暮青帶著呼延查烈在兩國使臣灼灼的目光中進了大殿，面色清寒，目不斜視，踏著富麗的宮毯，直登上首。

這時，忽覺一道不同尋常的目光，暮青轉身，袖風掃得燈架上的燭火都搖了搖，卻見百官恭立，使臣垂首，殿上跪滿了宮女、太監、舞伎樂師和佩刀侍衛，而那目光已無蹤影。

這時，宮人宣唱，百官見禮，一番繁文縟節之後，巫瑾道：「今日皇妹還朝，朕設宴接風洗塵。皇妹助朕復國登基在先，安定鄂族四州在後，為國事與夫婿關山遠隔五載，朕虧欠她甚多。日前，南興來使傳遞國書，望接皇妹回國，朕准了。欽天監已擇定下月初八為吉日，由龍武衛大將軍萬嵩率衛隊護送皇妹回國。」

萬嵩聞言離席領旨，大圖文武叩呼：「叩謝郡主復國安邦之功！」

暮青身為大圖郡主、南興皇后，按禮制，大圖百官本不該行全禮，但今夜上至權相公卿，下至文武朝臣，烏泱泱地跪在大殿中央，山呼之聲震耳繞梁，南興的使臣們不由心潮澎湃——大圖百官這一拜，皇后殿下受之無愧。

「今日宴飲，是朕為皇妹接風洗塵，也是為皇妹送嫁餞行，望眾卿同樂。」巫瑾說罷，宮人高唱，百官入席，禮樂聲奏起，宮宴就這麼開始了。

南興和北燕兩國使臣面對面坐著，王瑞等人一坐下，北燕使臣那邊就有人端著酒杯站了起來。

那人紫袍玉冠，相貌堂堂，朝暮青遙遙一祝，說道：「下官太常寺少卿華鴻道，見過殿下。殿下智勇冠絕天下，下官欽佩已久，僅以此酒祝殿下福寧安康。」

話音一落，殿上就靜了。

南興使臣盯著對面，王瑞暗暗地擼袖子，心道這群竊國賊子若敢勸皇后娘娘改嫁，那今夜紫宸殿上少不得要上演一齣文臣武鬥的鬧劇了。

大圖文武瞄著上首，這些年，南興、北燕二帝相爭，爭的是天下，也是一個女子。而這女子，以其功績而言，本不該以桃色之事意淫之，奈何好窺私事乃天下人的劣根性，英睿皇后當年是北燕帝的愛將，誰不想知道她會如何對待北燕這封叫天下瞠目的求親國書？

暮青看向華鴻道，這是她今夜頭一回正眼端量北燕使臣，但開口之言只有一字：「華？」

華鴻道答：「回殿下，家父華廷文。」

華廷文，元修的舅舅。

元修有兩個舅舅，華廷文和華廷武。前年夏天，下陵大災，華廷武因賑災不力被革了職，後來其子也因小錯遭貶，據說華廷武一直將父親和妹妹之死歸咎於元修，政見強硬，招致此禍。這也就能理解為何華家子弟本應對暮青有恨，卻領了求親的差事，如不識時務，誰知能否善終？

「那你幫本宮帶句話回去，你祖父之死有疑，很可能並非死於流箭。」暮青道。

華鴻道委實沒想到會聽見此話，他猛地抬頭，殿內嗡的一聲，百官竊竊私語。

英睿皇后是南興帝之妻，她說此話本有為夫君開脫之嫌，但二帝之間隔著國仇家恨，即便澄清此事，也不會改變什麼。正因為如此，此話反倒可信。

若真如此，燕帝外公的死又是怎麼一回事？

眾臣百態俱顯，暮青審視著群臣，只見大圖群臣皆在議論，北燕使臣或震驚、或猜疑，侍衛宮人垂首而立——殿內並無可疑之人。

暮青微微皺眉，心道莫非是自己多心了？

這時，華鴻道打了個深躬，說道：「下官定將此話帶到。」

暮青端起酒盅，抬袖一遮，鳳羽之輝將殿上的煌煌燈光都逼退了幾分。她將酒一飲而盡，落盅時面色冷淡，再未多言。

華鴻道看著暮青的舉止，忽然有所明悟，這身南興鳳袍恐怕才是英睿皇后給燕帝陛下的回答。她提及祖父之死應該另有深意，至於是何用意，他竟琢磨不透。

陛下此番遣使求親，朝臣分作兩派，一派堅稱女子不得干政，稱英睿皇后乃有夫之婦，位主中宮，北燕必遭人恥笑。另一派則認為英睿皇后獻上的一國兩制之策，是大圖朝廷安穩度過復國初期的根本所在。

她在淮州提出的賑貸之策、在鄂族實施的興農治澇之策，足以證明此女並非禍亂朝綱的妖女。對北燕最有利的是，鄂族百姓奉她為神女，她若嫁入北燕，焉知不能先謀南興，再取鄂族？

兩派吵吵嚷嚷，陛下詰問老臣們可是擔心英睿皇后斷案如神，查出他們昔日貪贓枉法之事？隨後以此為由查辦了幾人，爭論聲才消停了。

可這趟出使雖然成行了，但不出所料，根本不會有結果。

華鴻道瞥了身旁一眼，他下首坐著個武官，是沂東大將軍的姪子陳鎮，海戰勇猛，為人狠辣，陛下巡視海防時對此人讚賞有加，命他擔任使節團的副使和衛隊長。說白了，他才是使節團裡的實權人物。可他一言不發，如此不作為，回朝後如何交差？

華鴻道滿腹猜疑，此時大圖百官已向巫瑾和暮青祝了數回酒，暮青以茶代之，酒過三巡後，巫瑾對暮青道：「為兄為妹妹備足了嫁妝，日後妹夫若生二心，妹妹只管回來，這兒是妳的娘家。」

暮青的眉眼在燈火下暖得有些朦朧，點頭道：「好。」

兄妹兩人話著臨別之語，大圖百官卻各懷憂思。

南興帝后之情深，堪稱古今一奇。當年新婚燕爾，南興帝專寵皇后倒也罷了，這些年天子獨居宮中，竟也未納一妃一嬪。他下旨修建嶺南行宮時，朝中文武見他思念皇后，上書重提選妃之事，惹得龍顏大怒，上書之人皆遭貶黜，至今未能還朝。此後朝中就安靜了，連個以社稷為由提皇嗣的人都沒有。

說起子嗣來，大圖皇帝因太后有疾而難以立后，子嗣也就無從談起，而南興、北燕二帝心在英睿皇后，皆不肯開枝散葉。倒是聽說遼帝宮中妃嬪、女奴眾多，只是多年無嗣，不知何故。

四帝皆年富力強，卻皆無子嗣，也算怪事。

叫人憂心的是，英睿皇后回國後，南興皇嗣無憂，北燕帝娶不到心上人，總不能此生都不立后，可大圖怎麼辦？

這頓宮宴吃得暗潮湧動，大圖百官和北燕使臣各懷心思，直到三更過半，夜宴才休。

散宴之際，暮青捧出神官大印和鄂族祕寶，奉還給了巫瑾。

掌事太監將印寶捧起示眾，大圖百官忙離席叩謝暮青。

宮宴在山呼聲中開始，在山呼聲中結束。古怪的是，北燕使臣四月入京，在洛都城中等了暮青小半年，宮宴上竟只敬了一盅酒。

……

宮宴散後，暮青隨巫瑾去往宣政殿，掌事太監將印寶呈至御桌上便卻退而出，關上了殿門。

巫瑾瞥了眼內殿，暮青帶著呼延查烈入內，巫瑾低聲道：「待會兒妹妹出宮，把印寶帶走。」

暮青並不意外，她和兄長都清楚，神女之於鄂族如同定海神針，執政不能換，只是大圖百官對她防備頗深，當眾交還印寶，為的不過是安群臣之心罷了。

只是……

暮青瞥了眼外殿，看來兄長今夜另有所謀。

巫瑾道：「這些年，朝中清剿廢后一黨，每每查到蹤跡，他們總能望風而逃。為兄懷疑朝中仍有叛黨，如今已有眉目。妹妹一走，盯著鄂族之權的人必會興風攪雨，宮裡自有假印寶等著他們。」

暮青道：「兄長打算引蛇出洞。」

巫瑾笑而不語。

暮青道：「除了叛黨，我還有一事不放心。今夜宮宴，北燕使臣毫無糾纏之舉，我擔心他們暗地裡會另有動作。」

巫瑾低聲道：「所以，妹妹今夜回府早做準備，明晨城門一開，即與親信喬裝離開，餘下的衛隊下月初八與使臣們一道離京。」

暮青愣了愣，見巫瑾立在屏風的陰影裡，目光有些幽暗，不由問：「兄長可有地方叛黨的名單？」

巫瑾並未答話，只是來到御桌後，提筆寫了下來。

暮青看著名單，心中一動，也繞進御桌後，另鋪新紙，提筆疾書。

巫瑾看著，面露驚色，落筆飛快，字跡潦草。

除了呼延查烈，沒人知道兩人談了些什麼，只見兩人抽紙如揮劍，人影映在窗上，袖風過處，枝動花搖。

呼延查烈只看不說話，當今天下最有權勢的兩個人在他面前以筆交鋒，他不需要說話，只需要看著。

過了許久，御桌上的紙摞了一尺高，巫瑾停筆，神色不知是憂是惱。「妳決定的事，總是無人能改。」

暮青默然以對。

巫瑾將紙湊近火燭，任墨跡被火舌吞噬，一張一張地化作灰燼，最終散落在冰涼的宮磚上。

「讓為兄再為妹妹診一次脈吧。」許久後，巫瑾嘆息一聲，坐了下來。

暮青默默地坐下，把手伸了過去。

「回去後記得常來書信，若哪年到嶺南行宮小住，記得告知為兄，興許為兄能去看看妹妹。」巫瑾一邊診脈一邊話著臨別之言，燭光昏黃，男子那溫潤的眉宇，如雪的衣袖，像極了從前。

「嗯。」暮青應了一聲，越到這種時候，她越不善言辭。

不知是否因為臨別在即，這一回，巫瑾診脈的時辰尤為久，直到梆鼓聲傳入殿內，他才收了手，溫聲細語地道：「妹妹的身子養得甚好，回國後歇上一陣子，切莫一回去就……急著操勞。」

暮青聽笑了。「兄長還是這麼含蓄。」

巫瑾咳了一聲，目光躲閃。

暮青道：「兄長也要珍重。」

巫瑾看著暮青，似有千言萬語，但千言萬語終須一別，他最終只道：「好。」

梆子聲再次傳入殿內，四更天了。

暮青想說謝，謝這一路知己相護，卻怕謝多了生分，想囑咐兄長尋個心儀的女子方能少受潔癖之苦，又怕此話成為一把枷鎖，令他在複雜的朝局裡更加辛苦，最終發現千言萬語，都在那一聲珍重裡了。

於是，她揣上印寶，就這麼帶著呼延查烈出了門，上了車。

關山路遙，遠行不便，這一別，難說再見會是何年何月了。

輦車緩緩地動了起來，暮青透過軒窗看向巫瑾，見他立在殿外廊下，披著淺白的月光，輦車漸行漸遠，人越來越小，周身似籠著層雲海薄霧，終於慢慢地不見了……

第九章

# 螳螂捕蟬

四更時分，淮州刺史府裡，東苑點著盞燈。

步惜歡闔眸倚臥在圍榻上，窗風拂來，袖影翻動。

屋裡靜得落針可聞，燈架上的燭火搖了一搖，待火苗扶正，屋裡已多了個人。

「主子，監察院密奏。」月影道。

范通將密奏呈到了榻几上，步惜歡翻閱時，月影已稟奏了起來。

「如您所料，北燕使節團果然不只帶了國書。探子們經多方刺探，查知大圖帝曾微服出宮，在風月樓裡見過北燕副使陳鎮，兩人所談之事難知其詳，刺衛們費盡手段才從北燕使節團的官船上刺探到了些許消息。據查，北燕的官船在沂東港接觸過一艘戍守遠島海域的戰船，並從船上卸下一只箱子，裡頭放的是珍稀藥材。」

眼下，大圖亟需珍稀藥材的人只有皇太后，而北燕的藥材必定不是白給的。大圖帝會不會……

月影不敢將猜測說出口，他相信主子自有決斷。

步惜歡閱罷密奏，手一握一鬆，密信化作齏粉，窗風一送，如霜遮面。

「魏卓之到哪兒了？」步惜歡倚回榻上，闔著眸問。

「回主子，魏大將軍半個月前出了鬼風灣，這幾日也該抵達兩國海域線了。」

「北邊呢？」

「北燕帝駕應該下月初會抵達沂東。」

「戰船呢？」

「也快抵達兩國海域線了。」

北燕帝遣使求親的事一傳來，主子就命魏大將軍親率戰船出海，以演武的名義穿過星羅諸島進入東海，在南興和大圖的領海線上待命。雨季海上風急浪高，戰船前兩個月時常靠島避風，故而航行了半年才抵達。

北燕使節團抵達英州港後，戰船忽然奉旨出海，也朝兩國海域線而來，名義同樣是演武。與此同時，北燕帝下旨巡視江防，六月抵達了下陵江邊。正巧，主子要六月出京，朝臣們猜測北燕帝料到主子會前往嶺南，故而只等主子離開汴都，便會興兵渡江。

但也有人認為六月正值雨季，江上風浪大作，北燕水師還沒有在雨季作戰的能力，燕帝巡視江防很可能是想將主子牽制在汴都，以便令使節團謀奪皇后殿下。

最終，主子命章都督嚴守江防，按原計畫南巡了。

不久，江北傳來消息，北燕帝忽然又前往沂東巡視海防去了。朝中擔心這只是藉口，元修的目的很可能與求親一事有關。

這些天，密奏多如雪片，在皇后娘娘回國的當口，局勢渾不見底，很難看清元修和巫瑾在圖謀什麼。

月影窺了一眼圍榻，步惜歡睡著了似的，唯有燭光在眉宇間躍著，時明時滅。

「傳朕旨意，明早起駕前往嶺南，諸事依照行程，無需變動。」

「是！」

「傳替子來。」

月影剛要退下，聽聞此話步伐一亂。

步惜歡起了身，目光落在榻几上，輕輕地撫著桌面，五年前那人留下的氣息彷彿化作月光窗影，近在眼前，卻穿指而過。

月影停了片刻，斂目垂首，退了下去。

同一時辰，巫瑾回到了延福宮。

殿門口卻立著個人，紅裙迎風而舞，如夜裡盛開的火蓮。

「她走了？」姬瑤問。

「嗯。」巫瑾應了聲，經過姬瑤身旁時並未停步。「下月初八啟程，妳現在反悔還來得及。」

姬瑤嗤笑道：「然後呢？我就在深宮裡被幽禁著，虛度一生，直至終老？」
巫瑾住步，卻未回頭。「一旦事敗，妳興許會死。」
姬瑤的眼底浮現出一絲譏嘲，望著夜空道：「我自幼立志，卻遭幽禁，至今一事無成。死？我姬瑤就算死，也要死而有聲。」

九月初七，一隊茶商進了欽州石溝子鎮。
此鎮是大圖的鐵礦重鎮，鎮西有座石山，盛產鐵礦，山後建有一座關押重刑犯的苦牢。官府常年驅使重刑犯和僱傭役夫開山採礦，鎮上住的多是役夫的家眷，幹著腳店、打鐵的營生。
傍晚時分，街上混雜著一股子鐵腥、汗臭、馬糞味兒和酒食香。見有商隊運著貨物行來，店家們急忙上前搶客。
商隊有馬二十來匹，車五輛，東家、隨從及鏢師等五十餘人。東家是個白衣少年，相貌平平卻氣度不凡，鏢師們在馬背上提刀冷顧，任店家們如何爭搶拉扯，連東家的衣角兒都碰不著。
鏢頭冷冷地道：「哪家客棧寬敞，能容得下我們的人馬貨物，帶路就是！」

鎮子上最大的客棧也沒有門樓雅設，只是後院寬敞些，能拴馬停車，有幾間大屋通鋪。

店家小心翼翼地將商隊安頓了下來，天剛黑，商隊的人到大堂用飯，眾人圍桌而坐，小二忙著上菜。

掌櫃的前來敬酒，打聽道：「這位東家好氣度，不知是打哪兒來的？」

「洛都。」白衣東家道。

「原來是貴客，失敬！」掌櫃的急忙拱手，套起了交情：「上個月，神女殿下率軍路過鎮上，就是打這條街上過的，小人店裡的酒菜雖比不得都城的，但保準肉香酒醇，姑娘熱辣，不知……東家可需解乏？」

東家道：「在下成婚了，但想必兄弟們需要，把人喚來吧。」

掌櫃的眉開眼笑，忙喚人去了。

少頃，一、二十個姑娘湧進客棧，身穿布衣，抹胸一個比一個低，走起路來跟懷裡揣著倆玉兔似的。姑娘們一進大堂就直奔鏢師們而去，往人腿上一坐，斟酒布菜，閒談逗樂，氣氛霎時熱鬧了起來。

大堂裡越是熱鬧，越顯得主桌冷清，一個粉衣姑娘嬌聲道：「鏢爺，你們鏢頭好臭的一張臉，奴家怕……」

鏢師哈哈大笑。「我們鏢頭又不是豺狼虎豹，能吃了妳不成？」

「奴家不怕鏢頭吃人，倒怕鏢爺今晚會吃了奴家。」粉衣姑娘媚眼如絲，抓著鏢師的手就往自己的胸脯上放。「不信您摸摸，奴家的心都快蹦出來了。」

鏢師摸了一掌的雪膩香滑，魂入雲霄。粉衣姑娘往他懷裡偎，媚眼不著痕跡地一瞥，只見鏢師的衣襟裡隱約洩出一抹金黃。

……

這頓飯吃了半個多時辰，酒足飯飽後，鏢頭擱下一錠銀子，冷冷地道：「酒也喝了，乏也解了，明早要趕路，今夜早些歇息。」

姑娘們頓時哀怨了起來，東家帶著孩童逕自回了上房，姑娘們只好不情不願地走了。

二更時分，客棧打烊，一道黑影從西窗躍入上房，落地無聲。

東家未眠，鏢頭也在，進屋的正是那個被粉衣姑娘纏住的鏢師。

「主子。」侍衛一落地就稟道：「是探子，手段沒新意，手法還算老練。」

「看來是今夜了。」暮青倒了杯茶擱在桌上，取出本醫書來。「等著吧。」

侍衛領命，隨即去了。

月殺倚牆而立，將房中的一人一物皆納入了眼中。

呼延查烈把腿一盤，在圓凳上打坐了起來。

夜靜如水，夏蟲爭鳴，梆鼓從二聲敲到三聲，茶水從熱氣騰騰到茶釉暗結，屋中只有書頁翻動的聲響。

子夜時分，蟲鳴聲未止，桌上的茶水卻泛起了若有似無的漣漪。

「怕嗎？」暮青問，目光依舊在醫書上。

「會比王族政變那夜可怕？」呼延查烈眼都沒睜。

暮青揚了揚嘴角，她不該帶查烈同行的，但還是帶上了他。他是個想成大事的孩子，一生都要與凶險博弈，帶他經歷凶險是更長遠的保護。

說話間，茶面兒上的漣漪大了起來，蟲鳴聲止住時，街上傳來了馬蹄聲。

小二被驚醒，掌櫃的披著件袍子從後院進了大堂，見火把的光亮從門縫裡透了進來，門外無人叫門，只有森冷的鐵甲聲。

這時，兩道人影掠入大堂，揪住兩人便進了後院柴房，冷聲道：「想活命就安靜待著！」

柴房關上的一刻，客棧的門轟然倒塌，弓手闖入，張弓搭箭，淬了毒的箭矢指向上房。

一個將領還未下令，上房的門就開了。

神甲侍衛們憑欄護駕，暮青領著呼延查烈走出，面色波瀾不驚，先聲奪人：「來者何人？」

「都督的老熟人。」一道女子的聲音從客棧外傳來。

鐵騎讓出條路來，兩個黑袍人進了大堂，一人鶴髮白鬚，仙風道骨，一人花信年華，眉目之韻似雲煙弱柳。

「都督沒想到妳我今生能在此相見吧？」沈問玉望向暮青，這些年來，她不只一次地想像著再見之景，今夜總算得償所願。

「是沒想到妳能來到大圖。」暮青摘下面具道：「妳我以此面貌相見似乎是第一次。」

沈問玉道：「是啊，當年在古水縣，我怕見都督，後來在盛京，都督怕見我。妳我數次交鋒，不是隱於幕後便是對面不識，今夜相見還真是第一次。」

兩人隔著大堂敘舊，像多年未見的老友——如果不看這滿堂刀箭的話。

沈問玉道：「想當年，我敗於都督之手，屢折不撓，忍辱負重，終成今日之事。這一回，是都督敗了。」

「哦？妳憑什麼認為是我敗了？」暮青問。

「就憑我們的人馬已將客棧包圍，憑此鎮已在我們手中，憑都督身邊區區五十護衛就算殺出客棧，也殺不出鎮子。」沈問玉掃了一眼侍衛們，而後看向暮青。「說起來，還得多謝都督。大圖皇帝即位之初血洗異黨，我們無處安身，都督執政後開通絲茶之路，鎮上常有商隊往來，倒是給了我們機會。我們在鎮上開了青樓，慰勞監軍和商隊，沒半年就將此鎮拿下了。多虧了那座礦山，我們積蓄錢糧兵馬，招買來往行商，不僅掌控了很多礦商要鎮，連朝中都有眼線。這一切，都督功不可沒。」

暮青聽著，面色漠然。

「想當年都督隻身從軍是何等的孤勇無畏，而今妳身分尊貴，侍衛們緊張妳，豈能不露破綻？傍晚你們進城時，店家們連妳的衣角都摸不著，哪個商隊如此戒備森嚴？人人都能看出妳是貴人，唯有妳察覺不出。說到底，貴人的日子過久了，人就容易忘了出身，遺憾的是，都督也沒能免俗。」沈問玉盈盈一福。「妳我相識已久，我也算是讓都督輸個明白了，還望都督莫要嫌我聒譟，更莫要悔恨。」

暮青道：「悔不該開通兩國貿易，讓你們得了鑽營之機？望妳莫要太看重自己。通商惠及兩國百姓，朝廷豈會為了杜絕蠅營狗苟而廢利民之政？農有其興，水得其治，商路通達，民富國安，何悔之有？」

沈問玉聞言幽幽一笑，眼底終露冷意。「這就是我厭惡妳的地方，滿口天理公義，世間就妳一個忠義之士，旁人皆是奸佞宵小。」

暮青道：「那妳錯了，世間從不乏憂國憂民的賢士，也不乏捨身忘死的義士。人當生而有所為，而有所不為，我只是心懷志向，並與天下憂國憂民、捨身忘死的賢人義士同一信仰罷了。」

沈問玉嗤笑道：「信天理公義嗎？那我早就死在江南了！天理不曾助我，我信天理何用？民於我無助，我何必懷為民之心？」

暮青沉默以對，道不同不相為謀，說的就是她和沈問玉了。

沈問玉道：「我亦生而有志，只是造化弄人。」

暮青問：「哦？妳志在何方？」

沈問玉笑而不語，她名問玉，生而有問鼎鳳位之志，卻因情失手，身中奇毒，被迫和親。幸而她命不該絕，九死一生來到南圖，取信皇子，出任謀士。謀士啊……古往今來，世間有幾個女子能任皇子幕僚，在詭祕莫測的三國政爭中指點風雲？

如今，鳳尊之位早已不在她眼中，她想走向更高處，只要今日事成。

沈問玉笑道：「今日擒住都督，我就能見到想見之人，雪從前之恨，成今後之業。」

暮青揚了揚眉。「元修？」

沈問玉道：「他會來的，為了妳。」

暮青蹙起眉頭，這是她今夜初露喜怒，當下雜亂無章的心緒彷彿都鎖在眉心裡。

見此神態，沈問玉目光幽沉，有些話她不該說，卻覺得說出來快意：「妳可知妳為何會敗？正如同我當年被情所迷，蹈入險境，妳與夫君相見在即，卻半路殺出個北燕使節團，豈能不憂他們攪局？妳不敢擺開儀仗回國，定會喬裝先行。在他遣使求親時，我就知道機會來了，不論他有何圖謀，今夜都是他把妳送到我手上的，妳是打算束手就擒還是我們刀兵相見？」

暮青聞言望向窗外，似乎在估算能否殺出重圍，談天般地道：「我若束手就擒，除了我和查烈，其餘人都會死。刀劍相見吧！能不能生擒我，看妳的能耐；能不能保住首級，看妳的命。」

沈問玉冷笑。「妳以為能殺得出鎮子？」

「你們也不一定殺得出去。」暮青瞥了眼弓兵們，問：「張了這麼久的弓，手臂可酸？」

弓兵們豈止手酸，連腿都跪麻了。

于先生一驚，這才意識到暮青和沈問玉聊得太久了——人言英睿皇后清冷寡言，她與人聊這麼久，莫非不是因為宿敵相見，而是有意為之？

「閒話無用！還不動手？」于先生催促。

「妳能使的只有這些雕蟲小技了。」沈問玉冷笑一聲，手刀一落！

弓兵們聞令放箭，箭矢卻像遭風吹打似的，連上房的欄杆都沒碰著。

「殺上去！」將領一聲令下，百十精兵黑水般湧向樓梯。

月殺率隊護駕，其餘侍衛殺下了樓。

區區百十精兵豈是神甲軍的對手？眨眼的工夫，人頭齊飛，血潑大堂，弓兵們被屠殺嚇破了膽，紛紛丟弓棄箭，往客棧外逃去。

這時，沈問玉和于先生已在長街馬上，一顆人頭從大堂裡飛出，砸在于先生馬下，鮮血潑紅了馬蹄。

戰馬長嘶，于先生忙安撫馬匹，這時，街後忽然傳來急促的馬蹄聲！

一個小將疾馳而來，盔帽已失，甲衣染血，肩頭扎著支箭，高聲稟道：「報——礦山出事！汪監軍忽遭黃參將和苦牢監守劉戍所殺，官道上發現了朝廷兵馬！」

沈問玉大驚，于先生險些墜馬。

轟！

這時，南門方向傳來一聲巨響！

「報——」一個小將從街北而來，高聲喊：「東門發現朝廷兵馬，大軍現已攻城！」

于先生和沈問玉猛地望向東門，鐵騎兵舉著火把來回望著東西二門，神色慌亂。

石溝子鎮是座小鎮，只有東西二門，礦山在西，東門又遭突襲，豈不是說鎮子被朝廷兵馬包圍了？

于先生道：「不好！中計的是我們！」

沈問玉一聲不吭，風穿街而過，火光飄搖，人影重疊，廝殺聲從耳畔遠去，只留下一句話——你們也不一定殺得出去。

沈問玉望進客棧，慘烈景象映入眼中，屈辱感湧上心頭，不由怒道：「慌什麼！拿下暮青，綁出鎮上婦孺，我不信朝廷敢逼我們屠城！」

「沈問玉！」伴著怒喝聲，一道刀光從客棧內射出！

這時，叛軍兵馬正望著二門方向，客棧門口遍地橫屍，沈問玉面前無人，刀光逼喉而來，生死一瞬，她一把將身旁並騎的于先生扯了過來！

刀咚的一聲釘入于先生的天靈，屍體墮下馬背，驚了兩人的戰馬。

沈問玉驚魂未定，戰馬一揚前蹄，登時就將她掀了下去。

一聲悶響，沈問玉五臟受震，氣息絕窒，一個騎兵將她扶起，剛要托她上馬，寒光掃來，血登時潑了沈問玉一臉！

暮青殺入弓兵陣中，一刀廢一人，人倒如牆塌。

沈問玉一口氣衝上喉嚨，也不知哪裡生出的力氣，一把取出弓兵箭筒中的毒箭，推開左右，就朝暮青撲了過去！

暮青仰避之際抬指一刺，沈問玉手肘一麻，一息之間毒箭便落了地。

這一息間，暮青蹬地而起，尚未站起，刀已刺出！

噗！

沈問玉的腿被劃開一道血口，踉蹌著跪了下來。

這一跪，跪在暮青面前，多年來的隱忍驕傲盡毀，沈問玉發出一聲不似人聲的怒號，拾箭喊：「為何妳要與我生於同朝？妳貴為皇后，貴為神女，權力美譽該蝕妳之心，榮華富貴該蒙妳之目，妳該敗給我！妳該敗給我！」

她雙目血紅，高舉毒箭朝暮青刺去，這時，長街盡頭忽然傳來隆隆的馬蹄聲！

黃塵漫天，地平線上一彎弦月將沉，一隊鐵騎披星踏月而來，為首之人腳踏馬鐙懸於馬側，奪過箭筒，跨馬挽弓，一弓開三箭，罡風過處，人仰馬翻！

此時，神甲侍衛們已將叛軍殺退了半條街，暮青面前遍地伏屍，她放眼望去，見那三箭破開人群，氣吞萬里，力拔山河，見那挽弓之人自血海中馳來，身披黑甲戰袍，眉宇深如冥淵。

當年那一雙日月朗朗的眼眸，時隔經年再見，星河不再，只餘狼煙。

暮青怔住，眼睜睜地看著當中一箭射入沈問玉的胸腹，帶血穿出，另兩箭射向她身旁！

暮青猛地醒過神來，撲向呼延查烈，一把將他護在了懷裡！

電光石火間，一道劍風擋來，逼得箭矢一偏，月殺的手臂卻遭罡風一絞，登時灑血撞進了客棧大堂。

同時，侍衛們也被箭氣逼離了暮青左右。

沈問玉倒下，看見一人策馬而來，馬蹄從她身上踏過，踏得她口吐鮮血，五臟盡碎。她睜著眼，死死地盯著策馬之人。

那人經過暮青身旁時大風一捲，便將人捲上了馬背。

精騎隊馳出長街，亂蹄從沈問玉身上踏過，將骨肉皆碎的她踢向街旁，任黃塵蒙住雙眼，火把燒了屍身。

曾經的問玉之志在擔當幕僚的歲月裡萌發成了參天偉樹，卻最終在鐵蹄下零落成泥。

這時，東門已破，精騎隊迎面遇上入城的兵馬，小將道：「西門已破！逆賊伏誅，我等先護殿下撤離，爾等速去平叛止亂！」

將領不疑有他，急忙拜過，便率兵而去。

精騎隊到了城門口，取出朝廷令符，暢行無阻地出了城。

石溝子鎮向東十餘里，一道岔路口，精騎隊棄馬入了山林。

草木幽深，星光細碎，暮青冷冷地望著人。

那人回過身來，星光從眉宇間照過，點亮了深沉的眼眸。
剎那間，一切彷彿還在當年，又早已不是當年。
風過山林，颯颯蕭瑟，許久後，他道：「多年不見，阿青。」
元修……
暮青受制，口不能言，只能任昔日摯友的名字從喉頭滾過又嚥下，噎得五臟六腑都疼。
元修看著暮青那被血糊住的眉眼，一時失了神。這夜這風，讓他想起了在上俞村中初見她的情景……
「妳還是當年模樣。」元修拍了拍暮青的肩，就像當年那個大將軍。
可他終究已不再是西北軍的大將軍，而是北燕帝。
暮青覺出身子一鬆，知道穴道已解，便一聲不吭地從袖中彈出把刀，抬手就刺！
侍衛們大驚，正要出手，元修已握住了暮青的手腕。
怕傷著她，他的力道很輕，暮青卻覺得經脈中有道內力在遊走，頓時痲軟無力，任由元修將自己擁入了懷中。
「脾氣也還是老樣子。」元修笑道，笑裡聽不出苦澀滋味，他是真的很開懷。
侍衛們無不側目，陛下深沉，不苟言笑，侍駕多年，還是頭一回見到他如此開懷。

暮青緊鎖著眉頭，她已能開口，卻一言不發。

元修放開暮青，望著她眸底湧動的情緒，不忍之色稍顯即滅，隨即拍了下她的肩。「稍後敘舊，有客到了。」

侍衛們聞言大驚，尚在睃著四周，忽見元修朝月落之處揮出一拳，拳風如雷，老樹繁枝颯颯一搖！

枝斷葉落，樹上無人，林子裡卻傳來一陣桀桀怪笑，似近似遠，若實若虛，蒼啞枯老，不似人聲。

侍衛們忙將元修和暮青圍住，仰頭望向山林上空。

山林上空星光細碎，蒼老之音從四面八方而來：「小子，放下我家少主人，婆婆讓你死個痛快。」

「原來是梅前輩。」元修負手而立，顯然知道少主人之稱的由來，於是就在說話時，他負在身後的手忽然一張，捲起棄在地上的長弓，弓入手之際，箭已在弦！

弓箭是從鎮上奪來的，箭上淬了毒，離弦時捎著罡風，眨眼間便從樹身穿過，留下一個手臂粗的洞。洞後無人，毒箭卻去勢未停，所經之處，穿樹之音猶如雷聲，木屑紛飛如同星墜。

山林裡被一箭開出條路來，歪歪斜斜的樹後被逼出兩道人影，一男一女，是灰衫漢子和柳寡婦。

侍衛們掠去，與兩人纏鬥在了一起，元修立在暮青身邊，依舊看著那樹。

樹後傳來一陣怪笑，一張猙獰的面孔隔著樹洞與元修對視著，梅姑撫掌讚道：「能察覺出我蹤跡的人，很久未見了，看來江湖上的後生也不全是草包。」

梅姑來了，暮青卻未犯疑，她知道梅姑這些年一直在暗處跟著。侍衛們起初並未察覺，後來是因為神殿御膳房裡總丟膳食，侍衛們奉命查察，不料賊影未見，御膳照丟。殿監清點了殿庫要所，發現奇珍異寶、御藥典籍皆未遺失，遺失的只有御膳。

一位來無影去無蹤的高人藏身神殿不為行刺、不為盜寶，只為了偷御膳，她頓時心裡有了數，於是命御膳房多備例膳，就這麼著，御膳被偷了三年。

可自從啟程前往洛都，她就察覺不到梅姑的蹤跡了，這位脾氣古怪的老人有沒有跟來、離儀仗多遠，她都無從得知。

此番出京是她和兄長密謀的，為的是將廢帝黨羽一網打盡。元修扮作虎賁軍入城，坐騎精良，出城奔馳十餘里也就一刻，暮青委實沒想到梅姑會來得這麼快。

拚殺聲正急，暮青卻陷入了回憶裡，回過神來時，心頭咯登一下——太靜了。

灰衫漢子和柳寡婦正與侍衛們纏鬥，元修和梅姑隔著樹洞對望著，這麼久的時間裡，誰都沒動。

忽然間，林子裡起了風，只是一絲微風，梅姑毫無預兆地從樹後閃出，灰白的髮和袍子在微風裡揚起，地上的樹葉乘風而聚，朝元修捲去，鋪天蓋地，彷彿殘牆。

元修取箭開弓只在眨眼之間，樹葉捲來時，箭已離弦。

箭破樹牆如穿豆腐，輕而易舉地破洞而去，洞後卻猛然飛來一片老樹皮！

那只是一塊樹皮，卻有刀斧之力，與元修內力剛猛的一箭撞上，箭的去勢竟然一停，箭身從中爆裂，像兩支長針般向左右射去。

一個侍衛正與灰衫漢子廝殺，噗的一聲，半支長箭從他腹前穿出，帶著血扎進了山石中！

侍衛悶聲跪倒，大環刀的鐵環聲在頭頂嘩啦啦一響，一顆人頭滾遠，灰衫漢子踏住屍身躍起，揮刀與餘下的侍衛廝殺在了一起。

樹葉散落，梅姑又不見了蹤跡。

元修不疾不徐，搭箭開弓，十餘箭後，樹木倒伏，風蕩塵揚，百步之內，無一完木。

梅姑蹲在一棵老樹樁上，把玩著一綹枯髮，笑道：「了不起！年紀輕輕就有此內力，後生可畏。你要是活到我這把年紀，功力定比我深，可惜……看你的氣色，似有心疾，怕是活不到我這般年歲。今夜你大動功力，少說折壽三載。」

元修挽弓而立，靜默不語。

梅姑問：「小子，你是何人？為何要劫我家少主人？難得婆婆惜才，你把人放了，我放你活命。」

元修抬了抬眉峰，眼底顯出一絲譏嘲，自報家門：「晚輩元修。」

「……元？」梅姑一聽，目光頓時冷厲了起來，猛地從樹樁上躍起，張開五指就朝元修心口抓去。「元家小子，償命來！」

元修棄弓擲箭，退至暮青身邊，說道：「借神兵一用！」

話音未落，暮青袖甲一鬆，寒蠶冰絲落入元修手中，他初馭神兵，卻像個老手，腕力一放即運絲而出！

月已西沉，星光照不出神兵所在，梅姑僅憑感知殺氣騰挪掠躍，數息之後，她移入混戰的人群中，一手抓住一個侍衛就朝元修扔了過去。

元修收兵，一腳將長弓踢向侍衛。侍衛吐血飛退，撞上後面之人，兩人同弓墜下，樹葉撲起，血沫子揚在空中，一片樹葉忽然裂成了兩半。

漫天樹葉當中，這片樹葉裂得無聲無息，梅姑耳廓一動，雙目猛張，飛指疾彈，一縷真氣射向灰衫漢子！

灰衫漢子正與侍衛殺得你死我活，冷不防遭真氣捅住腰窩，身子一斜，神兵穿過他的腋下，一條手臂凌空飛起，在山林上空劃出一道血弧，手裡還握著一柄大環刀。

「昆哥！」柳寡婦忙飛身接人。

元修帶起暮青縱身而去。「撤！」

梅姑縱身要追，忽然仰身，幾綹灰髮飄散，她落地前一個彈指，兩名侍衛被震碎後心，吐血墜下，其餘人上了官道，戰馬嘶鳴幾聲，幾息的工夫就去得遠了。

梅姑罵道：「元家小輩奸猾！」

和她交手，元家小子一直沒離開少主人身邊，她怕波及少主人，出手頗有顧忌，只能扔出侍衛，想迫使元家小子收兵。不料他作勢收兵，藉踢弓之舉將神兵藏於弓下，朝趙昆去了。

聽著遠去的馬蹄聲，梅姑怒從心頭起，罵道：「南興帝昏聵！少主人身無內力，使不出神兵一二分力來，給她神兵做什麼！」

說話間，見柳寡婦為趙昆點穴止血不住，梅姑罵了聲麻煩，點住趙昆，不知往他嘴裡塞了什麼東西，說道：「待會兒我去追少主人，你們聯絡那些老人，讓他們跟著記號來。」

柳寡婦應下，抬頭往鎮子方向望去，那邊蹄聲隆隆，有人正往這邊趕來。片刻後，一隊騎兵往元修撤走的方向馳去，另一隊人馬往林子裡來了。

月殺進了林子，環顧了一眼情形後，對梅姑道：「見過前輩，末將——」

「我認得你。」梅姑怒氣未消。「你就是那個教了少主人三年，還沒教她把神兵運用自如的笨蛋侍衛。」

月殺：「……」

梅姑把手一伸。「笨蛋小子，把你的神兵交出來。」

柳寡婦一愣，這才明白為何梅姑不立刻去追，原來是在等神兵。

月殺絲毫未作遲疑，解下袖甲交給梅姑後，將神甲也一併脫給了她。

元修內力剛猛，月殺硬生生接下一箭，斷了一臂，受了內傷，也不知是怎麼策馬追來的。

梅姑臉色稍霽，憑指力在樹上畫了個記號，說道：「我這就去追少主人，沿途會留下記號，把你們能聯絡到的人都找來。記住，只找你們的人，不要相信大圖的兵馬，不要擅自行動，誰添亂，我殺誰！」

說罷，梅姑提著神兵神甲，灰雁般縱身而去。

一個侍衛問：「頭兒，真不知會大圖？」

月殺盤膝坐下，冷冷地道：「主子被劫，虎賁軍自會稟知朝中，大圖兵馬必動。這種關頭，水越渾越好，傳信我們的人，依令行事。」

「是！」

此刻，天剛四更。

洛都已經忙碌了起來，大軍整裝，儀仗列隊，等待天明。

天一亮，英睿皇后和南圖使節團就要回國。

天一亮，北燕使節團也將離開洛都，前往英州港登船。

鎮國郡主府外，一輛華車駛向皇宮，去拜別太后和皇兄。

延福宮正殿，重重宮牆在夜色中恍若遠山，巫瑾立在大殿門口，姬瑤身穿嫁衣從後殿走來，鳳冠霞帔，竟是皇后嫁服。

「準備好了？」巫瑾望著宮牆問。

姬瑤沉默地望著那道囚了她三年的宮牆，宮燈照著她的側臉，精心描畫的眉眼像極了暮青。

巫瑾看著妹妹的容顏，看了許久才道：「很像，但妳不可能騙得了他。」

「那又如何？那些西洋珍藥能到手就行。」姬瑤道。

巫瑾看著妹妹，似乎想從她的神情中尋出一絲畏懼抑或怨恨，直到箭在弦上的這一刻，他依然不夠信任她。

巫瑾沒吭聲。

姬瑤譏諷道：「怎麼？這世上難道只有兄長是娘親的孩兒？」

「或許我真不是吧……娘的心裡只有兄長，而我……」姬瑤看著宮牆，想起了鄂族的山，那是她兒時的記憶。「娘雖有止戰之功，可她二嫁有違族法。我自曉事起就覺得那些人看我的眼光不一樣，他們當面稱我殿下，背地裡卻多有輕視之言。我立志要繼聖女之位，可娘痛恨神族，一心要廢神權……我起初以為，神族為止戰而犧牲她，她備受屈辱，故而有恨，換作是我，我也會恨。可後來我才明白，她愛上了南圖天子，那顆要廢除神權的心裡，裝的是對神族的恨、對南圖天子的情和對愛子的期許。」

姬瑤看向巫瑾，宮燈將那像極了暮青的眉眼照得有些幽紅。「娘為兄長籌謀，二十年如一日，盼你回國即位，復大圖國業，成萬世之名，而我呢？我也是她的孩兒，她卻從沒問過我想要什麼，從不理會我志在何處。同是脫胎於她，何以厚此薄彼？我難道不該恨嗎？」

姬瑤望著庭中，極力壓抑著情緒。「可就算我恨她，就算她殺了我爹，看到她瘋了的那一刻，我還是……」

她哽咽失聲，緩緩地蹲到地上，埋首哭出了聲：「她畢竟是我娘……我也希望自己有孤入敵營之勇，有為族止戰之謀，有與男兒爭權之力……我也希望生而有為，死而留芳，希望不負此生，就像娘一樣……」

所有的怨恨，源頭不過是憧憬。

巫瑾看著妹妹，她早已到了出嫁的年紀，穿的卻不是長公主嫁服，沒有駙馬來迎，等待她的只有一駕車馬，一趟有去無回的凶險之旅。他回國前從未見過她，相見時已是你死我活，他常想，娘若能早生妹妹幾年，興許他能略盡兄長之責，不至於叫她年幼時惶然無助，他們也不至於像今日這般，日日相見，卻難交心。

「其實，娘是在意妹妹的。」巫瑾坐在殿階上，坐在妹妹身旁，兒時沒機會盡的責任，在將要分離的這一天，終於有了機會。「正因為她深受神權之害，才不願妳繼任聖女，她不希望女兒步自己的後塵。妳是大圖的長公主，上有娘親和兄長，不必蹈入政爭，亦不會受人欺辱。」

「可這不是我想要的！」姬瑤睜著一雙哭花了妝的眼睛瞪著巫瑾。「難道因為我是女子，就必須相夫教子，不能有志嗎？娘從來沒問過我想要什麼日子！」

「是，娘沒問過妳，即便問過，她大抵還是會為妳安排公主的人生。」巫瑾笑了笑，仰頭望著星河，神情嚮往。「我隨娘回到鄂族後，娘最常說起的便是洛都的繁華，洛都的民風、四時、節慶、繁花……她那時被軟禁著，其實並未逛過幾回街市，可那是她人生中最好的年華，有她最美的記憶。她想把女兒家最好最美的日子給妳，就像她想把男兒至高至偉的功業給我。」

「……真的嗎？」姬瑤呆住，臉上掛著兩行胭脂淚。

「真的。」巫瑾溫和地笑答。天上無月，他坐在妹妹身旁，雪袖隨風輕擺，彷彿上蒼賜予人間的一抹白月光。

「可是我回不來了，再也看不到洛都了。」淚從姬瑤眼中湧出，直到這一刻，她才終於露出了害怕的神色。

「妳能回來。」巫瑾道。

這話無異於安慰，但姬瑤看起來並無反悔之意，只是問：「兄長不會讓我白死的，是嗎？我去之後，我們定能得到想要的，是嗎？」

「妳不會死。」巫瑾看著妹妹那張哭花的臉，忽然喚道：「來人！」

話音落下，數名暗衛現身聽旨。

「你們跟著長公主，一旦有險，不惜代價，務必護長公主周全。」巫瑾說罷，又對姬瑤道：「一旦東西到手，為兄會立刻命大軍將妹妹追回，不惜兩國開戰，妹妹放心。」

姬瑤眸中生出希冀之光，卻一生即滅。「車轎四周把守重重，一旦事敗，對方不會對我有絲毫憐惜，何必白送幾條命？我一人之死足矣，娘親日後就拜託哥哥了。」

這是她第一次喚他哥哥，說罷，她便起身平靜地道：「時辰將至，我去補妝。」

「妹妹。」巫瑾忽然喚住姬瑤，姬瑤一回首就慌忙轉開了目光。

巫瑾解開衣帶，寬去龍袍，將神甲脫下，朝姬瑤走了過去。

姬瑤垂首避視，身僵如石，直到神甲披在了她身上。

「一旦有險，旁事勿理，保命為上，可記下了？」巫瑾邊說邊整了整神甲，最後囑咐：「萬一事敗，無需顧及所需之物，拿不到也不值得用命去換，人在……比什麼都好。」

姬瑤抬頭，淚水奪眶而出的一瞬，她的眼底湧起掙扎和遲疑的情緒，似幻似真，一綻即滅。

「大哥。」她道：「對不住……」

這一聲極輕，輕得像極了拂過大殿飛簷的風，被清脆的風鈴聲所遮。

巫瑾微怔之時，姬瑤一頭撲進了他的懷裡。

噗！

殿。

匕首埋入胸口，驚了侍衛。侍衛們疾電般掠來，姬瑤拽住巫瑾便退進了內

宦值們驚叫著散開，匕首埋在巫瑾胸口，姬瑤每每移步，他都承受著剜心之痛，但他仍然強留著一分神智，手往胸口一摸，摸了一掌的心頭血，以血催蠱，剛要發動，姬瑤將那匕首狠狠一拔！

血噗的冒出，巫瑾踉蹌一步，口吐鮮血。

這時，一道紅影掠來，直逼姬瑤後心。姬瑤提住巫瑾擋在身前，那紅影猛地收掌，生生將自己逼退了數步。

「瑾兒！」景離痛呼，目光似燒得赤紅的利劍般刺向姬瑤。

姬瑤譏笑道：「妳不喚他七郎了？」

宦值們退出內殿，侍衛們把守住了門窗，御林衛已趕來護駕。姬瑤滿不在乎，眼中只有復仇的快意。「妳可知道，這些年來，每當聽妳喚他七郎，我就想起誰嗎？我想起我爹！」

景離怒斥：「殺妳爹的人是我！妳替父報仇，手刃為娘即可，何故弒兄！」

「為了讓妳也嘗嘗痛失至親的滋味！」姬瑤大笑，描畫精緻的妝容湮開，臉上像掛著血淚，猙獰狠厲。「妳知道我等今夜之機等了多久嗎？妳和爹都說我不懂隱忍，這回如何？這一回，這場戲，我演了三年，可還入眼？現在，娘覺得

我是那用刀之人嗎？這把刀用在妳兒子身上，妳可痛？」
這一問，帶著內力，厲聲繞梁，似針穿耳。
厲聲未絕，姬瑤忽然將巫瑾推向娘親，掌風一震，殿窗猛然敞開！
姬瑤飛身躍起時，巫瑾衣袖一震！
窗外布滿了弓衛，箭矢如蝗，姬瑤揮舞神甲一擋，踏上窗臺之際，忽覺殺氣襲來。窗外是刀林箭雨，她顧不得回頭，只能揮動匕首一斬！
一記盲斬，斬了個空，姬瑤手背傳來奇痛，她心知中了蠱王之毒，發狠之下一腳踢向侍衛的手腕，接住其脫手的長刀，揮刀一斬！
啪答一聲，一隻黑紫的斷手落在地上，姬瑤以神甲為盾，殺出重圍，灑著血往北去了。
北邊是冷宮的方向，圈禁著一個人——廢帝巫旻。
「瑾兒！」景離在殿內封住巫瑾的穴道，撕開他的衣襟，將止血聖藥當漿糊往那血窟窿裡填。
巫瑾動了動蒼白的脣，景離俯身聽了會兒，含淚看向了侍衛長。
侍衛長忙俯身聽旨，聽了許久，叩頭道：「微臣領旨！」
說罷，他恭恭敬敬地取下龍珮，出了延福宮。
「娘……」巫瑾又動了動脣，聲音弱不可聞。

景離俯身細聽，片刻之後，淚水湧出，她直起身來，看向了殿外的侍衛們。這一眼，帶著滄桑與決絕。她忽然抬袖一拂，侍衛們被袖風掃下殿階，哐的一聲，殿門關上，風颳倒了銅燈，火燭燒著了華帳。

「陛下！太后！」火光照亮了宮侍們驚恐的面容，哭號聲像瘟疫般傳開。殿內卻傳出了悠揚的歌聲：「芳草亭，芙蓉波，魚兒游游到河坡。小船兒，嫩童兒，槳兒悠悠蕩水波。阿婆呼，阿娘呼，童兒童兒靠岸唷。晚霞照，炊煙升，童兒童兒歸家唷……」

這一曲民間小調，唱的是孩童撐船戲魚，阿婆、阿娘喚其歸家的和樂之景，此時此刻在熊熊的火光和哭聲中唱起，像極了不祥之兆。

大火封了殿門，景離哼著小調兒，那是愛子幼時，她哄他入睡的歌，是他遠赴盛京那天，她為他唱的歌。

「娘錯了，娘害了你……」曲調轉悲，歌聲不知何時變成了哭聲。

「娘……」巫瑾瞥了眼圍楊。

景離看著愛子，火光將他的眉宇照得明潤如雪，他是上蒼送來世間的萬千嬰靈中至純至淨的一個，歷經屈辱磨難，內心卻始終保有著淨地。

景離含淚而笑，她知道愛子欲為何事，卻並不阻止他。她將他抱起，走向圍楊，呢喃道：「不管你想去哪兒，娘都帶你去，咱們母子再也不分開了……」

延福宮內殿的圍榻是太后召見皇后、公主時的坐榻，皇子、妃嬪請安只能在外殿。但即便是居於此殿的歷代太后，知道榻腳機關的也是極少數。

榻腳以珍珠鋪飾，景離將巫瑾放到榻上，扶著他坐穩。

巫瑾憑著感知踏上一顆不起眼的小珠，用盡餘力決絕地碾了下去，珠碎榻陷，歌聲復起，掩蓋了一聲驚天的玉碎之音。

南興嘉康六年九月初八，四更末。

大圖帝於洛都宮中遇刺，延福宮失火。

大圖傳國玉璽——碎！

# 第十章

# 再見元修

暮青醒來時在船上，她躺在床上，還穿著那身白衣，但神甲、袖甲、面具和解剖刀皆不在身邊。

船艙不大，漆色剝落，桌凳陳舊，空氣裡充斥著一股鹹腥味，艙外有吆喝聲。

一番環視，暮青已心中有數——她在江上，船是鹽船。

大圖烏江水系通達，堪比南興汴江，江水流經五州，匯通入海。元修要回北燕，必至英州港登船，烏江水流入英州後，在周山島以東入海。

欲往周山島，需在余女鎮登岸換海船，此行的目的地應在余女鎮，只是不知此時到哪兒了。

暮青下了床，門鎖著，窗倒是一推即開。正值傍晚，鹽船在交接貨物，役夫們光著膀子喊著號子，有些烏篷船圍在四周，船家挑著茶食正往船上送，畫舫也靠了過來，姑娘們揮著帕子招攬恩客，晚風裡夾雜著飯菜香和脂粉香，熱鬧景象讓暮青有些恍神。

窗外站著侍衛，一人回頭看了暮青一眼，而後就走了。

過了片刻，侍衛端著飯菜進來，擺了兩副碗筷。

少頃，元修提著罈酒進了屋。「醒了？」

他穿著身鹽運校尉的將袍，窄衫革帶，背襯著江水雲霞，身形在低矮的船艙內顯得格外傲氣英武。

暮青立在窗邊，兩道英眉緊緊地攏著，似要出鞘的刀。

這神情竟把元修看樂了，他望向窗外，雲霞漫天，染了一江之水，也染了男子的眉宇。有那麼一剎，那眉宇叫人想起黃沙漫天的西北，想起那爽朗忠純的戍邊兒郎。

元修兀自坐了下來，拔去罈塞，就著罈子灌了幾口酒，見暮青還站著，不由惱道：「不說話也不吃飯？睡了三天了，不餓？」

暮青並無絕食的打算，不肯入座就是在等這句話。

三天……

算算石溝子鎮到烏江的路程和行船速度，這時候應該快出欽州了。出了欽州，過了芳州，便是英州。走水路快，至多半個月，船就能到英州。

只有半個月……

暮青轉著念頭，不動聲色地坐下，執筷吃飯。

船上的菜皆是時鮮，清蒸江蟹、白灼青蝦、魚子羹、烏米飯，佐以幾樣茶食。暮青胃口不錯，吃了碗飯，喝了碗羹，江蟹、青蝦一樣不落，連不怎麼愛吃的蜜餞都嘗了幾塊。

元修一筷未動，只是看著暮青吃飯，偶爾仰頭喝酒。

晚霞沉江，月上南樓，江風也吹不散船艙裡的酒氣。暮青皺了皺眉，瞥了眼元修的心口，有話要說，卻終是嚥下了。

元修獨自飲著酒，曾經說過要與誰一醉方休，卻因種種事由未能如願。今夜那人恰在，而他有酒，卻始終沒有邀她共飲。

兩人對坐無言，暮青擱筷之後，元修仰頭飲盡了罈中之酒。

「天色已晚，歇著吧。」元修提著空罈子起身，走到門口時住步說道：「知道妳水性好，但侍衛都是在海裡練出來的好手。阿青，我謀今日多年，不會放手，也不會失手。」

元修走了，侍衛將碗筷收拾了出去，捧來一套衣裙，又搬了浴桶進來，而後將門窗關上了。

喀答一聲，房門落了鎖，船上再沒了動靜。

暮青默坐半晌，把燈燭一吹，和衣入了水。

水溫溫熱，卻難解乏，她一閉眼，眼裡就是石溝子鎮上的血火風沙。

不知月殺傷勢如何，事情傳入兩國朝中會引發怎樣的動盪……

兄長和阿歡千萬別來救她，不出所料，鎮上必有殺機。

消息一旦傳入洛都，北燕使船必遭扣押，元修不會去英州港自投羅網，他會從余女鎮登岸，到周山島換海船回北燕。

元修能想到的事，阿歡也能想到。她擔心這路線是元修早就安排好的，不然從他喬裝虎賁軍劫人到喬裝成鹽運校尉下江，一路上不會如此順利。

那麼，元修籌謀多年，一朝冒險，謀的真的只是她？他稱帝多年，心性早非當年，此行另有遠大圖謀才符合那個鐵血北燕帝的手腕。她懷疑余女鎮上已混入北燕刺客，而她既是元修的目標，也是他的誘餌，他很可能想以她為餌誘使阿歡前來。

這不算惡意揣測，而是基於元修北燕帝的身分，和近年來兩國博弈的事實做出的合理推測。

江上燈月交輝，笙歌悠悠，暮青在黑暗中坐了會兒，在水中寬去衣袍，俐落地洗去了身上的血腥氣。衣裙搭在浴桶邊上，她懶得看樣式，在水裡把束胸帶一解，摸來肚兜就套在了身上。

她並不知，這間艙室簡陋，中間安了塊隔板，把一間底艙分成了兩間，隔壁未點燈燭，但是有人。

元修躺在床板上，以臂為枕，望著那塊隔板。

隔板甚薄，幾條板縫兒拼出了一幅佳人出水圖。

燭火雖熄，但江上的月色燈火仍將屋裡蒙上了一層朦朧的胭脂色。女子面朝西窗立在水中，青絲如緞，玉骨冰肌，宛若嵯峨神山之女，初入人間，月下出水。她穿起肚兜，將青絲一撩，水氣激蕩，如煙潑散，秀頸纖腰乍現之際，萬千青絲如墨潑去，凌厲與嬌柔交織成世間最驚心動魄的風景，刺入眼簾，便烙在了心頭。

元修枕臂臥在榻上，目光深邃如淵，黑暗之中的身形如一道橫臥於海上的孤山。

這時，暮青踩住坐凳，水氣蕩開，春光將露的剎那，忽聞一聲低啞的咳音。

元修咳了一聲，閉著眼翻了個身，床板吱呀一響。

暮青尋聲望去，心頭生怒，將裙子往腰上一繫就邁了出去。

怪她疏忽了，醒來時只顧著尋思身在何處，竟沒留意隔板。

暮青退到角落穿衣，窸窸窣窣的聲音傳到隔壁，偶爾可聞裙帶掃動的風聲，不必眼觀，都能猜到穿衣之人此刻的怒意。

元修笑了笑，他幾乎想像得到她拿羅裙撒氣的模樣和惱怒的神態。惱他也好，恨他也罷，總歸是因他而生的情緒，好過不言不語，形同陌路。

片刻後，兩間艙室裡都靜了下來。

元修知道暮青還在原地，沉默了許久，終於忍不住問她：「阿青，這些年……妳過得可好？」

隔壁沒有答音，他也不期待回答，只是想找個說話的人。「這些年，每當想起西北，總覺得是幾輩子前的事了。每聞妳執政之事，我都在想，妳志在平冤，我志在戍邊，怎麼就都走到這一步了？」

他面壁而臥，屋裡無光，面前只有灰暗的牆壁，就像尋不見出口的人生。

「這些年，妳可曾悔過？」他問，以為以她的倔脾氣，會以沉默對抗到底，卻沒想到她開了口。

「無悔。」暮青赤足而立，語氣平靜。

經年不見，料到她會見面傷人，果不其然。

元修嘲諷道：「他給妳吃什麼迷魂藥了？」

「那我給你吃什麼迷魂藥了？」暮青反問。

「嘶！」元修被這話氣得心肝兒肺都疼，翻身坐起，對著隔板那邊道：「多年不見，妳說話還是這麼氣人！」

「多年不見，你執念還是這麼重。」那邊人的語氣淡淡的，記憶中的清冷嗓音，聽起來似乎不惱了。隨即，腳步聲傳來，牆縫兒裡拼出一道倩影，人繞到浴桶後，彎腰在水裡撈起了東西。

她此前和衣入水，貼身衣裳都在水裡，依她的性子，自然想要自己處置，而不是讓侍衛收走。

她背對著隔板，用身子擋著浴桶，顯然不想讓他看見她的貼身衣物。可這麼一擋，她在江月之輝裡，一襲羅裙如煙勝雲，倒襯出幾分江南女子的清瘦婉柔來，一舉一動都叫人移不開眼。

元修定定地望著那背影。「妳跟了他這麼多年，又是平叛，又是執政，可過過一天妳想過的日子？阿青，妳說我對妳的執念深，妳對他的執念又何嘗不深？」

「我對他沒有執念，且有件事你理解錯了，我從來不是跟著他，我的觀念裡沒有出嫁從夫，只有彼此忠誠，患難與共，不欺不棄，尊重平等。這些年，我雖為他奔波勞苦，他卻也成就了更好的我，這就是我想要的婚姻，彼此守護，彼此成就，互為優質伴侶。」暮青邊說邊在水裡撈著，她並不是在撈衣，而是在身體的遮擋下把一樣東西按進了水裡——一雙靴子。

那是一雙雲頭靴，鞋底比尋常靴子厚，因為靴底與雲頭的夾縫中藏有暗器，是一把梭子刀。

機關在靴子內側，這才是她今夜沐浴的原因——機關一觸，很難不發出聲響，除非在水裡取刀。

暮青將靴子按在水中，摸到暗扣一推，將梭刀抽出，歸入掌下，隨後把袍子撈出鋪在地上，又去撈其他衣物。

元修沉浸在暮青的一番話裡，這些話他從未聽過，她以前就常說些讓人費解的話，現在仍如當年一樣，他不由問：「妳怎知我就給不了妳想要的婚姻？我曾說過，妳若嫁我，我也可以不納妾，我做到了，哪怕妳已嫁作他人。」

「原來你知道我已經嫁人了，我還以為你不知道。」暮青在水裡摸著靴底。

「那妳的大婚之禮呢？」元修忽然下了床，大步朝隔板走了過來。

暮青身子一繃，看起來就像是因為在意這句話。

元修走到隔板前，看著暮青那死不回頭的背影，問：「就憑軍前一句立后之言，憑南渡途中一封倉促的詔書，妳就算與他成婚了？在馬車裡？」

此事是他此生至痛，這些年來，他甚至不能想起。

暮青沉默了一會兒，淡淡地道：「你什麼都不知道。」

鄭當歸已在御醫院中奉職，元修應該得知了當年之事，但他不知夢魘之事，自然不知阿歡與她匆匆成婚的原因。

這是私事，她不想解釋，只是在靴底一刀一刀地劃著。從背影看去，就像是她在拿衣物撒氣，看似不在乎，實則還是在乎。

元修被氣笑了。「妳說得對，妳的事，我一向不知。從我與他訂下君臣之約那日起，妳我就彷彿隔了千山萬水，妳何時與人義結金蘭，何時與人拜堂成親，何時成了鄂族人之後，我都不知。妳我生死之交，妳的事，我卻總是最後一個知道。有時我也懷疑，對於妳，我究竟知道什麼？」

「你知道那條密道！」暮青忽然撂下靴子，轉身面對元修，眸中的火彷彿能將人燒成灰。「正因為你我是生死之交，我才帶你走那條密道！而你幹了什麼？我與誰義結金蘭，與誰拜堂成親，是誰的後人，都是私事。我不說，不代表疏遠你，而是我需要隱私，需要尊重！那條密道是阿歡的，我沒有權利說，但我說了，因為你我是生死之交！結果呢？無數義士葬身密道，無名、無碑，我的友人重傷被俘，遭囚數年！元修，那些人不是葬在你手上的，是葬在我手上的！你知道嗎？」

暮青一拳砸在隔板上，塵屑橫飛，光影破碎，她忽然轉身，從浴桶中把所有的衣物都撈了出來，團成一團，抱到外袍上，將袍子打上個死結，一把推開窗子，奮力將包袱砸進了江中！

撲通一聲，聲音被畫舫裡的歌舞聲掩蓋，連水花都被船影所覆。

侍衛們未聞旨意不敢挪動，船艙內一片死寂，元修始終沒有諭示，包袱漸漸地沉入了江中。

過了許久，元修出了屋。少頃，侍衛進屋將浴桶抬了出去，點上了燈燭。

元修進屋時，暮青面窗而立，青絲未束，雲袖霞裾乘風而起，江上彷彿生了薄霧，人宛若立在水中央。

元修不由失了神，說來諷刺，相識多年，這竟是他頭一回見她換下將袍。

他走到桌前坐下，沉默了許久，冷不防地問：「妳說我外公之死有疑，此話可有依據？」

這話問得突然，彷彿剛才的爭執沒有發生。

暮青回頭，那天在洛都，她總覺得有人在盯著她，莫非元修就藏在北燕使節團中？

但轉念一想，人都見到了，究問這些又有何用？於是她道：「我猜的。華老將軍活著對阿歡更為有利，他沒有理由殺人。」

當時她在堤下縫屍，沒看到事發經過，也許阿歡知道，但當時渡江在即，容不得多問，後來阿歡親政，日理萬機，這事就被她忘到了腦後。

元修道：「那也有可能是死於流箭，為何妳會覺得不是？」

暮青道：「只是覺得可疑，我當時在江邊，分明聽見殺聲停了，說明禁軍已敗，那麼流箭是從何而來？」

「妳是說，我外公並非死於兩軍交戰之時？」元修的聲音異常平靜，夜風吹進窗來，江上彷彿大浪將起。

這話有意思，暮青知道，當年一戰，活著回去的只有沈明啟。元修會這麼問，一定是沈明啟如此回稟的。

他為何要說謊？

暮青琢磨著，心裡咯登一下，問：「你見到遺體時，傷在何處？」

元修道：「胸口。」

「胸前中箭還是後心中箭？」

「一箭穿胸，我見到遺體時，遺體雖在冰棺內，但兩個月的長途顛簸，傷口壞爛，只能看出是一箭穿胸。」

「拿紙來！」暮青對窗外道。

侍衛忙將文房四寶端了進來，暮青拿了張紙遞給元修，說道：「拿好，展平！」

元修恍了恍神，這景象真像是當年陪她一起辦案的時候，他把紙接過來展平，暮青以指為箭，紙張應聲破出個洞。

「如果你願意開棺，可以親自驗驗骨，看箭是從胸前刺入，還是從後心刺入。如你所見，我將紙刺穿，破開面的洞口要比刺入面的大。人骨雖比紙硬得多，但弩箭之威也比我的指力大得多，且有武者的內力加持，華老將軍胸骨上的傷口一定比尋常箭傷重得多。你仔細驗看，定有收穫。」至於為何要查明箭是從胸前還是後心射入的，暮青沒說，元修一定明白。

人若死於兩軍對戰時，箭應該從胸口射入。但若是從後心射入的，則說明人死於禁軍戰敗後，因為禁軍一敗，侍衛們就將華老將軍押下江堤登船，那時所有人都背對戰場，後心中箭即說明沈明啟撒了謊，他有很大的嫌疑。
若這事真是沈明啟所為，元修多年來用的這把刀，可一直都是他的仇人。
但若真是這樣，老熊親兵的仇便能報了！
暮青撤回手指，再沒別的話可說了。
「多謝。」元修將紙疊起收進衣袍裡，放在了心口處。
「不用謝，我有條件。」暮青道。
元修一怔，那紙彷彿在心口焚起把火來，痛不能言。他笑了笑，艱難地道：「好！妳說！」
「放了姚蕙青，把人安全地護送過江。」
「好。」元修一口答應，卻不知這條件是暮青臨時起意，還是剛剛提起當年之事時就已有此盤算。若是從前，他絕不會疑她，可闊別六載，她成長了太多。她為南興賑災和大圖長治提出的兩項策論，他至今還記得聽見奏報時有多驚豔。
她已不再是當年那個西北軍小將，今夜與她面對著面，他能夠感覺得到她的分量，那種與他比肩的分量。
「還有。」暮青絲毫不懂得適可而止。
「說！」元修依舊乾脆。

「把老熊的家眷和族人也一併送過江來。」這事在暮青心裡懸了多年，有機會談判，她不會放過。

元修聞言鎖著眉問：「在妳心裡，我會因為他跟了妳，而苛待他的族親？」

「你如果真念舊情，就該讓他和族親團聚。你知道你帶出來的兵有多重情義，我怕他久念成疾。」

「……好！」元修答應了，又問：「要把老盧的家眷也送過江嗎？」

「不用。他覺得愧對你，渡江後便閉門不出。我離京前，託他去古水縣幫我照看宅院，他答應了，我想他不會希望家眷過江，他會希望他們生在西北，死在西北。」暮青回到窗邊，江風卻捎不走心頭的愁緒。

元修知道暮青的愁，唯有此事，他與她的心是連著的。老盧跟隨他的時日最長，他的性子他瞭解，莫說下旨准他回西北，就是他親自來請，老盧都不會回去，他過不了的是自己心裡的那道坎兒。

人人心裡都橫著一道坎兒，他自己也一樣。

元修出屋吩咐侍衛傳信回京，回來後見暮青仍在窗邊，便走過去與她並肩望著江景，說道：「阿青，這世間有些事是難求圓滿的，如同我求不得忠孝兩全一樣。密道一事是我負了妳，但若叫我再選一次，我還是會這麼做，他殺了我姑母。」

「不，你姑母是自絕而亡的。」暮青望著江上，覺出元修的目光有一剎那的寒厲，但她還是說道：「當時密室之門已落，你姑母本想困住阿歡，不料機關被破。門升起時，你恰巧趕到，你姑母便持匕首自絕而亡。」

元敏為何挑那時機自絕，元修該比任何人都清楚。

屋裡陷入了死寂，畫舫上的笙簫聲忽然有些淒厲，元修扶住窗臺，手指蒼白，如同蒙著層霜。

江月之輝如夢如幻，剎那間將他送回當年永壽宮外大雪紛飛的那一夜。

『你可記得當初走時，姑母說的話？』

『姑母說，朝局詭祕，容不下坦蕩男兒。此去戍邊，望歸來時，心如戰刀！』

『心如戰刀，如今你的心可磨成了刀？姑母瞧著你心裡的刀還未沾過血，刀鋒不利。』

『我就是要逼你！成大事者，善知取捨，帝王之家，情義是不需要的，我們這樣的人家也不需要！』

『你只有棄了那些情義，才能心如鐵石，才能在這世道裡披荊斬棘！』

姑母……

「元修。」暮青的話音將元修的思緒喚了回來，看見他那雙滿是老繭的手，她就忍不住想起西北、想起大漠、想起她敬佩過的大將軍，痛那精忠坦蕩的兒郎再也回不來了。她放下恩怨，推心置腹地問：「當年，君臣之約裡沒有你姑母和你爹。殺母之仇不共戴天，阿歡親政後必報母仇。你可有想過，那時你該怎麼辦？」

元修不說話，他想過對策，但沒有。交還帥印，求姑母活命嗎？可失了帥印，元家將毫無自保的籌碼，拿什麼保證皇帝能信守諾言？以西北兵權逼皇帝大赦嗎？那便是逆臣，有違忠良之道。

「你想過，但沒有兩全之策，所以你們成為敵人是遲早的事。」

「那我是該謀朝篡位，還是該大義滅親？阿青，換作是妳，妳會如何抉擇？」

「我抉擇不了，但無論如何抉擇，我都會在其位、謀其政。」暮青看著元修，這才是她最痛心的。「換作是我，我當年絕不會一兵不用。你那時手握帥印，卻眼睜睜地看著呼延昊建遼稱帝。你能告訴我，當年是怎麼了嗎？」

元修聞言垂下眼簾，沒有回答。

暮青道：「你不說，我替你說，因為你那時已決定要與阿歡一爭高下，所以你不想耗費兵力。你手掌帥印，心卻已不在保家衛國上了。」

元修譏誚地道：「保家衛國……我是能保得住元家，還是生來就該替步家戍守江山？我戍邊十年，建功無數，上不負天恩，下不負己志，自認為對得起家國百姓！可我精忠報國，得到的是至親相逼，天子奪愛！我戍守邊疆，他奪我所愛，我為何不能與他一爭高下？我元修究竟哪兒比他差？」

暮青道：「你不比他差，你只是從未嘗過挫折的滋味。」

元修揚了揚眉，彷彿不解此意。

暮青道：「我的話有錯嗎？我敬佩你精忠報國之志，也承認你的赫赫功績，可你若非生在元家，當年離家從軍，軍營豈是你說進就能進的？你的戰功靠的的確是真本事，但以當時的政爭局勢而言，你若不是元修，邊關帥印豈容你掌？」

「西北戍邊，艱險苦累你甘願，渴飲胡血你快意，你雖與家中政見不合，但當時廢帝之機尚不成熟，家中逼你不緊，到底是由著你過了十年想過的日子。直至兩國議和，你班師回朝，生父利用，傷了你的驕傲；姑母逼迫，使你苦悶煎熬；情場失意，令你心有不甘；兄長暗害，叫你心痛欲絕。你人生中沒受過的挫折在那段日子裡全嘗了，挫折蝕了你的心，使你漸漸改變了報國安邦之志罷了。」

「元修，這世間沒人能選擇出身，你陷於兩難的境地，怎麼抉擇都在情理之中。我的選擇，你的選擇，都不過是各有緣由罷了，哪怕你我為敵，我也不會怪你。讓我失望的是，你身為一軍主帥的不作為和身為朋友的背叛，就算你能把我帶回盛京，你我也回不到從前了。」

一番話說罷，暮青再無話可說，她轉身欲去，手腕卻忽然被人握住！

暮青回頭，冷厲的目光撞上元修熾烈的眼神，那眼神太複雜，似混沌中墜來的鐵石，焚著烈火，勢欲吞人。暮青捏緊梭刀，眸中怒意一綻，彷彿滿江燈火齊放，懾人心魄的絢爛。

元修發力將暮青扯向自己，兩人撞向窗臺。兩名侍衛挪近兩步，將窗子擋了個嚴實。

艙室裡暗了下來，江上的燈火從侍衛間的縫隙裡透了進來，一縷一縷，流漫陸離。元修擁著暮青，當年馬背上教騎，地宮中拔箭，中軍帳中負氣爭吵的景象如走馬燈般在他腦海中交替著，如夢似幻，刻骨銘心。

「阿青。」元修嗓音沙啞，帶著壓抑的悲痛。「當年的人，死的死，走的走，我不想回到從前，不想回到失去所有的那一天。那天，連妳都走了……」

暮青說不出話，她將梭刀捏在掌中，正提防著，忽聞江上傳來了騷亂聲。

「禁令！江上宵禁，畫舫休歌，民船靠岸，官船受檢，憑文通行！即日起，聚賭喧鬧者杖，夜聚曉散者斬！」

元修放開暮青，出了房門，侍衛疾步而來，呈上了一封密奏。

元修展開一看，愣了一愣，隨即進屋將密奏遞給了暮青。

暮青接過來一看，紙上只有三兩行字：

奏：九月初八，四更時分，延福宮失火，大圖帝及太后駕崩。

---

這一夜註定漫長。

畫舫和民船聞令往岸邊靠攏，水面下有什麼東西動了動。

鹽運船隊上游綴著一艘烏篷小船，江面下冒出顆頭顱，鶴髮覆面，貌若水鬼。那人躍入船上，撐船的駝背老翁回頭看了一眼。

梅姑鑽進篷子後繞動手腕，江面上有一縷寒光晃了晃，一只包袱滑入了船中。

駝背老翁不由暗啐：世上把神兵當魚鉤使的人，怕是只有這老婆子了。

梅姑打開包袱，見裡頭是女兒家貼身的衣物，上頭壓著雙靴子，靴頭開了道口子。

梅姑嘶了一聲，她知道靴中藏有梭刀，瞧見口子不由將靴子提起來捏了捏，本是想確認梭刀已被取出，不料靴子一入手，靴底的觸感就令她一愣，隨即將靴子翻了過來。

靴底刻著三個字——余女鎮。

另一只靴底也刻著三個字——再動手。

余女鎮再動手？

梅姑望向江心，神色疑惑而茫然。

為何？

這時辰，欽州義水城西，一間破廟裡圍坐著一隊人馬，空地上放著封密信，氣氛陷入了長久的死寂。

呼延查烈盤膝坐在月殺身旁，臉色沉肅。「大圖要亂！那長公主是個野心家，不論她打算挾廢帝以令天下，還是助廢帝重掌朝政，自奪聖女之位，朝堂和神殿都會遭到血洗。」

「不至於太快。」月殺面色蒼白，氣息虛浮。「當年保瑾王登基之人如今都身居要津，憑一個失勢多年的廢帝和一個無權的長公主，還沒能耐立刻血洗朝堂。」

「師父之意是，不理會大圖之亂？」呼延查烈皺了皺眉頭。「我看過那份名單，人著實不少。當年，后黨權傾朝野，其勢力絕非新帝即位三年便可剿清的，那份名單之外定有漏網之魚，且新帝遇刺，朝中忙於處置急情，未必能及時收網，逆黨定會望風而動，大圖必將很快陷入內亂之中，師父真打算置之不理？」

「我們只負責營救主子，大圖的內政不在職責之內。」月殺淡漠地道。

「可她已執四州之政，她說自己只是在其位、謀其政，這話師父信？她若心中無國無民，會立天下無冤之志？師父真信這三年來，她只是為了襄助兄長和夫君，絲毫未存改變鄂族的念頭？國之變革，三年尚短，內亂必將致使新政廢弛、商路無存、民不聊生。她曾說，地方官吏乃國之基石，國家一旦內亂，亂黨必將大肆暗殺新吏，我們只有竭盡力量保護他們，死守州關，才能守護鄂族。師父，從我遇到她的那天起，她就是個把生死置之度外的人，比起個人的生死，她更願意看到我們為國家民族之大義而戰。」呼延查烈改坐為跪，竭力懇求。他是狄部的王子，鄂族人與他毫無瓜葛，但今夜他心中沒有國界之隔、民族之分，因為將他視如己出的那個女子不是如此狹隘之人。

承蒙她教導多年，今夜他不能對大圖的局勢視而不見。

月殺看著呼延查烈，那個桀驁不馴的狄部王子跪在面前，他眼前見到的卻彷彿是數年前的那個夜晚，一個同樣跪著的身影，一句烙入心頭的囑託。

「此去南圖，朕把她的安危交給神甲軍，交給你了。記住，如遇大險，不惜一切代價，帶她回來。」

不惜代價，必無餘力處置內亂。若不處置內亂，則她的心血必將毀於一旦。如何抉擇？

月殺閉上眼，呼延查烈跪著不動，侍衛們一聲不吭，秋風從殘梁破瓦間的縫隙裡吹來，煞喉穿腸，刺骨誅心。

破廟中死寂熬人，唯有密信在地上翻動著，嘩啦啦的響。

猛不丁的，一隻手按住了密信，侍衛們看向月殺。

月殺的手臂吊在胸前，那隻壓住密信的手因連日來馬不停蹄地趕路，掌心已被磨出了血，血染紅了密信，他跪在月光裡，像一個罪徒。

「傳令！傳令神甲軍，留下必要的人馬護衛使節團，其餘人等速往鄂族四州保護新吏，命慶州軍嚴守州關重鎮。傳信梅婆婆，懇請她賜還當年主子所畫的冊子，如四州形勢嚴峻，命我們的人退入天選大陣，等待主子歸來。」

侍衛們沉默著一拜，掠出破廟，寒鴉般遮了月色。

風聲灌來，彷彿捎著當年之言。

朕還能信你嗎？

月殺將密信握入手心，長叩南興。

運鹽船上，月光燭地，人影瘦長。暮青維持著閱信的姿態，人在窗邊，魂卻彷佛已散。

江上傳來喝令聲，命船隊憑文受檢，元修露出不忍之色，但還是封了她的穴道，取回密信，戴上面具，出了船艙。

門一掩上，元修就看了侍衛一眼，侍衛領會其意，轉身走了。

「把船靠過來。」元修打了個手勢，命船隊靠前，方便水師搜查。

朝中出了什麼事，軍中一無所知，奉命辦差的水師將領感覺出了不安的氣氛，生怕鬧出亂子來。在這節骨眼上，素日裡腰肥膽壯、黑白通吃的鹽官竟然極好說話，將領不由鬆了口氣，甚至有些感激。

緊繃的弦一鬆，他就沒注意到船隻靠過來時，將那艘被護衛在中央的官船擠到了最後。

二、三十個水師兵丁躍上鹽船，將水密隔艙、甲板殼板查了個遍，一連查了十餘艘船，皆未發現可疑之處，眼看要查到最後一艘官船，遠處的畫舫上忽然傳來一聲慘叫！

一道黃煙從船頭升起，煙後刀光乍現，一個水兵脖子上血光一冒便墜入了江中。

「亂黨？」小將一驚。

「可需幫忙？」元修問。

小將急忙抱拳說道：「大人公務在身，不敢勞煩，末將這就率人去追！」說罷，他將放行文書遞給元修，便忙去指揮兵馬捉拿亂黨。

這時，畫舫已撞開四周的民船，江面上亂成一團，水師被引走，元修負手望著江上，目光寂寒，波瀾不興。他將放行文書給了侍衛，回到船上，一進艙室就解了暮青的穴道。

但暮青沒動，她維持著閱信的神情姿態，不動也不說話。

元修一驚，見暮青眼底血絲密布，嘴唇紫紅，急忙掠到她身後！風一蕩，燭火滅了，元修卻精準地拍在了暮青的後心上，暮青噴出一口黑血，踉蹌而倒。

「阿青！」元修抱住暮青，將她抱至木板床上，便急忙為她運功調息。

他不該封她穴道的，他知道巫瑾遇刺，她必不好受，卻沒料到她會氣息阻滯，生生將自己悶出口血來，他若晚回來一步，她怕是有性命之險！

元修眉頭深鎖，懊惱自責，卻不敢運力過猛。當年她身中寒毒，回關途中昏迷不醒，都似乎沒有今夜吐這一口血破神傷身。

江上的騷亂聲傳進船艙裡，像魑魅魍魎在窗外遊走，勾人魂魄。

今夜格外漫長，約莫過了個把時辰，元修喚人打水進屋，侍衛進屋時，順道把燈掌上了。

暮青躺在床榻上，氣息如羽，衣裙已被汗浸透。元修坐在床邊，輕輕地撥開她的髮，想起當年在地宮中揭開面具的那一刻，那一眼烙入了心裡，從此午夜夢迴，回回都是那景。那夜至今八年了，他似這般凝望她的睡顏，卻只有兩回。

燭光昏昏，袖影深深，男子眉宇間的光影交織明滅，不辨喜悲。

許久後，他浸溼帕子，為她擦起了汗。

從前，這事在軍中是醫童的，在家中是丫鬟的，他從沒沾過手，今夜才知不易。

她的髮柔軟如緞，撥開它們竟比開弓還難。他提在手裡怕扯疼了她，撥弄開又怕手上的繭子刮著她，才為她擦了擦額面，他的背上就出了一層汗。

她睡著時少了些清冷，添了些嬌弱，他忍不住撫上她的眉。這眉對著他時總是刀子似的，此刻竹葉似的，竟有些可愛。

她睡得很不安穩，眼睫顫著，剪影如羽，嘴角還有一絲血跡。他輕輕拭去那血，血沾在他的指腹上，彷彿是從他的身體裡淌出的，滋味兒鈍痛。她的衣裙已經汗溼，捂著傷身，可船上沒有丫鬟……

遲疑了許久，元修伸手探向暮青腰間，剛想解開裙帶，暮青就皺緊眉頭，呼吸陡然急促了起來。

「阿青？」元修喚了兩聲，見暮青不醒，急忙將她扶起，想要護她心脈。

這時，暮青忽然雙目一睜，抬指就朝元修刺去！

元修仰頭急避，一把將暮青的手腕握入掌中，見到她指間的梭刀，詫異過後，怒似濤生！他猛地將暮青的手腕往牆上一撞，梭刀嗖的釘在了門上。

「妳想殺我？」元修壓著暮青，與她四目相對，她的目光像染血之劍，殺意有多寒厲，他眼中的痛意就有多深沉。

她的本事他知道，所以收走了兵刃，這把梭刀是從何而來？

他不蠢，稍加思量便能猜出，衣內未藏兵刃的話，那就只能藏在靴中。她竟然在他眼皮子底下取了刀，又堂而皇之地把那雙靴子扔進了江裡。

元修縱聲大笑，不知是該為她驕傲，還是該惱她，苦澀湧上心頭，生生在喉口逼出了血腥氣。

「妳真是好本事……」她剛在鬼門關外走了一遭，他不知是怎樣的毅力讓她在如此虛弱之時假裝昏睡、靜待時機乃至暴起殺人，但他知道一件事。「妳以為巫瑾遇刺是我下的手？阿青，妳的理智呢？妳這麼看重兄妹情義，他卻未必如妳一樣看重。」

暮青竭力壓抑著悲痛，見元修將手探入衣襟，取出一物遞到了她面前。

那是一封奏摺，卻不是普通的奏摺，明黃錦面，九龍繡圖——一封國書。

「這是大燕向大圖朝廷遞交的求親國書，妳好好看看！」元修將國書打開，攤在暮青眼前。

暮青無心看那求親之辭，她看向國書之末，那裡蓋著一塊璽印。這璽是她從外祖母的衣冠塚裡捧出來的，三年來，她執政四州，與朝廷文書往來頻繁，璽印的方寸字跡她再熟悉不過。

「妳以為巫瑾沒答應？妳錯了，他答應了。」

元修收回國書，直直地看進暮青眼裡。直到此時，他還在擔心她猝然得知此事會怒火攻心，越是如此，他越是痛難自已。

「我問妳，讓妳提前離京可是他提出的？妳真以為他是為防大燕劫親？他是為了把妳從神甲軍中調離，是他把妳送到我手上的！」

暮青愣住，那神情讓元修的心彷彿被扎了一下，疼得有些氣短，但他仍舊說道：「他捨了妳，選擇救母。兄妹之義，母子之情，到底是親疏有別，妳可懂？」

暮青仍然怔怔地看著元修。

「妳擅察色於微，我的話是真是假，相信妳看得出。」

元修與暮青對視了片刻，才鬆開她，下床走到了窗邊。

「妳想知道是誰刺駕，何不猜猜大圖無主，對誰有利？阿青，妳是鄂族神女，大圖的半個主子，一旦大圖陷入無主的境地，妳割據鄂族輕而易舉，剩下那五州，要取很難嗎？」

「……你想說是南興趁機作亂洛都？」暮青撐著身子坐起，目光鋒銳逼人。

元修回身道：「他設立監察院以來，密探遍布諸國，妳以為巫瑾暗地裡的動作能瞞他多久？還是妳認為大圖朝中對妳就任神官的擔憂毫無道理？利慾薰心，人心易變，妳與他多年未見了，焉知他還是當年的他？」

暮青沒作答，她只是看著元修，眸底的鋒銳漸漸散去，終變成死水般的寂。

此時的元修尚未看懂暮青的神色，也不懂這神情是因誰而生，只是有些不忍，於是說道：「眼下只這一封密奏，我的話只是猜測，過幾日興許會再有消息。」

說罷，他走向門口，取下梭刀便拂袖而去。

一出房門，侍衛就回稟了畫舫那邊的情形，元修看了眼掌心裡的梭刀，船已開動，此時下水必是尋不著那包袱了，於是說道：「命他們聯絡陳鎮，辦一件事。」

侍衛附耳聽罷旨意，匆匆辦差去了。

元修又招來一個侍衛，吩咐他打盆溫水送進屋裡，再送身衣裙過去。

半個時辰後，侍衛將盆子和衣裙端出來時，江上已泛起了魚肚白。

第十一章

# 血戰邊鎮

大圖的內亂比想像中來得快。

九月初八凌晨，天子猝然遇刺，殿前侍衛長手持龍珮出宮傳旨，命龍武衛大將軍萬嵩立即率衛隊護送南興使臣和郡主儀仗回國。

當重臣們趕到延福宮外時，大火已燒紅了天，老臣們情緒激動地向殿前侍衛長詢問天子和太后是否當真遇刺、是否真在殿內、可有別的旨意……得到的卻是令人絕望的答覆。

天子遇刺，危難關頭竟未欽定繼位人，只下了一道於國無用的旨意。

這時，禁軍來報，稱姬瑤挾持廢帝前往天牢，命禁軍釋放藤澤。

景相命景子春拖住姬瑤，隨後一連簽發數道相令，緊急收網，凡名單中在列的官吏、宮侍、商號，無需拘拿，就地處決！

這番處置不可謂不快，但還是慢了一步。

這天恰是暮青回國的日子，百姓天不亮就起來了，只等城門一開，就看熱鬧去。大內的火燒了起來，看到的人不在少數，加之龍武衛忽然棄開儀仗，同神甲軍只帶了使節團和皇后的親隨輕裝出城，古怪的舉動無異於打草驚蛇。

當城防司的人來到一些官吏府邸和商鋪門前時，已經有人望風潛逃了。

宮內，姬瑤命人交出傳國玉璽、鄂族聖物和神官大印，景子春雖是天子近臣，卻不可能知道這些關係重大之物收藏於何處。姬瑤命禁軍撤去弓手，打開宮門，挾持著廢帝退到了永安大道街口。

這條大道切割著官宅和坊市，入了坊市，再過兩條巷子就是永安渠，此渠是洛都的命脈所在，四通八達，交織如網。

景子春明白了姬瑤的意圖，他負手立在禁軍當中，用手勢和眼神示警。不料目光剛轉開，藤澤就拎起廢帝，與姬瑤一起掠向了坊市。

景子春下令放箭，弓箭剛對準兩人的後心，藤澤就將廢帝踹向禁軍，弓手紛紛收箭，待接下廢帝，藤澤和姬瑤已掠過巷子，跳入了永安渠中。

此時正是黎明前最黑暗的一刻，兩國使節團剛剛出城，景子春立刻命令闔城大索。

延福宮的火直到辰時才熄，景相率執宰重臣們入殿，在燒黑了的圍榻上見到了兩具相擁的焦屍。

老臣們跪在冒著白煙的殿內號啕大哭，但國難當頭的形勢卻容不得群臣沉浸在悲痛中。很快，屍體被陳放在偏殿，延福宮來不及清理就上了鎖。

朝廷在運轉，都城尚在掌控中，地方上卻亂了起來。

逃出去的亂黨將消息傳了出去，致使地方官府拿人時撲了個空。一些亂黨在軍中起事，造謠生事，說皇帝愛慕神女，強留不成，兩人反目，致使宮中失火，天子駕崩，神女出逃，南興帝御駕親征，現已重兵壓境，欲亡大圖，開疆拓土。

地方官吏紛紛上表請安，請求朝廷闢謠平亂，安撫民心。

朝中卻在為另一件事頭痛——欽州傳來加急軍報，石溝子鎮一役大捷，廢帝謀士于、沈兩人伏誅，英睿皇后遭北燕帝劫走，下落不明。

這消息將焦頭爛額的洛都朝廷攪得更加混亂，朝廷面臨著一個抉擇——救不救人。

天子猝然遇刺，新帝固然可以從宗室子弟中挑選，但大圖勢必會亂上一陣子，南興會不會趁機插一腳？

救人，則大圖將冒亡國的風險。

不救，天下人的唾沫星子會淹了大圖，南興帝龍顏震怒，大圖又是否承擔得起後果？

執宰班子連夜商討對策，最終決定救人，但只是官面上的——朝廷下令搜救，但逆黨作亂，官府行事必將受阻，戰事一起，搜救必遭延誤。這不能怪大圖，朝廷在內亂的關頭還願意搜救，已經仁至義盡了。

這個決策令景子春有些擔憂，但擔憂什麼，他也說不清。

偏偏在這時，雲家傳來消息，說雲老病重，請景相入府一見。

雲老病重已久，有日子不上朝了。延福宮失火，雲家謊稱是值夜的宮人貪睡，碰倒了燭臺，致使一座宮苑失火。但歷經三朝的老人還是感覺出了府中不同尋常的氣氛，他堅持進宮問安，被家眷攔了下來，怒極攻心之下已昏迷數日，這時突然轉醒，怕是迴光返照，時辰不多了。

景相父子去了雲家，雲老已知宮中變故，號啕痛哭道：「老夫曾勸過皇上，百善孝為先，可忠孝難兩全，為君者當以社稷為重……皇上若肯聽勸，何至於遭此橫禍？」

景相悲嘆道：「皇上自幼為質，回國之路千難萬險，卻只來得及見父皇一面，連好端端的娘親也瘋了，他怎能無執念？您也看見了，這些年，皇上幾乎把心思都撲在了太后身上。」

雲老道：「大圖復國才三載，遭此變故，叫老夫如何瞑目啊……」

景相勸道：「朝中打算從宗室子弟中擇人承繼大統，人選尚有爭議，您老好生休養，到時還要請您定奪。」

雲老搖了搖頭。「老夫怕是熬不過今夜了……聽說英睿殿下也出事了，老夫有一策，願下九泉之前能再助我大圖一回。」

景相急忙俯身恭聽。

雲老道：「自英睿殿下執政以來，老夫夙夜難眠，憂我大圖疆土會遭竊奪。如今，她落在燕人手裡，實屬天不亡我！聽聞相爺想以搜救為名行平叛之實，這不失為一計良策，但當年老夫親眼見識過此女力挽狂瀾的能耐，故而擔心她會逃脫。一旦她回到南興，我大圖便有亡國之險，所以相爺需狠下心，以搜救之名與南興聯手，套取英睿皇后的下落，然後……」

雲老話沒說完，景相已意會。

然後，暗中下絆子，助北燕帝將英睿皇后劫奪回國。一旦事成，南興與北燕必有一戰，自然無力插手大圖內政。

「多謝老大人賜計，您乃當之無愧的國之大賢！」景相鄭重一禮。

景子春聞言，終於明白自己在擔憂什麼了。恩師和父親此番臨危救國，對手可是四海聞名的南興帝后啊！能贏嗎？贏則能解亡國之危，可若輸了呢？他與南興帝有一面之緣，那人絕非好大喜功之輩，南興未必會竊奪大圖疆土。

這正是恩師和父親之計致命的地方——一切都出於假想。

贏則萬事無虞，可若輸，假想敵豈不是要變成真敵人？豈不是真要把大圖往亡國的絕路上推？

但這憂慮景子春未敢說出口，恩師已油盡燈枯，何必讓他擔著救國抑或亡國的重負離世？況且說了也無濟於事，因為南興帝后的心思，他也是猜測罷了，他擔保不起。

那麼，就只能賭了。

九月十二日夜，景相簽發相令，命地方官府「搜救」暮青。九月十三日凌晨，三朝老臣、當世大賢雲老卒於府中，享年八十二歲，臨終遺命祕不發喪，要待天子大葬之後才肯下葬。

此後，朝廷欲從宗室子弟中擇選承繼大統之人，卻產生了分歧。而地方上，加急軍報不時傳來，搜救如預期中的緩慢。

九月十八日夜，一封密信放在了景相的桌上，密信出自北燕副使陳鎮之手，信中之言令人喜憂參半，喜的是北燕對大圖的局勢分析和解決之策與朝廷一致，憂的是北燕請求將正在海上演武的戰艦駛入周山海峽。北燕使船就停靠在英州港，命使船接駕即可，為何要將戰艦駛入港口？北燕在打什麼主意？如若答應，會不會引狼入室？

執宰班子不敢輕易答覆，但七日後，他們就明白了北燕為何會有此請了。

九月二十五日，英州急奏，南興鎮南大將軍魏卓之以防北燕劫親為由率遠洋寶艦三十八艘、護洋艦六十八艘、巡洋戰船百餘艘等硬闖明洲島，大圖海師不敵，連戰連敗，現南興海師已朝英州而來，軍情緊急。

景相頭皮發麻，一算時日，他們看此奏報的時候，南興海師怕不是快到英州港了。

大圖貧弱，英州港小，朝廷極少重視海防，而大興因常年受海寇滋擾，南興帝親政後，大有蕩平海寇、富國強兵的雄心，經過數年的勵精圖治，星羅有海船兩千餘艘，其中戰船八百、巡船千艘，遠洋寶船兩百餘艘，更有護洋船不計其數，此等雄厚的實力，不怪大圖海師連戰連敗，那些老舊的戰船沒被撞沉已是謝天謝地了。

老臣們心驚膽顫，南興來犯的時間無論怎麼推算，南興帝下旨時，英睿皇后都尚未出事，這只可能是南興帝洞察出了事端，做了部署。

老臣們不由擔心，大圖朝廷打的算盤真能瞞得住南興帝嗎？

可開弓沒有回頭箭，有人提議簽發相令，准北燕戰船駛入英州港，以牽制南興海師。

景相卻將密信燒成了灰，他久經政壇風雨，尚未慌到六神無主——英睿皇后有功於大圖，如若不救，朝廷必遭天下人指責，下令搜救，即便南興帝識破此計，沒有證據，也只能吃個啞巴虧。但若准了北燕之請，豈不是把證據亮給人看，生怕南興帝沒有興兵藉口嗎？

景相決定耗著北燕，他知道北燕帝跟大圖客氣只是想爭取盟友，他等不了太久，如未得到答覆，一定會命海師進犯，到時大圖既不會落人口實，又能達到牽制南興的目的，一舉兩得。

景相沒有猜錯，就在他做出這個決定時，北燕海師忽然進犯大圖海域。

九月二十六日凌晨，南興海師過英州港而不入，直奔周山海峽，停在海口，遙望余女鎮。

九月三十日，北燕海師駛入周山海峽，兩國戰船隔島相望，戰事一觸即發。大圖海師奉命避戰遠觀，看著海上連綿如山、氣勢雄壯的兩國戰船，連聲號子都不敢吹。

十月初二，鹽運船隊駛出烏江，抵達了余女鎮。

時值傍晚，華鴻道和陳鎮率北燕使節團跪在堤邊迎駕。

元修立在船首，問：「戰事如何？」

華鴻道稟道：「啟稟陛下，我軍叫戰兩日，南興海師一直按兵不動。所幸近日海上大霧頻生，陳將軍已傳信軍中，命我海師將士日落時分全力攻打南興艦船，助使船駛過峽灣。使船現已停靠在入海口，只待陛下登船。」

陳鎮取出密奏，侍衛接過呈至船頭，元修打開一看，眉峰壓了壓。

「快日落了，請陛下更衣登岸。」陳鎮奏罷，兩名使臣行出，手捧帝后華服，躬身而拜。

元修瞥了眼鳳冠，將掌心一握，一把齏粉散入了江中。

侍衛將喜服捧進了船艙，元修更衣過後，打開了暮青的房門。

暮青正閉目養神，聽見聲響睜眼看去，只見一人立在門口，江風蕩著衣袂，華袖攏著霞輝，金冠玉帶，氣度雍華。

阿歡……

暮青有一剎那的恍惚，卻又奪回理智，看向了來人端著的鳳冠褘服。那是北燕皇后最高形制的禮服，是祭祖、登朝、冊封和大婚的吉服。

元修走進屋裡，當年卸甲後，他再未碰過紅袍，今日喜服加身，卻不能掃除他眉宇間的鬱氣，他道：「靠岸了，更衣吧。」

暮青問：「有消息嗎？」

元修道：「沒有。這一路上，大圖有多亂妳也看見了，消息很難往來。陳鎮等人從洛都出來，登船後叫他們來拜見妳，妳有何事要問，問就是了。」

暮青望了元修許久，說道：「知道了，你出去吧。」

元修眉頭微鎖，欲言又止，轉身走了。

房門一闔上，暮青便捧起鳳冠，逐一搖了搖冠上的簪釵博鬢，珠光寶氣在眼底輝映著，彷彿寒潭之下忽現劍光，殺意凜然。

片刻後，她拿起鳳袍披在了身上。

房門打開時，元修回頭，只見落霞沉江，暮青面江而立，大風蕩颺而來，鳳袖凌空揚去，一江秋水忽如萬里彤雲，勝似九天宮闕。

這時，岸上傳來山呼：「臣等恭迎皇上、皇后娘娘！」

暮青走向堤岸，皇后禕服在堤上鋪開，金鳳翬雉彩羽齊綻，所到之處群臣跪避，無人敢攔。

上了長街，暮青舉目望去，見鎮上房屋低矮，石屋在晚霞下泛著青幽色，彷彿一座被遺棄了多年的鎮子，不見人跡炊煙。

「別看了，妳的消息一定早傳到洛都了，洛都朝廷若有心救妳，此刻大軍早就該把鎮子給圍了。他們希望妳出海，希望燕、興兩國開戰，以保大圖苟延殘喘之機。」元修走到暮青身邊，目光定在了遠方的城門上。「妳的侍衛軍也沒來，妳應該能猜出他們為何沒來。」

暮青默默地望著城門，晚霞似火，燒紅了城門，也燒紅了她的眼眸。「他們沒來，我反倒欣慰。」

可他們沒來，說明兄長真出事了……

元修看著暮青的神情，不知該惱還是該心疼，皺著眉道：「妳就死撐吧！就算他們是為了保住妳的心血，那也是捨棄了妳。他們稱妳主子，那是他們真正的主子恩准的，他們守護鄂族並不只是為了妳，而是在助他們真正的主子開疆拓土。大圖復國的這幾年，能夠兩族相安，妳居功甚偉，可到頭來呢？巫瑾為了他娘捨棄了妳，大圖朝臣為了國業捨棄了妳，就連神甲軍都為了鄂族的利益捨棄了妳，這就是妳所得到的。」

暮青沉默以對，鳳冠沐著霞輝，似有千鈞之重，她卻在長街上立得筆直，孤清傲然，堅韌不折。

元修的語氣和緩了些：「我知道妳不在意自身得失，可妳在意的事在大燕也可以做，而我絕不會捨棄妳。阿青，跟我走吧，此地不值得妳留戀。」

暮青不搭話，依舊望著城門。自從得知巫瑾遇刺，她就越發寡言，除了詢問洛都的消息，一路上甚少吭聲。

「好！妳要等，我就陪妳等！」元修說罷，當街盤膝一坐，大紅龍袍隨風蕩開，大有當年之風。

「陛下！」眾臣嚇了一跳，紛紛望向城門，夕陽已被門樓所遮，唯剩餘暉萬丈，至多再有兩刻的時辰就要落山了。

這時，忽聽一道枯老的聲音傳來：「不用等了，老婆子在此等候多日了！」話音自長街上空而來，似天降雷音，震得堤岸柳動，眾人耳鳴目眩。

層雲疊染，霞光刺目，天上不見人影，唯有堤邊的柳絲隨風蕩著，萬條絲影糾纏如蛇，殺氣似虛還實，從四面湧來！

元修坐在街上，人未起，袖一揚，寒光彈去，飛揚的柳絲無聲齊斷！

侍衛們寒鴉般向堤邊掠去，晚霞的餘暉被成片的人影一擋，又忽然裂開一線，殘肢鮮血後現出半張燒疤老臉，梅姑迎著血雨殺出，五指帶著腥風，直逼元修咽喉！

元修揮臂一掃，勢如拔劍，逼得梅姑收手，凌空踢開半截屍身，借力一旋！

半空中忽有電光四綻，血潑到眾臣腳下，眾臣一邊後退，一邊高呼護駕。此番出使大圖，衛軍有三千餘眾，奈何元修四周罡風霸烈，侍衛近身不得，只能穿街過巷，將長街圍住。

暮青在元修身旁迎著罡風，任血雨汙打紅妝，風刀撕扯裙袖，她卻鐵石般立著，寧肯在罡風裡骨肉成泥，也不肯隨風搖擺。

元修瞥了暮青一眼，目光剛轉開，殺機便逼面而來，電光之下隱約有什麼東西躍來！

那是個活物，如蟻如電，元修凌空一旋，大袖一揚，將暮青推向了街邊。

他不該推開她，即便這一避，蠱蟲會撲向暮青。但蠱是梅姑的，她有能力收招，收招時的破綻對他而言是制勝之機，即便蠱蟲傷了暮青，梅姑也有解蠱之法。

但千鈞一髮之時，元修本能的反應快過了思維，在將暮青推離的一瞬，他大喊：「陳鎮！」

暮青退往街邊，聽見風聲掠來，抬手就將鳳簪一拔！簪釵在船艙裡被她搖動過，方才又經罡風摧動，一拔即出，入手之際，陳鎮迎面掠來。

暮青揚手一掃，簪鳳口中銜著珠串，大如眼珠，帶著厲風掃向陳鎮的雙目，陳鎮輕蔑地嗤了一聲，握住珠串一扯！他本想將暮青扯過來，不料一扯之下，寶珠飛濺，他登時跌倒，有個念頭忽然冒了出來——陛下說，英睿皇后獨有一套殺敵之術，能一步廢一人，作戰之效勝於武林功法。既如此，她出手時就該用簪尾，而非簪頭。莫非她早知他會如何接招，為的就是擺脫他？

果然，暮青在珠斷人倒的瞬間，轉身殺入了衛軍之中。

護衛軍圍來，暮青將鳳袍脫去揚手一拋，紅袍遮了晚霞，袍下的人影刀光都被染上了一層血色。兵將們仰頭時，暮青迎面就朝一個燕兵的刀上撞了過去！

那燕兵嚇得魂飛魄散，匆忙收刀時，忽覺外膝眼下一痛，腿腳登時失靈，暗叫我命休矣。暮青卻不費那殺人的力氣，她又拔下一支鳳簪，兩手齊開，殺出袍下時，地上已倒了一片燕兵。

暮青望向城門，目之所及處是黑潮般的北燕大軍。這裡是大圖最東邊的國門，這條回國的路她走得太遠太累，但仍然想要拚盡全力奔向那座被晚霞照耀著的城門。她身穿嫁衣立在長街中央，頭戴鳳冠，手持血簪，大軍注視著她，而她注視著城門，片刻的寂靜後，她邁開腳步闖入了軍中，孤身向著城門殺去。

陳鎮縱身直追，一道熾光卻忽然衝破紅霞而來。他旋身急避，那光擦著他的冠頭射過，簪斷冠裂，他披頭散髮地轉頭，見身後一個燕兵的額上多了個血洞，那光的殺勢卻絲毫未停，一連射穿數人，一顆血珠滾了出去，竟是從鳳簪上散落出去的一顆寶珠！

柳堤後掠來一人，大軍被颳得東倒西歪，那人抓起暮青就走！

梅姑罵道：「現在才出手，你個糟老頭子是睡死了嗎？」

駝背老翁訕訕地笑道：「這不是……少主人的工夫路數沒見過，多看了會兒嗎？」

說話時，老翁已將暮青帶上了房頂。「少主人，老奴護您出城！」

暮青點了點頭，跟隨老翁在沿街鋪子的房頂上向城門奔去。

北燕軍中雖有弓兵，卻不敢放箭，只能往城門口湧去。

元修虛晃一招，袖中響哨放出，一間石鋪的門窗應聲被撞開，幾名黑衣人掠上房頂，為首之人手持一對金瓜大錘，瓜頭帶著鐵鍊脫柄而出，砸在老翁的後腳跟下，石砌的房頂頓時塌了個洞，落石轟鳴，碎石四濺。

老翁回頭一看，見碎石中竟夾藏著暗鏢，不由將暮青一推，喊：「少主人先走！」

暮青見幾個黑衣人目光森冷，使的刀兵暗器無不色澤青幽，身手非一般侍衛可比，猜測這些人很可能就是潛入大圖的刺客了。

老翁以一敵眾，難料能拖多久，暮青毫不廢話，轉身就走。可沒多久，前頭就出現了一條窄巷。

巷子有丈餘寬，不使輕功跳不過去，而街上早已圍滿了燕軍。

暮青回頭看了眼與刺客纏鬥的老翁，縱身跳下房頂，再次躍入了潮水般的大軍之中。

燕軍沒想到暮青如此果決，一個燕兵被當頭踹倒，鼻梁斷裂的聲音被掩蓋在了刀風中，燕兵紛紛以刀背壓向暮青。暮青抽出一個燕兵的腰刀，就地一滾，舉刀便擋！

刀山壓來，她的目光比山石更堅，高舉的刀刃向天揚去，霞光在刀刃上淌過，豔若流匹，刺人雙目！

幾個燕兵被刀光晃得虛了虛眼，暮青抽刀一劃，那幾個燕兵的手腕上登時開了道口子，長刀落地，血灑如雨。

暮青的眉眼被血染紅，她趁機起身，將刀朝城門方向擲去，大軍呼啦一聲讓出條山縫般的路來，她眨著被血糊住的眼，手握鳳簪殺入了那條路中。

她不能在房頂上待著，一旦有刺客繞過老翁，她必被擒住，屆時梅姑兩人必受牽制，而元修絕不會留兩人性命。

她不能往城內去，儘管縣衙就在幾條街後，但大圖的官府靠不住。

她只有出城一條路，道阻且長，唯有殺出條血路來。

晚霞愈漸西落，暮青在燕軍之中，霞輝離她遠去，江風也離她遠去，目之所及是刀光鐵甲，簪刀所觸是血肉肌骨。

燕軍穿有皮甲，簪刀不及解剖刀鋒利，出手甚是費力。簪頭的鳳羽以金片打製，薄如刀刃，提在手中，傷敵之時難免傷己。暮青滿手鮮血，卻覺不出這血是自己的還是燕兵的。漸漸的，她甚至聽不見山呼海嘯般的人聲，分不清自己身在何方戰場，是西北馬寨，是大漠狄部，是武牢廢都，還是東海小鎮。

自爹故去已有八年，她卻彷彿走過了半生，這半生，征戰四方，顛沛流離。蕩馬匪，殺胡人，保家衛國，她不累；復大圖，守鄂族，為護至親，她無悔；可摯友成仇，刀劍相向，今日這一戰忽然讓她覺得倦了，漸漸的，連胳膊都累得抬不起來了。

暮青看了眼城門，晚霞僅餘一線，近在咫尺的大軍變得影影綽綽，連刀風都彷彿緩了許多。她眼前一黑，跪在長街上，感覺到撲來的人影，卻連眼皮都掀不開了。

這一生，究竟還要抗爭多久？

阿歡，你我還有再見之期嗎？

我從不懼怕抗爭，只怕此去北燕，歸來之日，你我已陰陽兩隔。若上蒼許我這一世，是為了讓我親眼看見至親一個一個地離我而去，最終仍是孤身一人，那我寧願從未來過。

一柄柄長刀壓在暮青背上，她用盡氣力將手撐在青磚上，昂首遠望，不願低頭。

而就在她昂首的一瞬，忽覺腥風撲面，血光向後一潑！幾顆人頭飛過，城門樓上飛來數道黑影，像從夕陽餘燼裡飛出的踆烏。

暮青聽見馬蹄聲踏來，人和血都向兩旁潑去，一人從馬上掠來，將她從燕兵的包圍中救起，踏住馬背凌空一躍，向著城樓而去。

暮色將闌，江風蕭蕭，暮青仰頭望向微雲殘照的長空，忽覺氣清拔鬱，胸中悶意一舒，頭腦霎時清明了幾分。

那人將她帶上城樓，聲音裡藏著難以掩飾的激動，說道：「主子，屬下來遲！」

月殺？

暮青一張口，喉嚨疼得厲害。月殺立刻解下水囊遞來，她仰頭就灌，水清涼甘甜，激得五識一醒。

馬蹄聲從城樓下馳過，城中殺聲激蕩，暮青抹了把黏住眉眼的血水，見數十神甲侍衛殺入了燕軍之中，其中混著些武林人士。眾人一邊喊著保護少主，一邊死守住了城樓兩側。

月殺放聲喝道：「知縣聽著！大興英睿皇后、大圖鎮國郡主駕臨城樓，命你縣速遣精兵強將抗敵護駕，關閉城門，不得遷延！」

幾名侍衛策馬殺出巷子，朝縣衙去了。

城樓上列滿了侍衛，呼延查烈張開雙臂就抱住了暮青。

暮青懵了一下，心頭的憂焚、悲憤、蒼涼、倦意，都似乎被孩子的一抱化去了，千言萬語在心頭滾過，到了嘴邊就只化作一句：「你們來了……」

「我們當然會來！妳難道以為我們會捨棄妳？」呼延查烈漂亮的藍眸剛被淚水洗過，就燒起一把火。「妳是不是想氣死本王，好為公主另擇駙馬？」

暮青：「……」

「混帳！」呼延查烈一腳踹在了城牆上，罵道：「混帳大圖！早知道他們如此不講道義，鬼才去管鄂族！我們就該落井下石！趁火打劫！藉口興兵！滅他基業！」

暮青默不作聲，縱然有急事需決，她仍然給這孩子時間發洩。大圖內亂，以月殺的作風，絕不會多管閒事，穩定鄂族一策定是查烈提出來的。他才十歲，能有此大局觀，她除了欣慰，也難免心疼。將神甲軍調往鄂族，意味著削減營救她的勝算，這孩子必定承受著重壓，否則他一向內斂，今日重逢，情感絕不會如此外放。

大戰當前，呼延查烈沒多久就冷靜了下來，他眺望著黑漆漆的鎮子道：「鎮上的守軍呢？人影不見一個，連城門都不關，棄城了嗎？」

暮青也很意外，她當時遙望城門時未見守軍，心知大圖想要裝聾作啞，於是奮力向城門殺去——此鎮是大圖的東大門，不可能一兵不留，所以她製造事端，希望逼官府出面，逼守軍出面，但沒想到至今不見一官一兵，甕城裡頭竟是空的。

神甲侍衛已去縣衙提拿官吏，此事稍後就能見分曉，暮青抓著緊要地問：「你們剛剛喊著要關城門，莫非後有追兵？」

月殺道：「一路上都有！各地叛軍墜在後頭，我們未與他們纏戰，只是告知官府，望他們出兵平叛。可兵是出了，就是平不乾淨，沒多久，叛軍又能纏上來。」

暮青望向城外，只見官道被夜色所吞，唯有零星星辰指路。「叛軍只是墜在後頭，沒別的舉動？」

「沒有。」月殺也覺得古怪，但趕路要緊，沒顧得上理會。

「我大哥真遇刺了？」暮青又忽然問起了巫瑾。

月殺道：「小安子說，那天鳳車前往宮中，他們親眼見到延福宮起了火。隨後，御前侍衛長手持龍珮前來傳旨，說長公主刺駕，奉皇帝口諭命龍武衛護送鳳駕回國。御前侍衛長並未親眼見到皇帝駕崩，只說傷勢頗重。」

但這番話並沒使暮青感到安慰，她扶住城牆，掌心刀割的痛楚連著心窩，血彷彿是從心頭湧出來的。

「妳受傷了？」呼延查烈一驚，暮青手上有血，眾人都看見了，但都以為是燕兵的血，沒想到她受了傷。

月殺忙吩咐侍衛取藥，呼延查烈接過水囊和藥，小心翼翼地為暮青洗起了傷口。

暮青倚著城牆坐下，闔眸問：「還有什麼消息？」

月殺道：「回主子，沒有陛下的消息，因沿路有官府和叛軍盯著，我們停了與探子的往來。姬瑤刺駕，大圖朝廷祕不外宣，只下令拘殺叛黨，一些叛黨望風而逃，在軍中起事，導致了內亂。大圖朝廷下令搜救主子，但地方官府疲於平叛，只派了一支精軍護送我們。我們沿路看到叛黨四處蠱惑民心，說大圖皇帝愛慕神女，強留不成，兩人反目，致使宮中失火，天子駕崩，神女出逃。還有謠言說，陛下御駕親征，現已重兵壓境，欲亡大圖，開疆拓土。護送我們的那支精軍在抵達鎮子前提出要去拖住叛軍，我們就先來了。」

暮青聽著奏報，不吭聲也不睜眼，只是等著——等那隊去官衙的侍衛。

城下殺聲愈烈，燕軍見暮青上了城樓，便向神甲軍放箭。箭聲呼嘯，呼延查烈臉色鐵沉，腦海裡不由浮起那個猛箭射來，暮青將他擁在懷裡的畫面。那一刻很短暫，懷抱卻很溫暖，讓他想起阿媽。阿媽已不在人世，這世間卻仍有人以命護他。

暮青閉目養神，感受著掌心裡小小的力道，暖意一寸一寸地滲入心窩，她的手被孩子包紮好時，街上傳來了馬蹄聲。

前去縣衙的侍衛策馬殺回，馬背上劫持著一人。兩名侍衛掠下城樓，血灑雨巷，馬上的侍衛在掩護下提著人上了城樓。

知縣被侍衛一腳踹在暮青面前，伏首呼道：「下官余女鎮知縣叩見殿下！不知殿下駕臨，下官有罪！」

暮青眼簾一掀，問：「守城的將士們何在？」

知縣道：「回殿下，叛軍攻打曆山縣，午時末，大軍……被借走了。」

暮青冷笑道：「此乃邊城，兩國海師壓境，大軍不嚴守邊城重鎮，竟去助曆山縣平叛，好大的心啊！」

知縣擦著汗道：「節度使大人急令，下官也沒辦法呀！」

「兩國海師壓境，節度使愣是沒給你留一兵一卒？」

「傳令的說，海軍只擅海戰，不會登岸，就算想登岸，還有我大圖海師擋著呢。」提起這事來，知縣就想罵娘，就憑大圖海師那些舊船惰兵，能守個屁的城池！可他人微言輕啊。「兩國海師壓境數日，鎮上本就人心惶惶，今日百姓見兵馬被調走了，都說朝廷要棄城，於是躲的躲、逃的逃，鎮上空了大半。下官不是不想救駕，實在是有心無力，鎮上的老弱逃不了，到衙門請求庇護，今夜都在後衙呢，衙門裡統共三、五十吏役，自保都難啊！」

侍衛點了點頭，示意此事屬實。

「下官所言句句屬實，求殿下饒命！」知縣瞄著左右森冷的靴甲，不由叩頭求饒。

「你是大圖官吏，本宮是南興皇后，無權降罪於你。」暮青淡淡地道，話裡的悲涼只有自己懂。若兄長已不在人世，除了外祖母想要守護的鄂族，大圖的這半壁江山是興是亡，從今往後就與她無關了。

月殺道：「大圖靠不住了，今夜叛軍必來，既然城門關不上，城樓不宜久留。」

「自然靠不住。」暮青的目光投向城外。「你看，這不是來了嗎？」

月殺望去，只見官道遠處火光萬點，夾雜著漫天揚塵，奔騰而來，他急忙道：「天色已黑，海上戰事已起，雖不知戰船何時趕到，但我們過去也要時間，馬上動身吧！」

知縣一聽暮青要走，慌慌張張地道：「殿下何需冒險殺去海上？在此安坐，讓燕軍和叛軍相互殘殺豈不妙哉？」

英睿皇后一走，燕軍必追，鎮子必被叛軍所占。叛軍入城必先殺入縣衙逼降，不降會死，若降了，萬一朝廷收復城池，同樣得死。唯有將英睿皇后留下，令燕軍與叛軍廝殺，方能保命。

「你以為叛軍想擒本宮？你錯了。」暮青沒戳穿知縣的心思，甚至已無悲憤蒼涼之情。「他們與燕軍是一夥兒的。」

「啊？」知縣大驚。

暮青未作解釋，她棄了鳳冠，望向海上。

出海的時機已到，是時候離開了。

月殺看了侍衛一眼，侍衛退向城樓盡頭，少頃，捧著神甲呈到了暮青面前，搶先道：「主子，刀劍無眼，您想想陛下，想想鄂族。」

暮青到了嘴邊的話哽在喉口，推拒的手頓在半空，半晌，鄭重地落在了神甲上。這件神甲是剛從侍衛身上脫下的，帶著體溫，燙人手心，激人熱血。

暮青將神甲外穿，而後起身，雙手一撐，站在了城垛上。她面海而立，夜風扯動青絲，如墨如旗，流箭射在她腳下，她只遙望著東海，那是她回家的方向。

月殺和呼延查烈躍上城垛，伴在暮青左右，侍衛們護在三人兩側，遠遠望去，像城樓上豎著一排筆直的旗杆。

煙哨在夜空中炸開，長街上的殺聲停了一刻，侍衛和義士們望向城樓，聽見暮青對他們高喊：「走！我們回國！」

話音隨風送遠，月殺攬住暮青就要躍下城樓。

恰在此時，忽聽一聲戰馬長嘶傳來！

嘶鳴聲來自城外，異常響亮，有驚山海之雄壯，震山河之氣魄，如箭嘯長空，雷擊莽原，乃烈馬之喉！

暮青猛地回身望向城外，只見那支舉著火把的兵馬已到護城河外，火光照亮了半池河水，也照著領兵之人。

那人御著匹神駒，神駒渾身浴血，那人的如雲紅袍也似乎在血裡浸過，風拂來，鐵甲森寒，滿城腥風，他卻彷彿從雲霞翠軒中、煙波畫樓裡來。

東海邊城，異國小鎮，實不該迎來這般謫仙人物，可他來了，跋涉山河萬里，血染烈馬紅袍。

那身紅袍，那身風華，皆如夢中所見。

可暮青不敢認，她呆在了城樓上。

男子騎馬上了吊橋，這馬素來桀驁，經年不見，竟學了主子的懶骨，慢悠悠地踏著步子，每踏一步，橋上都會留下兩趟血蹄印。

馬頸已被血染紅，像紮著朵紅綢牡丹，男子御馬而來，任袖風腥烈，劍寒氣銳，像極了騎馬佩劍前來城下迎親的新郎官兒。

步惜歡仰頭望向城樓，漫天星光映入眸底，笑意剎那間勝過了三春韶光，他道：「五年未見，天地未老，莫不是為夫老了，竟至於城下重逢，娘子不識親夫了？」

第十二章

# 不欺不棄

這嗓音慵懶醉人，城樓彷彿已非城樓，而是小樓閨閣。他御馬來到窗下，在爛漫星光裡迎她還家。

夜橋星雲，無一不美，美得像幻夢一場。

暮青忽然跳下城垛，奔過過道，往外城垛上奮力一撐，縱身就躍下了城樓。「阿歡！」

城樓雄偉，護城水深，她皆不懼。

若是夢，唯有粉身碎骨，方能使她醒來。

步惜歡一笑，看似不驚不慌，從馬背上躍起的身姿卻如一道紅電，快而急！

夜風起兮，雲袍飛揚，巍巍城牆恍若蒼崖。暮青被一團彤雲挽住，彷彿墜入了繾綣舊夢裡，見衣袂與夜風齊舞，紅霞與繁星共天。這景象一生難見幾回，暮青稍一失神，下一刻已落入了男子的胸膛臂彎間。

一支流箭從城中射來，步惜歡踏箭借力，抱著暮青凌空躍向一旁，雲袖漫不經心地一拂，流箭登時乘著袖風而回，過城門，入長街，所至之處，一地血光！

腥風灌出城門之時，兩人已落在了城門一側，前是護城河水，後是巍巍城牆。

眾人趕出城門，見到驍騎軍無不驚喜，卻未上前見駕，而是退至兩旁，守住了吊橋。

河波粼粼，青石幽幽，暮青緊緊地抱著步惜歡，她不敢抬頭，怕一抬頭見到的會是纖雲飛星，一場幻景。

日思夜想之人就在懷中，步惜歡卻感覺不到暮青的氣息，她屏著氣，悶著自己，連顫抖都克制而壓抑。

但壓抑的並非她一人。

五年之期，五年之盼，他追星逐月而來，生怕如同當年一般，趕到時看到的會是她憤然自刎的景象。蒼天憐見，夫妻重聚，得償所願，他亦歡喜成狂，畏懼夢幻泡影。

當年一別，他們都盼得太久太苦了……

「青青，我來了。」步惜歡撫著暮青的背，在她的督脈上緩緩地過著內力，免她自抑之苦。「我來了，餘下之事交給我，莫驚，莫憂。」

這話似有仙魔之力，伴著夜色清風，與瀚海輕波一同入了五臟六腑。

「真的是你？」暮青的聲音悶在那重織錦繡的衣襟裡。「你沒事……」

「嗯，沒事。」步惜歡笑答，笑聲低柔，撫人心神。

暮青的心緒稍安，卻不肯撒手，今夜儘管大戰當前，可有良人相伴，若是就此老去，也未嘗不好。

城外，沒人打擾兩人。

城內，駝背老翁喊：「老婆子，別打了！城外有變，保護少主人要緊！」

梅姑沒料到元修身經百戰，取他的性命並不如預想中容易，眼看著纏鬥了這些時候，元修已顯疲態，她不由嘖了一聲，虛晃一招，灰雁般向駝背老翁掠去。兩人聯手破開重圍，帶著武林義士們往城外殺去。

城牆下，步惜歡聞著殺聲，覺出暮青的情緒愈漸平穩了下來，這才將她擁緊了些。

豈料這一擁，暗香浮動，暮青忽然僵住——步惜歡身上有股極淡的熏香味，混在血腥氣裡，若非她氣息已通，他又將她擁緊了些，根本不易察覺。

「不對……」暮青猛然抬頭，急急忙忙地翻起了步惜歡的袖口。

袖口之下，男子的手腕骨骼清俊，肌色明潤，仍如記憶中那般好看。但此刻暮青無心欣賞。她在袖下未見端倪，放下袖口就去扒拉衣襟。

步惜歡一把握住暮青的手，眸底湧起百般驚意、萬丈波濤，下意識地回頭看了眼護城河外的大軍。

將士們在馬背上坐得筆直，似乎沒人望向這邊。

「娘子……」步惜歡苦笑，縱然領教過太多回，可今夜她給他的驚嚇絕不比南渡途中直言要圓房時少。

「少廢話！我要看！」暮青揪住衣襟將人一推，步惜歡被推到城牆根兒下，尚未立穩，暮青便去抽他的玉帶。

「娘子！娘子……」步惜歡一手按著玉帶，一手捂著衣襟，聞名天下驚才絕豔的南興帝此刻就像個被惡人欺辱的小媳婦兒。

城樓上方，駝背老翁凌空躍來，瞥見這般景象，氣息一毀，一頭扎進了護城河裡。

梅姑掠至河岸，勉強站穩。

河面上咕咚冒出個泡來，老翁一上岸就吐了口河水。「嘿！在這點上，少主人可比先聖女殿下強，強他娘的太多了！」

「呸！」梅姑啐了一口，背向了河面。

城牆根兒下，步惜歡笑了起來，彷彿要笑到日換星移，山河老去。她離開的這些年，他時常想像與她重逢的情形，卻從未想到會是今夜這般。

她這性子啊……莫說五年，就是來生再見，怕也難移。

「娘子有此興致，為夫甚喜，不過……大戰當前，妳我還是先見見故人，可好？」步惜歡貌似不經意的從暮青受傷的手上瞥過，眸中添了幾分寒意。

武林義士們和侍衛軍皆已退至城門外，燕軍的弓手在城門內列陣，兩軍隔著城門過道戒備著。

城內，陳鎮跪稟道：「啟奏陛下，南興帝親率兵馬而來，城外約有精騎五千。方才一戰，我軍死傷數百。」

華鴻道奏道：「陛下，海上戰事已起，探船來報，霧中已見戰艦蹤影，但與約定的數目有異。」

元修躍上一匹被棄的戰馬就往城門口馳去，燕軍讓出條路來，元修馳近城門，見吊橋當中有著匹戰馬，渾身浴血，神駿倨傲。見城中有人馳來，馬兒揚蹄一踏，長嘶一聲！戰馬受驚，調頭就逃，元修棄馬掠向城門，袖下殺氣一縱，朝著吊橋而去！

「故人到了，我們走。」步惜歡攬住暮青朝城門掠去，人未到，袖風已揚。他手中不知何時拈了片草葉，飛葉入陣，遇風而折，看似無害，來助陣的梅姑和老翁卻雙雙驚住！

蓬萊心經！

只見星光之下，草葉無蹤，城門過道內石裂飛沙！塵霧遮目，霧中似有虯龍乘雲，迎著狂風疾電，當面一撞！剎那間，沙石走地，飛龍搏電，膠戾激轉，挺拔爭回。風沙逼得人睜不開眼，一時間難分是龍爪撕裂了風電，還是風電擊碎了龍骨，只見血氣激湧，風沙平歇之時，步惜歡與暮青落在了戰馬前。

過道那邊，斷弓折矢，屍伏如草，燕軍弓兵死傷慘重。

元修傲立在屍堆血泊裡，衣袂殘破，渾似浴血而生。他望著暮青，目光似山重海深，許久之後才看向了步惜歡。

步惜歡從容地整了整凌亂的衣襟，面含笑意，不緊不慢。

元修的喉口頓時湧出陣陣腥甜，卻不動不搖。他面似沉鐵，目光轉到暮青身上，她的緯服已去，鳳冠已棄，立在那人身旁，不躲不閃，任他看。

元修看笑了，笑出了滿口腥甜，卻生生將血氣嚥了下去。

步惜歡問候道：「當年盛京一別，燕帝陛下可好？」

元修嘲弄地揚了揚嘴角，倒也坦蕩。「算不上好。國破家亡，百廢待興，朝政積病，重振艱難。縱是勤政，也嘆山河重整不易，復振之路遙遙。」

步惜歡笑道：「燕帝陛下謙虛了，據朕所知，陛下登基以來，在朝用重典，與民以輕賦，南建水師，東興海防。朝政雖積病已久，但短短數年，舉國上下能有此氣象，實屬雄才。」

元修道：「陛下過譽了，若比國之氣象，陛下才屬雄才。我時常會想，若當年我往西北，陛下親政，今日之燕國可能有南興之氣象？」

步惜歡道：「難。老臣迂腐不化，豪族勢力盤錯，革新談何容易？朕也時常想，若非當年南渡，江南難有今日氣象，可見世間之事皆在因果之中，經曰捨得，實乃哲理。不捨，難得。」

二帝隔著大圖東海小鎮的城門談論國事，竟有幾分故友敘舊之意，可話裡的機鋒，又豈為外人所知？

這麼多年了，元修仍然捨不下執念，從今往後，戰友情義怕也難得了。

步惜歡看向暮青，元修想要的並不是戰友情義，這世間最為這段情義傷心之人只有她了。

暮青道：「我有話想跟他說。」

「好。」步惜歡攬著暮青掠出吊橋，將她帶到了城門口。

梅姑和老翁跟來，月殺率侍衛們嚴防著元修，唯有步惜歡退了一步，讓出了些許空間給暮青。

元修看著暮青，只是看著，不言也不語。

三年前，她執政鄂族之時，他命尚宮局裁繡了皇后禕服，傾盛京名匠打造了鳳冠。一身冠服三年才成，而今禕服已遭兵馬所踏，鳳冠棄於城樓之上。他其實早就料到她會拆冠為刃，以她的性子，若非因此緣故，又怎會肯穿后服？明知把鳳冠端到她面前是予虎獠牙，他還是給她了，只是因為……想看她穿一回喜服。

而今，此願已了。

「元修。」暮青隔著城門與元修對望，星輝細碎，勝似寒冰。「我最後問你一遍，有洛都的消息嗎？」

元修沉默了半晌，平靜地道：「妳看出來了。」

「你覺得我不該看出來。」暮青眸中盡是失望。「我留在都督府裡的手劄，你看過了，是嗎？」

元修沒回話，面色平靜如水。

暮青道：「你真是學以致用，話裡真假摻雜，神情控制精準，極具欺騙性，的確算得上高手。可你不知道，那本手劄只是半冊，另半冊在我家中，記於從軍之前，開篇之言是：『長時間利用虛假的面部表情和肢體語言來隱藏自己是十分困難的，違反本能需要大腦下達特殊指令，而大腦下達指令、身體服從執行需要時間，即使是經過殘酷訓練的人也只能減少時間差，而不能使之完全消除。』」

見元修怔住，暮青失望至極。

「那夜，若不是看出了破綻，僅憑那封求親文書，我真會懷疑兄長捨棄了我。這正是令我痛心之處，你知道我在意什麼，可仍然誅我真心……」暮青握拳抵住心窩，緩緩地道：「當年兄長與我從你心口上取下的那把刀，你還得好！」

元修猛然一震，他望向暮青的心窩，那裡不見刀光，風裡卻瀰漫著血腥氣。她與他隔著一條城門過道，卻彷彿已遠隔千山萬水。

「你那夜只說了一句真話，就是南興朝廷作亂洛都只是你的猜測。這話是基於你一時的不忍，還是為了使你看起來更可信，我不敢斷言。可人心易變，這話是你說的。」

「我給過你機會，那夜之後，我曾不只一次問過你，可有洛都的消息，可直到靠岸，你的回答都是沒有。我心寒的是，你已知曉是何人行刺我兄，卻言不知，你想讓我懷疑此事是阿歡所為，使我對他心生怨懟，從而憤然前往北燕。」

「你早與大圖廢帝一黨串謀，以我為餌誘阿歡前來，不僅企圖在半路伏殺他，還在鎮上埋下了刺客，你以為你殺的只是他？不，你殺的是我！」

暮青將拳拿開，像將一把帶血的匕首從心口拔出，問：「你看看吊橋上！看見查烈了嗎？你知道我與他情同母子，可在石溝子鎮，你仍然將箭對準了他！你知道月殺自我從軍時就在保護我，我視他為友，可你仍然傷他！你知道卿卿來自關外，我喜愛牠並不僅僅因為牠是阿歡的馬，可你出手殺馬毫無遲疑！你殺我夫，殺我子，殺我友人，殺我愛馬，你問我為何不跟你回北燕？我倒想問問你，是我當年取刀時，失手殺了那個一心報國的大好兒郎嗎？如若不然，你何以如此恨我，處心積慮地殺我親朋，毀我信念，不使我飽經你當年之痛，誓不甘休？」

質問之言穿過甬道，如同一柄利劍刺中元修，刺得他五臟俱破，幾乎不能站穩。他拄劍而立，血湧上喉口，無聲地滴落在腳下的屍堆裡。

人言她待人疏離，實則不然，她心中有一處柔軟之地，只是容人甚少。從相遇的那天起，她待他就界限清楚，那條名曰戰友的界線隔著他們，她不曾越界而出，亦不接受他越界而入。他站在界線的一端，越用力越遠離，時至今日，數丈之隔，她已與他形同陌路。

這一生，他最怨的應該還是命數吧……

元修一笑，一口血衝喉而出，星月山河顛倒崩離，人語風聲盡皆遠去，唯有女子的聲音從甬道那頭傳來，彷彿越過山海時光，永遠明晰如昨。

「我此生敬佩過一個人，一個壯懷激烈保家衛國的大將軍，可惜時至今日，壯志已埋於塵土，那人只餘皮囊了……」

那聲音裡帶著說不出的落寞悲傷，元修竭力抬首，卻只看到一個背影遠去了。

暮青走向吊橋，來到馬前，幽幽的河波映在眉眼上，她的笑容柔得有些蒼白。「好久不見，還記得我嗎？」

卿卿打了個響鼻，低頭蹭了蹭暮青，牠鬃毛上的血水未乾，暮青摸了摸，忽然有些想哭。她碰了碰馬兒的額頭，而後躍上馬背，山河城池盡在腳下，城內的人卻被夜色所吞，看不真切了。

「元修！我此生所求，不欺，不棄。欺我者，我永棄！」暮青以指抹唇，指上的血不知是自己的還是戰馬的，她歃血於口，揚鞭一打！鞭聲炸響，聲勢如雷，於這江海共擁的城池前立誓歃辭，過往恩義，斷絕於此，萬人共證，天地為鑑。

鞭聲散去，暮青道聲走，馬兒載著她便往精騎軍中馳去。

滾滾鐵蹄聲遠去，元修口吐黑血，仰面而倒，耳畔是驚惶的喊聲，臣子、侍衛和將士們向他圍來，他的眼中卻只有橋上的那抹人影。那人一襲烈衣捲入了千軍萬馬之中，這一生縫住了他的心的那個女子策馬而去，去向是遠海仙山，是茫茫人海，今生來世，再不復見了。

阿青……

風捲起殘破的衣袖，漫天星光透來，恍若黃沙撒落，龍化為馬，雲幻成沙。這是這一生，他唯一一次敗績，耳畔卻傳來鼓震角鳴，彷彿夢回西北，突營射將，百戰不歸，血染黃沙……

「放箭！快放箭！」

「護駕！護駕！」

箭令傳出，元修的思緒被從遙遠的漠北撕扯了回來，他一把握住身旁之人的手，緩緩地做了個收兵的手勢。

兵將們一驚，南興帝就在城門那邊，旁有侍衛高人，後有精騎大軍，若不放箭，如何禦敵？

這時，只見南興帝轉身離去，一上吊橋就掠入了軍中。

元修見人離去後，方才費力地道：「撤！」

侍衛們扶起元修，弓兵們沿街列陣，大軍潮水般向後退去。

梅姑幾番意欲出手，皆被駝背老翁壓了下來。

老翁道：「此事還是交給少主人決斷吧。」

軍中，步惜歡落在馬背上，緩緩地做了個攻城的手勢。鐵蹄踏上吊橋，聲勢震得河波動盪，山城影碎。城中殺聲再起，步惜歡和暮青在血氣與塵土裡並肩望著城內。

神甲侍衛和武林義士們護在帝后左右，人群之中，知縣頗為顯眼，步惜歡問：「你是此地知縣？」

知縣嚇了一跳，忘了自己是大圖臣子，竟跪答：「陛下開恩，微臣實有苦衷……」

「你是大圖臣子，朕是大興皇帝，怎有權降罪於你？」此話與暮青之言如出一轍，知縣卻總覺得南興帝話裡有話，一顆心正七上八下，只聽步惜歡接著道：「再說了，你若死了，誰替朕傳話去？」

知縣一愣，只見黃塵遮了馬蹄，舉世聞名的南興帝近在眼前，卻又遠在山嵐海霧之間，說話漫不經心的。

「替朕往洛都傳句話，朕一路上替貴國剿殺了不少叛黨，今夜驅逐燕軍，又保下了貴國的東大門，貴國借道的人情，朕可還清了。」

「啊？」知縣聞言叫苦，朝中答應借道，八成有牟利之心，而南興帝所還的肯定不是朝中想要的。傳這番話入朝，萬一朝中把氣撒到他身上，降個罪名，活罪可比死罪難熬。

這時，步惜歡瞥了眼暮青執韁的手，笑吟吟地道：「路上幾經惡戰，卿卿疲憊不堪，為夫不能去與娘子共騎，不知娘子可願來與為夫共騎？」

暮青懶得磨嘴皮子，只把手往步惜歡手中一擱。

步惜歡握住暮青的手腕，使巧勁一帶，便使她移駕換馬，坐來了他懷裡。她仍如當年那般清瘦，玉肩越發的薄骨玲瓏，只是任秋風摧侵，風骨始終未移。

步惜歡將暮青裹入龍袍裡，而後細心地將她的手翻了過來，讓她掌心朝上放好。

暮青笑了笑，神駒在側，繁星當空，此情此景真似當年圓房之夜。她很想如當年那般靠在他懷裡，只管睡回江邊。可她不敢，他借道而來，一路浴血，身上的熏香氣令她憂心，於是說道：「我忍不了多久，你不想讓我在馬上動手的話，最好快些上船。」

這話著實令人想入非非，侍衛們望著城中，武林義士們盯著後路，所有人都擺出一副「殺聲太大，臣等耳背」的架勢。

步惜歡笑了聲，以往聽見這樣的話，他定會與她調笑幾句，今夜卻只望了望夜空。漫天星光落入男子眸中，那眸波遠比星河爛漫，恰似夜色溫柔。半晌後，他只道了一句：「好，咱們進城。」

一行人隨駕入城，只留下知縣跪在原地，聽著馬蹄聲遠去了……

步惜歡騎著馬走得很慢，街上遍地伏屍棄箭，他卻像帶著愛妻踏郊秋遊一般，馬蹄踏著血，似踏著京郊二月的霜梅，夜風迎面，繁星在天，風景一江獨好。

暮青望著星空，耳畔的殺聲漸漸幻化成山間蟲鳴，恍惚間，她又回到了渡江前夕那夜，時勢殺機重重，她卻內心安寧。不知不覺，抵不住倦意，她竟睡了過去。

這一睡，不知睡了多久，一聲長報入耳，睜開眼時，暮青聞見一股腥澀氣——是海風。

一個驍騎稟道：「啟奏陛下，燕帝率數百殘兵登船離岸，船上弩箭齊發，我軍近不得岸。現在海上霧大，兩軍海師交戰激烈，據燈火來看，戰艦已離海岸頗近了。」

話音剛落，長報聲再傳：「報——啟奏陛下，海上傳來燈語，魏大帥命艦船襲擊北燕使船，引開了北燕艦隊，我軍帥艦即刻抵達港口！」

暮青望向海上，只見海天相連，船影在大霧裡連綿如山。北燕使船剛駛離港口，圍向使船的艦隊在霧色裡似怪石暗礁，四面殺機，凶險重重。

梅姑罵道：「悔不該聽你的！」

老翁道：「攔著妳，妳不也動手了嗎？桅杆都折了，船身怕是挨不住妳那抽刀斷水的一招，這船駛不遠，八成要進水。」

元家小子患有心疾，受的內傷又不輕，若落入海裡，只怕凶多吉少。

但老翁將這話嚥在了肚子裡，他望向大軍後方，目光落在氣定神閒的步惜歡身上，又瞥了眼梅姑，長吁道：「這人世間的情義，妳還是不懂啊……」

既已歃血斷義，元家小子就這麼離開，少主人餘生反倒能心安坦蕩。昔日摯友若真死在她面前，那才會成為她心頭的傷疤，一生難癒。這道理南興帝一定懂，所以他在城外時才未對宿敵痛下殺手，此刻也不下旨截沉使船。這城府氣度，不得不說，少主人的眼光不錯。

梅姑望著灰濛濛的海面，海風吹起枯髮，半張臉猙獰可怖，半張臉眉目平靜。老翁之言不知她聽懂了幾分，只是再無罵言了。

這時，南興帥艦抵岸，戰船高闊如城，上平似衡，立有九桅十二帆，下如鍘刀，犁敵破浪，震人膽魄。人在岸上觀仰而去，真有身如螻蟻、星雲俱渺之感。

副將朱運山趕到御前，跪呼道：「微臣叩迎帝后！」

步惜歡問：「魏卓之呢？」

朱運山道：「回陛下，大帥正……呃，率軍抗敵。」

步惜歡斥道：「胡鬧！傳朕旨意，即刻返航，不得戀戰。」

「陛下英明！」朱運山大喜，忙命船尾打出燈語，十餘艘梭子船和鷹船一艘接一艘的傳旨而去。

這時，北燕使船進了水，陳鎮正在艙內助元修運功調息，華鴻道一邊在倒塌的桅杆後躲避飛丸流箭，一邊命人催促帥艦，聽見南興撤兵的奏報，不由疑是誘敵之計。

恰在此時，忽聽轟的一聲，北燕帥艦突出重圍，二船一接近，副將就率親衛隊順梯而下，叩呼：「微臣救駕來遲，罪該萬死！」

華鴻道在艙外稟道：「啟奏陛下，南興撤兵，臣恐有詐，望陛下速登帥艦！」

屋裡沒聲音，華鴻道心急如焚，不由推開房門，只見元修面色青暗，陳鎮汗溼面額，兩人雙目緊閉，正在調息的關鍵時刻。

華鴻道不敢催促，為防流箭，不得不輕掩房門，忍耐等候。

然而，就在房門將掩未掩之時，忽聽嗖的一聲！

嗖聲自後而來，華鴻道本能地縮頭一避，這一避，三支袖箭擦著他的頭頂破門而去！

門後正是元修，華鴻道肝膽俱裂，只見房間裡掠來兩道黑影，三聲響過，袖箭落地，侍衛們護駕退至牆角。元修口吐黑血，而陳鎮盤膝坐著，心口插著根黑針，面色青紫，雙目暴突，死死地盯著門外。

門外，副將猛然回頭望向親衛隊，恰見後方有只掌心彈滾來，在門前砰的爆開！

霎時間，濃煙湧起，遮人蔽目，有個親衛縱身而起。漫天流箭飛石，那人的身影飄搖不定，話音似霧似風，唯有殺意森寒。

「沂東陳氏，賣帥求榮，今夜血債血償，海祭蕭家軍魂！」

「……蕭家？魏卓之？」華鴻道大驚，驚的不是魏卓之竟敢親身涉險，而是他忽然明白了方才的殺招並非衝著元修去的，只是殺招襲來，侍衛們自然以為刺客要刺駕，於是疏忽了陳鎮。

魏卓之有備而來，目的就是取陳鎮性命，為岳父報仇。可憐陳鎮一身武藝，膽識過人，竟命喪於此！

華鴻道怒道：「放箭！」

「來！」幾乎同時，魏卓之墜下使船，海面上不知何時停了艘梭子船，此船極小，形如梭子，吃水七、八寸，容納僅四人，趁著夜色霧氣停靠於大船底下很難被發現。

兵勇聽聲為號，點起火把擲向空中，魏卓之踏船一旋，勾住火把上套著的草環就往船上一拋！

大霧茫茫，白煙蔽目，將領見到光亮開弓就射，箭矢穿著火把離船而去時，忽聽啪的一聲！

一只罐子砸在桅杆上，火油如雨潑來，一個南興兵不知何時攀到了船欄外，只露出半截腦袋，衝人一笑，一撒手就墜入了海中。

魏卓之屈指一彈，火摺子落下，火登時從桅杆底下竄了起來。

與殺陳鎮之策一樣，那火把不過是個誘敵的幌子。

華鴻道悔之已晚，大火封了艙門，而元修還在艙內。

眾臣哀叫哭號，甲板上亂作一團，燒斷的船帆滑向欄杆，船上火勢四起。

「帶人先走！」華鴻道對副將喊了聲，悶著頭就想往艙內衝。

這時，房頂忽然掀開，兩名侍衛護駕而出，撥矢破霧，飛登帥船。

群臣大喜，山呼萬歲，元修憑欄望向火海，手指艙室，面色青黑。

可使船搖擺得厲害，眾臣擠到一邊等待上船，使船隨時有傾覆之險，而火勢已吞了半艘船，陳鎮的屍體儼然救不回來了……

軍醫們匆忙上前診脈，元修卻望著大火，望著漸行漸遠的南興海師，望著模模糊糊的小鎮港口。

這是他與她此生最後一次相見，隔著船山大霧、茫茫火海，火燒得海天昏黃，好似黃沙大漠，而那似幻似真的小港也彷彿是大漠中的海市蜃樓，她住的那一方山水，四海難覓，遙不可及。

「阿青——」元修忽然運息，憑欄大喊。

軍醫們大驚，陛下的氣血陰陽皆大不足，此等關頭大耗元氣，無異於自毀。

元修不顧勸阻，破力喊：「當心大遼——」

喊罷，一口瘀血衝喉而出，元修仰倒，四周大亂！

海岸上，暮青望著火光出神，聽見喊聲不由一驚！

大遼？呼延昊也在此？

不可能！大遼不同北燕，元修遠涉大圖多有倚仗，一是北燕朝局穩定，二有廢帝黨羽接應，三有北燕海師可仗。而呼延昊稱帝後大舉西征，疆域急劇擴張，各族紛爭不斷，國不可一日無君，他絕不可能冒險來大圖。

這念頭在暮青腦中一閃而過，尚未消逝，街上忽然有幾具屍體竄了起來！

那幾人穿著燕兵的甲冑，滿臉是血，難辨容貌，擲來的兵刃在空中劃出道道雪弧，亮如明月。

彎刀！

「護駕！」侍衛們縱身迎戰。

這時，一道套索從道旁飛來，冷不防地套住了呼延查烈！

呼延查烈在帝后馬後，四周有侍衛，但發現遼兵，眾人都防備著暮青被劫，委實沒料到遼兵要劫的人竟是呼延查烈。

呼延查烈被拽向道旁，步惜歡瞅準套索，屈指要彈，忽見呼延查烈揚刀擋開了侍衛射來的兵刃，任由遼兵將他套上馬背，駕馬而去。

步惜歡若有所思地收手，攔住要跳馬的暮青，使了個眼色，月殺立刻率侍衛緊追而去。

「別追，這是那孩子的意思，妳知道他的心思。」步惜歡打馬回頭，讓暮青望著呼延查烈遠去的方向。「聽說呼延昊豢養了一批狼衛，那幾人八成就是了。只憑這幾人，應該沒有在此動手的計畫。大圖太遠，呼延昊的手伸不到這兒，估計只派了幾個探子來，假如妳到了北燕，他們動手的可能性倒是大些。只是提早暴露了，他們知道劫不走妳，便對那孩子下手，希望能將妳引去。那孩子不希望妳追去，他想回大遼，也想保護妳。」

暮青眼含熱淚，她知道不能追，只是孩兒遠走的一瞬，她沒能忍住不追。

步惜歡將暮青擁得緊了些，她不是孤身一人，這場離別，他會陪她面對。

半炷香的時辰後，魏卓之率百餘艘戰艦抵港，戰船如山，大軍山呼，帝后卻沒有登船。步惜歡陪暮青望著呼延查烈離去的方向，耐心地等。

霧散星移，夜過子時，月殺僅率二、三人回來稟報，侍衛們在城外截住了狼衛，但呼延查烈不願回來，只託他帶回了一條編著彩絡的髮辮。

在胡人的信仰中，五色彩絡代表著黑鷹、白駝、灰狼、赤馬和金蛇，他們相信將在寺廟中供奉過的彩絡編入髮中，可使靈魂與神明相通，受神庇護，受賜勇者意志。胡人從不割斷髮辮，他們相信一縷髮辮就是一縷靈魂，死後要靈魂完整才能回到天神座下。這孩子把他的一縷靈魂留在她身邊了……

暮青握著髮辮，強忍淚意，許久後才將髮辮收入了懷中。

步惜歡道：「命侍衛跟在後頭，務必確保狄王安全回國。」

月殺領旨，卻未起身。「罪臣護駕不力，有負聖託，願戴罪護送狄王回國，歸來之日再於御前謝罪。」

步惜歡聞言，目光淡漠。「朕不是你的主子，你該問皇后。」

此話涼薄，月殺的眼中卻忽然盛滿了星光。

皇后重情，怎會流放侍衛？此話與恩赦無異。

果然，暮青問：「讓神甲軍前往鄂族的主意是查烈出的吧？」

月殺道：「回主子，是。」

「但你不答應，事也難成，你終於有點大將軍的樣子了。」暮青笑了笑，她從未展露過這樣的笑顏，明亮和暖，至淨至柔。「我得知此事時是欣慰的，查烈長大了，你也像個大將軍了。所以，我在城門前孤身奮戰之時，曾真的以為你們不會來了……直到你們趕來，我才知道我有多期盼見到你們……謝謝，你們來了，對我有多重要，或許超乎你們的想像。」

暮青轉頭望向海面，使船仍在燃燒，北燕海師已經起航。狼衛混入了鎮子，元修不僅想以她為餌刺殺阿歡，還想在帶她回到北燕後順道解決呼延昊吧？她無從知曉元修的傷勢，只是回憶起那一聲小心，總覺得想起了當年並肩作戰的情景。

「走吧，上船。我在這裡送別了我的戰友和孩兒，不想再送任何人遠行了。」

暮青往步惜歡懷裡一倚，閉上了眼。

……

嘉康六年十月初三凌晨，燕帝大敗，狄王遠走，南興帝后登船，海師艦隊駛離了余女鎮的海港。

兩國海師的離去留下了一個慘烈的戰場、一座空蕩蕩的邊鎮，和一個內亂不堪的大圖。

# 一品仵作 拾
MY FIRST CLASS CORONER


作　　者／鳳今
榮譽發行人／黃鎮隆
總 經 理／陳君平
經　　理／洪琇菁
總 編 輯／呂尚燁
執行編輯／陳昭燕
美術監製／沙雲佩
美術編輯／李政儀
國際版權／黃令歡、梁名儀
企劃宣傳／楊玉如、洪國瑋
文字校對／施亞蒨
內文排版／謝青秀

國家圖書館出版品預行編目資料

一品仵作（拾）/ 鳳今作 . -- 初版 . -- 臺北市：
尖端，2021. 9-
冊；　公分
ISBN 978-626-308-874-0（第 10 冊：平裝）

857.7　　110004650

出版／城邦文化事業股份有限公司　尖端出版
台北市 104 中山區民生東路二段 141 號 10 樓
電話：（02）2500-7600　傳真：（02）2500-2683
讀者服務信箱：7novels@mail2.spp.com.tw
發行／英屬蓋曼群島商家庭傳媒股份有限公司城邦分公司　尖端出版
台北市 104 中山區民生東路二段 141 號 10 樓
電話：（02）2500-7600　傳真：（02）2500-1979
劃撥專線：（03）312-4212
戶名：英屬蓋曼群島商家庭傳媒（股）公司城邦分公司
劃撥帳號：50003021
※ 劃撥金額未滿 500 元，請加付掛號郵資 50 元
法律顧問／王子文律師　元禾法律事務所　台北市羅斯福路三段三十七號十五樓

台灣地區總經銷／中彰投以北（含宜花東）　楨彥有限公司
電話：（02）8919-3369　傳真：（02）8914-5524
雲嘉以南　威信圖書有限公司
（嘉義公司）電話：0800-028-028　傳真：（05）233-3863
（高雄公司）電話：0800-028-028　傳真：（07）373-0087
馬新地區總經銷／城邦（馬新）出版集團 Cite（M）Sdn Bhd
電話：603-9057-8822　傳真：603-9057-6622
E-mail：cite@cite.com.my
香港地區總經銷／城邦（香港）出版集團 Cite（H.K.）Publishing Group Limited
電話：852-2508-6231　傳真：852-2578-9337
E-mail：hkcite@biznetvigator.com

版　次／ 2021 年 9 月 1 版 1 刷　Printed in Taiwan